Sonja Zimmer, geboren 1973 in Leer, liebte schon als Kind Abenteuergeschichten und Hörspiele. Für ihre Patenkinder schrieb sie z.B. die spannenden Abenteuer um „Jana" und ihre Freunde, die u.a. im Leda-Verlag veröffentlicht wurden.
Mit Fiete und Veronika hat sie ein uriges Ermittler-Duo erschaffen, das in ihrer Heimatstadt Leer ermittelt und die Polizei so manches Mal zur Verzweiflung treibt.

SONJA ZIMMER

KLAUS MUSS WECH

OSTFRIESENKRIMI

Erstausgabe Januar 2024

Klaus muss wech

ISBN 978-3-98778-977-9
E-Book-ISBN 978-3-98778-825-3

Covergestaltung: Buchgewand
Umschlaggestaltung: ARTC.ore Design
Unter Verwendung von Abbildungen von
stock.adobe.com: © Sven Fuchs, © Gehkah, © schab
depositphotos.com: © artush, © ah_fotobox
shutterstock.com: © Yeti studio, © Majonit
Lektorat: Sandra Effert
Satz: dp DIGITAL PUBLISHERS GmbH
Druck und Bindung: Books on Demand GmbH, Norderstedt

Für die echte Veronika.
Leider kannst du die Veröffentlichung ›deiner‹
Geschichte nicht mehr miterleben.
Du bleibst für immer in meinem Herzen.

Kapitel 1

»Mädels, auf einen schönen Filmabend!« Veronika hob ihr Sektglas und stieß mit ihren Freundinnen Brigitte, Gabi und Susanne an.

»Ich freu mich schon auf die schönen Bilder der Leeraner Altstadt. Und die vom Kommissar.« Gabi zwinkerte den anderen zu.

»Du mal wieder.« Brigitte lachte und streifte ihre Schuhe ab. Sie setzte sich im Schneidersitz aufs Sofa. Veronika tat es ihr gleich und angelte nach der Schüssel mit dem Popcorn, um sie zwischen sie beide zu stellen. Gabi und Susanne machten es sich in den beiden Sesseln bequem.

»Wir sollten einen Fanclub gründen«, schlug Veronika vor. »Es ist so schön, dass wir uns immer zu den Filmen treffen.«

Der Vorspann begann und eine Vorfreude erfasste Veronika. Je öfter sie die Folgen der ›*Friesenwache*‹ sah, umso mehr packte sie eine unerklärliche Sehnsucht. Fernweh.

»Oh, schau mal. Das Meer!«, rief Brigitte und klatschte in die Hände.« Sie seufzte. »Manchmal würde ich die bayrischen Berge ja gerne gegen Strand und Wellen eintauschen.«

Veronika nickte. »Und die hübschen Kutter erst.« Sie schenkte Sekt nach. »Wollen wir nicht mal hinfahren? Was meint ihr?«

»Wir fahren schon nach Italien, meine Liebe«, erklärte Susanne. »5-Sterne-All-Inclusive. Das haben Gabi und ich schon ewig geplant.«

»Ich bin für sechs Wochen auf USA-Rundreise.« Brigitte zuckte mit den Schultern. »Aber fahr du doch. Du bist frisch auf Rente. Gönn dir mal was. Es ist so idyllisch dort.«

Auf dem Bildschirm schwenkte die Kamera gerade über die Dächer der Altstadt.

»Allein?« Veronika nahm einen Schluck Sekt. »Das wird doch sicher langweilig.« Sie mochte vor den anderen nicht zugeben, dass sie nicht die Langeweile fürchtete, sondern allein zu verreisen. Sie war mutig, auf jeden Fall. Aber so ganz allein in den Urlaub in eine fremde Stadt fahren?

Zwei Flaschen Sekt und einen Film später buchte Veronika ein Zimmer in der Pension Gerda.

Veronikas Reiseführer – Friesenwache

Erfolgreiche TV-Krimi-Serie, die regelmäßig Quotensieger ist. Vereint spannende Kriminalfälle mit trockenem, ostfriesischem Humor.

Gedreht wird die Serie in der Stadt Leer sowie im Umkreis, u. a. im Rheiderland. Zahlreiche Drehorte können von außen besichtigt werden. Eine eigens angebotene Führung empfiehlt sich für jeden Fan.

***

Gut gelaunt faltete Veronika eine Bluse zusammen und legte sie in ihren Koffer. Ein Kribbeln machte sich in ihrem Bauch breit. Als sie am Morgen nach dem Filmabend die Buchungsbestätigung der Pension Gerda auf ihrem Smartphone gesehen hatte, hatte sie in einem ersten Reflex direkt stornieren wollen. Doch dann hatte sie an dieses kleine, bezaubernde Städtchen Leer gedacht. An die Aussicht, ein paar Tage am Meer zu verbringen. Salzige, frische Luft zu atmen. Einfach mal raus aus München und ihrer kleinen Zwei-Zimmer-Wohnung.

Vor einem Monat hatte sie ihren letzten Arbeitstag in dem Unternehmen gehabt, in dem sie fast vierzig Jahre als Sekretärin gearbeitet hatte. Es war immer noch ungewohnt. Ihr fehlte etwas. Keine Kollegen, mit denen sie einen kurzen Plausch halten konnte. Nur die Stille in ihrer Wohnung.

Nein, etwas Abwechslung würde ihr guttun. Und eine Belohnung hatte sie sich zum Rentenstart verdient.

Veronika ging hinüber ins Bad. Sie kontrollierte ihren Kulturbeutel und sah kurz in den Spiegel. Sie war schlank und hielt ihre Figur durch morgendliche Gymnastik. Außerdem ging sie regelmäßig wandern. Die grauen Haare trug sie kurz geschnitten. Ein zartes Rot überzog ihre Wangen und sie lächelte ihrem Spiegelbild zu. Man sah ihr das Alter wahrlich nicht an.

Sie war bereit für ein neues Abenteuer. Veronika warf einen Blick auf ihre Armbanduhr. In gut einer Stunde fuhr der Zug vom Hauptbahnhof ab. Sie kam zwar erst gegen sechs Uhr abends in Leer an, dafür brauchte sie aber nicht umzusteigen. Morgen früh würde sie am Strand liegen und das Leben genießen.

In Gedanken ging sie ihre Liste noch einmal durch und verglich sie mit dem Inhalt des Koffers. Ihr kam eine Idee. Am Strand brauchte sie einen Sonnenschirm! Sie lief durchs Wohnzimmer auf den Balkon. Unter einer durchsichtigen Schutzhülle leuchtete ihr der knallgelbe Sonnenschirm entgegen. Sie befreite ihn von der Hülle und nahm ihn mit ins Schlafzimmer.

Perfekt. Veronika griff nach ihrem Telefon und bestellte ein Taxi zum Bahnhof. Um sich die Wartezeit zu verkürzen, schlug sie den Reiseführer auf, den sie sich vor einiger Zeit gekauft hatte.

Veronikas Reiseführer – Ostfriesland

Ostfriesland – wo das Gras grüner ist als grün und der Himmel noch blauer erscheint. Das Land der unendlichen Weiten. Wo ein frischer Wind einen durchatmen lässt und man die ostfriesische Gemütlichkeit genießt.

Wo Kühe und Schafe die schnellen Wetterwechsel mit der typisch ostfriesischen Gelassenheit über sich ergehen lassen.

Einen See nennen sie hier Meer und das Meer ist ihre See.

Und >Moin< sagt man morgens, mittags und abends.

Sehnsuchtsort.

***

Kapitel 2

Irgendwo im Rheiderländer-Nirgendwo stand einsam, aber nicht verlassen ein alter Bauernhof. Kühe gab es hier schon lange keine mehr. Nur noch ein paar Hühner und ein Hahn lebten dort ihr sorgenfreies Leben, zumindest bis der Kochtopf rief.

Vor dem Haus im Schatten einer Reihe ebenso alter Bäume saßen auf einer Bank zwei Frauen. Die beiden Damen, Schwestern im zarten Alter von vierundsiebzig und fünfundsiebzig, waren nicht eben zierlich. Ihre bunten, ärmellosen Kittelschürzen spannten ein wenig. Die grauen Haare lagen in Wellen und umrahmten die wettergegerbten Gesichter. Schon immer lebten sie in diesem Haus und es hatte sie auch nie woanders hingezogen. Und auch Abwerbungsversuche von Männern hatten die Schwestern nicht trennen können. Dies war ihr Zuhause und hier blieben sie.

Nun saßen sie auf der Bank und blickten über die weiten Felder. Der Nachbarhof war in der Ferne nur schemenhaft zu erkennen. Die Wolken zogen tief über den Horizont.

Vor ihnen auf dem Tisch standen ein Stövchen mit Teekanne, zwei Teetassen, ein Pott mit Kluntje und ein Kännchen mit Rahm. Teezeit. Die beiden hoben ihre Tassen und schlürften den Tee. Ebenso synchron stellten sie die Tassen wieder ab.

»Du, Dini?«

»Jo.«

»Der Klaus, ne, der ist doch jetzt eigentlich wie n Stück totes Fleisch.«

»Jo.«

Schweigend nahmen sie den nächsten Schluck Tee.

»Du, Dini?«

»Hm.«

»Fängt der dann nicht bald an zu stinken?«

»Ich glaub schon.«

»Mist.«

Talea, die jüngere der Schwestern, legte einen neuen Kluntje in die Tassen, goss Tee nach und ließ kunstvoll eine Wolke mit Rahm in das Getränk gleiten. Synchron seufzten beide.

»Du, Dini?«

»Jo.«

»Der Klaus muss wech.«

Veronikas Reiseführer – Stadt Leer

›Das Tor Ostfrieslands‹

Die Stadt Leer liegt im südlichen Ostfriesland an den Ufern der Flüsse Ems und Leda. Die beschauliche Stadt mit 34.000 Einwohnern punktet mit der malerischen Altstadt, gemütlich urigen Cafés und Teestuben sowie einem Hafen mitten in der Stadt, der zahlreiche Anlegemöglichkeiten bietet.

Schönheit, Ruhe und Gastfreundlichkeit – nur einige Dinge, die Leer bietet. Auch Burgen und Schlösser gehören dazu, wobei lediglich die Evenburg in Leer-Loga mit ihrem Schlosspark öffentlich zu besichtigen ist.

Bereits seit 200 Jahren besitzt Leer die Stadtrechte. Doch schon länger hat der Ort die Marktrechte inne. Jeweils im Herbst beginnt für einige Tage die fünfte Jahreszeit – der Gallimarkt. Der Vieh- und Jahrmarkt lockt jährlich hunderttausende Besucher in die Stadt.

***

Der Schrei einer Möwe vor ihrem Fenster weckte Veronika. Einen Moment war sie irritiert, aber dann streckte sie sich und gähnte. *Urlaub! Ich bin tatsächlich in Leer. Allein!* Sie sprang aus dem Bett und schob die Vorhänge zur Seite. Die Sonne lachte ihr ins Gesicht und sie riss das Fenster auf.

Herrlich! Die Luft war so viel besser als in München. So viel frischer.

Veronika stützte die Arme auf die Fensterbank und guckte neugierig umher. Ihr Zimmer lag im ersten Stock der Pension mit Blick auf den Garten. Eine große Hecke begrenzte das Grundstück. Blühende Blumen wechselten sich mit kunstvoll geschnittenen Buchsbäumen ab. Große, alte Bäume standen im hinteren Teil des Gartens. Entzückt entdeckte Veronika Liegen, die darunter standen. Der perfekte Ort zum Lesen.

Sie nahm ihr Smartphone und schoss ein Foto. Dann lud sie es direkt in die Chatgruppe der Mädels hoch.

Erster wundervoller Morgen in Leer. Heute geht es sofort zum Strand.

Veronika überlegte. Die Kombination aus Smartphone und Sandstrand war keine gute Idee. Außerdem wollte sie schwimmen gehen. Und wenn dann jemand das Smartphone klaute? Sie würde noch einmal extra zum Strand fahren, nur um Fotos zu machen.

Veronika:
Lass das Smartphone in der Pension, melde mich heute Abend. Bussi!

Gabi:
Ich beneide dich!

Ein wenig wehmütig war Veronika schon zumute, dass Brigitte nicht bei ihr war. Doch sie war fest entschlossen, sich auch allein eine schöne Zeit zu machen.

Pfeifend absolvierte sie ihr tägliches Gymnastikprogramm, dann hüpfte sie unter die Dusche.

Es war warm, sie wollte an den Strand. Veronika entschied sich für eine Shorts, die sie dank der täglichen Übungen noch sehr gut tragen konnte, und eine legere Bluse. Dazu die Stoffschuhe. Sie begutachtete sich im großen Spiegel am Kleiderschrank. *So konnte sie sich unters Volk mischen.*

»Guten Morgen, Frau Schwartau!«, begrüßte die Pensionswirtin sie. »Haben Sie gut geschlafen?«

»Wie ein Stein, danke.« Veronika setzte sich an einen kleinen Tisch in den Speisesaal. Alles war in weiß und blau gehalten. Die Salz- und Pfefferstreuer hatten die Form von Leuchttürmen. Veronika nahm einen davon in die Hand und nahm sich vor, genau so einen auch zu kaufen. Zwei Tische weiter saß ein junges Paar und nickte ihr freundlich zu.

Von einem kleinen Buffet holte sie sich Brötchen, Käse und Kaffee. Ihr Plan war es, zuerst zu dem kleinen Hafen von Leer zu laufen und dann direkt weiter an den Strand. Sie hatte sich vor der Abreise extra noch einmal die Filme der ›Friesenwache‹ angeguckt und demnach war beides gut zu Fuß zu erreichen.

Frisch gestärkt ging sie hoch in ihr Zimmer. Dort bestückte sie ihre große Tasche mit Piccolos und Keksen, setzte den knallroten Sonnenhut auf und klemmte sich den Sonnenschirm unter den Arm. Sie ging wieder nach unten und gab den Schlüssel bei der Pensionswirtin ab. Den seltsamen Gesichtsausdruck konnte sie nicht ganz deuten, aber es war auch irrelevant.

»Wie komme ich denn zum Hafen?«, fragte sie.

»Die Straße hoch, dann links und dann dem Schild in Richtung Rathaus und Waage folgen. Können Sie gar nicht verfehlen.«

»Danke.«

Veronika trat vor die Tür und atmete einmal tief ein. *Ab jetzt ist wirklich Urlaub.*

Veronikas Reiseführer – Museumshafen an der Alten Waage

Der Museumshafen bietet mit der Waage und dem Rathaus im Hintergrund einen entzückenden Anblick. Die alten Traditionsschiffe werden hingebungsvoll gepflegt und sind voll funktionsfähig. Hier genießt man den Anblick, während die Möwen ihre Kreise ziehen und die Wellen sanft gegen die Kaimauer schlagen. Von hier aus kann man auch eine Hafenrundfahrt antreten.

Die Alte Waage ist ein zweigeschossiger Backsteinbau mit Doppelwalmdach. Auf ihrem Dach prangt ein Türmchen mit Uhr. Ursprünglich zur Nutzung des Wiegerechtes erbaut, ist heute ein Restaurant darin untergebracht – ideal für eine kleine kulinarische Auszeit.

Das Rathaus, nur einen Katzensprung entfernt, ist das Wahrzeichen der Stadt Leer und wurde zwischen 1889 und 1894 erbaut.

***

Sie hielt sich an die Wegbeschreibung und tatsächlich, nach nur fünf Minuten erreichte sie einen großen Parkplatz, von dem aus ein Schild auf den Hafen wies. Nur noch hundert Meter. Veronika beschleunigte den Schritt. Sie lief durch die schmale Königsstraße und stand bald darauf an der Kreuzung, die sie schon aus dem Fernsehen kannte. Linker Hand erhob sich das Rathaus mit seinem majestätischen Eckturm. Ein paar Meter weiter erkannte sie die alte Brücke über den Hafen. Schräg rechts lag die Waage, der zweigeschossige Backsteinbau im niederländisch klassizistischen Barock. Veronika hatte sich schlaugelesen, aber all das interessierte sie in dem Moment nicht.

Da vorne war der Hafen. Sie lief an der Waage vorbei und stand bald darauf freudestrahlend an der Kaimauer. Die Schiffe dümpelten im Wasser. Die Sonne glitzerte auf den Wellen, während die Takelage eines alten Traditionsseglers rhythmisch an den Mast schlug. Auf der Brücke stand ein Kind und warf Brotkrumen ins Wasser, sodass sich die Möwen lautstark stritten. *Herrlich!*

Veronika blieb stehen und sog das Bild in sich auf. Alles war so friedlich. So entschleunigt. Es war genau so, wie sie sich das vorgestellt hatte. Sie drehte sich um, um die Waage genauer in Augenschein zu nehmen. Tische und Stühle waren davor aufgebaut. Ein herrlicher Geruch wehte aus den offenen Fenstern der Restaurantküche zu ihr. Sie ging zwar nicht gerne allein essen, aber bei dem Gedanken an ein Essen mit Blick auf diesen zauberhaften Hafen lief ihr jetzt schon das Wasser im Mund zusammen. Das würde sie definitiv an einem der Abende in Leer machen.

Doch wo war denn nun der Strand? Sie erklomm ein paar Stufen und stand bald darauf auf der Rathausbrücke. Von hier konnte sie den Hafen gut überblicken. Auf der Seite mit der Waage sah sie den Museumshafen. Dort lag auch ein großes Ausflugsschiff vor Anker. Auf der gegenüberliegenden Seite standen mehrere Büroneubauten, dahinter eine Art Siloturm. Zur anderen Seite der Brücke machte der Hafen eine leichte Kurve. Ein Weg führte am Ufer entlang. Viele Sportboote und schicke Mehrfamilienhäuser reihten sich dort auf, aber es gab keinen Hinweis auf einen Strand. *Merkwürdig.*

Also sprang sie die Stufen wieder hinunter und steuerte auf eine Bankreihe zu, die direkt am Hafen stand. Dort hatte sie einen Mann entdeckt, der Pfeife rauchend die Tageszeitung las. *Das ist bestimmt ein Einheimischer, der mir weiterhelfen kann.*

Sie stellte sich vor ihn. »Grüß Gott! Können Sie mir bitte sagen, wo der Strand ist?«

Der Mann in einem blauen Troyer verdrehte die Augen. »Auf Norderney«, brummte er.

»Norderney? Guter Mann, ich möchte nicht auf die Insel. Ich möchte zum Leeraner Strand.« *Wenn das ein Scherz sein soll, dann war das aber ein ganz schlechter.*

Der Mann, der sie mit den zotteligen grauen Haaren, dem Bart und der Pfeife an einen alten Seebären erinnerte, blickte von seiner Zeitung auf und musterte sie. »Der Leeraner Strand ist auf Norderney, gute Frau.« Er schob seine Pfeife von dem rechten in den linken Mundwinkel.

Veronika schüttelte den Kopf. »Sie verstehen mich nicht. Im Fernsehen ist der Strand doch direkt hier irgendwo.« Sie deutete auf den Leeraner Hafen und sah wieder zu dem alten Kauz. War er doch nur ein Tourist?

»Im Fernsehen gibt es auch Dinosaurier.« Er widmete sich wieder dem Sportteil der Zeitung.

»Und die Kutter? Sind die auch auf Norderney?« Vielleicht wusste er wenigstens das.

»Nö, die sind in Ditzum.«

Veronika seufzte. Musste sie dem Kerl echt jedes Wort einzeln aus der Nase ziehen? »Und wo ist bitte dieses Ditzum?«, fragte sie möglichst höflich.

Der Seebär faltete die Zeitung zusammen und sah zu ihr auf. »Im Rheiderland. Einmal über die Ems und rechts n Stück über den Deich. Können Sie gar nicht verfehlen.«

Das war doch schon mal ein Anfang. Veronika hob fragend die Hände.

»Da lang.« Er zeigte schräg hinter sich. »Ist aber n Stück.«

»Das lassen Sie mal meine Sorge sein. Ich bin gut zu Fuß.«

Und damit drehte Veronika sich um und marschierte erhobenen Hauptes in die angegebene Richtung.

Diese Ostfriesen! Hoffentlich waren die nicht alle solche Stinkstiefel wie dieser alte Seebär auf der Bank. Komischer Kauz war das. Und warum sitzt der bei über zwanzig Grad mit dickem Troyer in der prallen Sonne?

»Reg dich nicht auf, Veronika. Du machst dir ein paar schöne Tage in Leer. Wenn nicht mit Strand, dann wenigstens mit den malerischen Kuttern.« Veronika schritt energisch weiter. »Gut zu Fuß bist du auch. Immerhin gehst du jedes zweite Wochenende wandern, jawohl. Das hier ist Flachland. Da braucht es kaum eine gesonderte Ausrüstung, um ein paar Meter zu laufen.«

Veronika packte den Sonnenschirm fester und pfiff auf dem Weg durch die Altstadt in Richtung Ems.

***

Fiete Jacobsen saß wie jeden Tag auf seiner Stammbank am Leeraner Hafen vor der Waage. Seit er nicht mehr zur See fuhr, war das hier Morgen für Morgen sein Platz. Er brauchte den Ruf der Möwen, die ihn sonst bei Fahrten mit seinem Kutter ›Heike‹ begleitet hatten.

In den frühen Morgenstunden lag eine wohltuende Stille über dem Hafen, bevor die Touristen alles bevölkerten.

Er musste lachen, als er an die zierliche Dame dachte, die mit Sonnenschirm und riesiger Tasche nach dem Weg zum Strand gefragt hatte.

»Na, Vadder, du hast ja gute Laune!« Klaas Jacobsen klopfte seinem Vater auf die Schulter und setzte sich neben ihn auf die Bank.

Fiete lachte. »Jo. Da wollte wieder eine Touristin an den Strand. Die hatte sogar einen Sonnenschirm dabei.«

Klaas schloss die Augen und lehnte sich zurück. »Tja, wär schön, wenn wir wirklich einen hätten.«

»Musst du kein Verbrechen aufklären?«

»Nö, alles ruhig.«

Auf den ersten Blick hätte man sie nicht für Vater und Sohn gehalten. Fiete Jacobsen war ein alter Seebär, wie er im Buche stand. Graue zottelige Haare, Bart und ein wenig Bauch. Egal bei welchem Wetter – er trug seinen blauen Troyer und die Pfeife im Mund. Bis zur Rente vor ein paar Jahren war er auf einem Fischkutter gefahren.

Klaas Jacobsen war mit seinen 1,90 m nur wenig größer als sein Vater. Doch er war schlank, durchtrainiert und hatte die blonden Haare immer frisch frisiert. Statt aufs Meer hatte es ihn zur Polizei gezogen. Er arbeitete als Hauptkommissar der Leeraner Wache.

Eine Weile saßen die beiden Männer schweigend nebeneinander auf der Bank. Trotz der frühen Stunde war es schon warm. Am Nachmittag sollte es gewittern.

Klaas streckte sich und seufzte. »Ich muss wieder. Die Arbeit ruft.«

»Ich hör nichts.« Fiete grinste.

Klaas klopfte seinem Vater freundschaftlich auf die Schulter. »Jemand muss ja ein Auge auf Leer haben. Dann bis später.«

Klaas stand auf und ging langsam in Richtung Rathaus.

Fiete sah ihm nach. Auch wenn sein Sohn nicht zur See gefahren war, weil er schon beim Anblick von Wellen seekrank wurde, war aus ihm etwas Ordentliches geworden. Und seine Schwiegertochter Anja war sowieso ein Schatz. *Hm, es wird Zeit, dass sie mich mal wieder zu ihren weltbesten Rouladen einlädt.*

Mit einem tiefen Atemzug schlug Fiete die Zeitung wieder auf und widmete sich dem Sportteil.

***

Veronika Schwartau kochte. Wegen der Hitze. Und vor Wut. *Dieser vermaledeite Halunke von Seebär!* Sie hatte eine Ewigkeit gebraucht, um endlich diese Jann-Berghaus-Brücke zu erreichen. Der Anblick der Ems war atemberaubend gewesen und hatte sie für den Moment versöhnt. Irgendwann war sie rechts auf den Deich gewechselt. Hier lief sie schon seit einer weiteren Ewigkeit, rechts die Ems und links ganz viel freies Land, und von diesem Ditzum war immer noch nichts zu sehen.

Schnaufend ließ sie die Tasche fallen, steckte den Sonnenschirm in den Deichboden und spannte ihn auf. Mit einem Bums setzte sie sich darunter und suchte nach ihrer Wasserflasche. Sie nahm einen großen Schluck von dem lauwarmen Nass und wartete, dass sich ihr Puls beruhigte.

Schöne Bescherung ist das. »Kein Strand, keine Kutter, nur Vollpfosten. Und überhaupt: Warum versetzen die im Fernsehen Leer an einen Strand, obwohl es keinen gibt? Woher hätte ich das denn wissen sollen? Vielleicht aus dem Internet?«, gab sie sich direkt selbst die Antwort. Veronika nahm einen zweiten Schluck und schüttelte über sich selbst den Kopf. Sonst glaubte sie doch auch nicht alles, was sie auf dem Bildschirm sah. Wahrscheinlich hatte sie sich von den wundervollen Bildern der ›Friesenwache‹ verführen lassen.

Sie sah sich um. Vor ihr die Ems, hinter ihr die unendliche Weite aus grünem Gras und tiefziehenden Wolken. *Es ist schon schön!*

Sie folgte mit dem Blick der Deichlinie. Etwas entfernt entdeckte sie eine Kirchturmspitze. *Na also, da ist es doch.* Sie schraubte die Flasche wieder zu und steckte sie zurück in die Tasche. *Ich laufe jetzt weiter nach Ditzum und mache mir einen schönen Tag. Punkt.*

Veronikas Reiseführer – Das Rheiderland

Das Rheiderland ist eine südwestlich im Landkreis Leer gelegene Halbinsel und durch Ems und Dollart vom übrigen Ostfriesland getrennt. Erst seit 1948 gibt es eine feste Brücke von Leer über die Ems dorthin. In den achtziger Jahren entstand der Emstunnel als Teilstück der Autobahn 31.

Wie an einer Schnur reihen sich entlang der Ems die Stadt Weener sowie die Gemeinden Jemgum, Ditzum und Pogum bis hinauf zum Dollart auf. Das Rheiderland ist ansonsten eher dünn besiedelt und wird überwiegend landwirtschaftlich genutzt. Man sagt, man könne heute schon sehen, wer morgen zu Besuch kommt, so weitläufig und eben ist dieser Landstrich. Man findet hier malerische Landschaften in einer ruhigen, reizvollen Umgebung und hat immer eine salzige Brise in der Nase.

***

Jemgum? Auf diesem dämlichen Schild stand tatsächlich Jemgum. Sapperlot noch mal! Hier war ein Hafen, aber keine Kutter und kein Ditzum. Am liebsten hätte Veronika einmal laut geschrien, aber das verbot ihr ihre gute Erziehung. Der Seebär hatte sie ins Bockshorn gejagt.

Sie ließ Tasche und Sonnenschirm fallen und sich auf die Bank, die dort auf dem Deich stand. Veronika blickte sich um. Das Wasser war weg, glänzender brauner Schlick bedeckte den ganzen Hafengrund. Der Hafen war nicht groß. Die wenigen kleinen Boote, die hier angelegt hatten, saßen tief im Schlick und warteten auf die nächste Flut.

Super! Nicht mal Wasser hatten die Ostfriesen.

Ein Café lag an der Einmündung zum Hafen, aber es war geschlossen. Die Stühle lehnten schräg an den Tischen, die Rollladen waren heruntergelassen. Sonst war hier nichts.

Es wurde immer heißer und schwüler. Erste Schweißperlen rannen Veronika über die Stirn. Sie zog ein Taschentuch aus der Hosentasche und tupfte sie weg. Sie war durchtrainiert. Von so einem kleinen Fußmarsch würde sie sich nicht aus der Fassung bringen lassen. Gute zwei Stunden war sie schon unterwegs. Doch dann konnte Ditzum nicht mehr so weit entfernt sein. Oder gab es diesen Ort überhaupt nicht?

Veronika sah sich um und entdeckte am Bootsanleger eine Infotafel. Sie warf sich die Tasche über die Schulter, griff den Schirm und marschierte den Deich hinunter.

Ah, eine Karte vom Rheiderland. Ein roter Punkt markierte ihren Standort am Hafen von Jemgum. Mit dem Finger fuhr Veronika auf der Karte die Ems entlang. *Da!* Da war dieses Ditzum. Doch wie weit war das noch? *Hm, ich kann natürlich auch eine Abkürzung nehmen und über Land laufen.* Dazu müsste sie nur vom Deich runter und der Straße folgen. Sie griff den Sonnenschirm wie einen Gehstock. *Ditzum, ich komme*!

Veronika erklomm erneut den Deich und marschierte weiter. Sie würde diesem blöden Seebären schon beweisen, dass sie Ditzum auch zu Fuß erreichen konnte.

Die Landschaft blieb gleich, aber immer mehr braune Köttel lagen auf dem Deichkamm. Veronika lief mittlerweile Slalom. Was war das für ein Zeug? Sie rümpfte die Nase. Sonderlich gut roch es auch nicht. Reintreten wollte sie da auf keinen Fall.

Ein paar hundert Meter weiter wartete die Erklärung auf sie: Schafe! Wo kamen denn auf einmal diese ganzen wilden Schafe her?

Eine große Herde stand oder lag auf dem Deich verteilt vor ihren Füßen. Die Tiere sahen sie aus dunklen Augen an, grasten unbeirrt weiter.

»Geht weg!« Veronika fuchtelte mit den Händen. Ihr war gar nicht wohl. »Geht doch weg!«

»Mäh!«

»Ja, mäh! Husch, husch, geh schön zur Seite.«

Sollte nicht ein Schäfer in der Nähe sein, der die Tiere in Zaum hielt? Nervös drängte sie sich an ihnen vorbei. Patsch.

»O nein! Nicht das auch noch.« Veronika schnaufte. Sie sah zu ihren weißen ... ehemals weißen Stoffschuhen hinunter.

»Mäh?« Zwei Schafe näherten sich ihr auf schnellen Klauen.

Veronika sprang einen Schritt zurück, stolperte und fiel auf den Allerwertesten. »Geht doch weg!« Sie rappelte sich auf, griff sich ihren Sonnenschirm und ließ ihn aufspringen. Hektisch sah sie sich um. Warum war hier denn keiner und half ihr?

Die Schafe blökten, wichen dann zurück und trotteten den Deich hinunter.

Veronika atmete auf. Unten am Deich verlief ein geteerter Radweg. Ein Stückchen weiter entdeckte sie einen Holztritt. Mit dem aufgespannten Sonnenschirm in der Hand rannte Veronika dorthin und stieg eilig hinüber. *Puh, das war knapp gewesen.* Auch wenn Schafe allgemein als friedlich eingestuft wurden, konnte man bei so einer Menge nie wissen, was sie mit einem tun würden.

Sie zerrte an dem Sonnenschirm, der sich mit einem Quietschen verhakte und die Mitarbeit verweigerte. »Dann eben nicht!« Veronika rammte ihn in den Boden und lief weiter.

Die Wolken wurden dichter und dunkler. Sie jagten immer schneller über den Himmel. Ein Donnergrollen kündigte ein Gewitter an. *Auch das noch!*Da vorne verlief die Straße. Sie würde den nächsten Bus nehmen und zurück nach Leer fahren. Von Ostfriesland hatte sie die Nase voll.

Kapitel 3

Talea und Dini schlurften die Treppen hinunter in den Keller. Eine Kühle empfing sie hier. Nach der schwülen Hitze des Tages war es eine reine Wohltat. Zwischenzeitlich hatte es zwar ein wenig gedonnert, aber das Gewitter und somit die Abkühlung war über die Niederlande an ihnen vorbeigezogen.

Unten im Keller lagerten sie ihren Wein. Der Raum hatte die perfekte Temperatur dafür.

Hier unten lagerte auch Klaus vor einem der Weinregale auf dem Boden und rührte sich nicht mehr. Was angesichts des Loches im Kopf und der großen Blutlache drumherum auch seltsam gewesen wäre. Oder war es Wein?

»Was für eine Schande um den guten Tropfen.« Talea stieg die letzte Stufe hinunter und stemmte die Hände in die Hüften.

Dini stellte sich neben sie.

»Mist«, grummelte Talea.

»Jo.«

Eine Weile standen sie schweigend da und begutachteten den alten Klaus.

»Und nu?«, fragte Dini.

»Der muss hier wech. Am besten zurück auf seinen Hof.« Talea beugte sich hinunter und hob einen Arm des Toten an. »Bisschen steif war er ja schon immer.«

Sie ließ den Arm wieder fallen und rollte Klaus auf den Rücken.

»Fass mal das rechte Bein an, dann ziehen wir ihn nach oben.«

Dini griff das genannte Bein, Talea das linke. Ächzend zogen sie ihn bis zur Treppe. Auf dem Boden folgte ihm ein roter Streifen des Wein-Blut-Gemischs.

»Immer Ärger mit de Mannlü!«, schimpfte Dini.

Die beiden Damen kämpften sich die ersten Stufen hinauf.

Dong. Dong. Bei jeder neuen Stufe schlug Klaus mit dem Kopf auf. Dong.

»Du, Dini?«

»Hm.«

»So geht das nicht. Der macht uns die Treppe dreckig mit dem Kopf.«

»Das ist nicht gut. Und nu?«, erwiderte Dini.

»Du, wo ist der alte Fahrradhelm? Den setzen wir dem Klaus auf.«

»Oben.«

Gleichzeitig ließen die Schwestern die Beine los.

Dongdongdongdong. Rums!

»Mist.«

***

Ich. Geh. Keinen. Schritt. Weiter. Veronika ließ sich da, wo sie gerade war, einfach rückwärts ins Gras fallen. Sie schnaufte, sog die Luft tief in sich ein. *Dieses verflixte Rheiderland!* Sie hatte eine Bushaltestelle gefunden. Mit der kleinen Einschränkung, dass der Bus nur während der Schulzeiten und dann auch nur dreimal am Tag fuhr. *Es sind verdammt noch mal Sommerferien!* Genervt war sie einfach weitergelaufen und hatte irgendwann völlig die Orientierung verloren.

Jetzt lag sie mitten im Nichts im noch größeren Nichts und hatte den restlichen Schluck Wasser vor einer Stunde getrunken. Ihre Schuhe waren schwarzgrün so wie das Hinterteil ihrer Shorts.

Seit Stunden war sie immer weitergelaufen, ohne dass sich die Landschaft wesentlich verändert hatte. Weide folgte auf Weide, getrennt durch unendlich lange und breite Gräben. Hin und wieder ein windschiefer Baum, ein verrostetes Gatter. In der Ferne ab und an schwarz-weiße Flecken, die sich träge bewegten. Die Kühe hatten die Ruhe weg. Sie nicht mehr.

Während der letzten zwei Stunden war kein einziges Auto an ihr vorbeigefahren. In Worten: Null. Nada. Keins.

Veronika schloss die Augen. Wo war sie hier nur gelandet? Fahr mal an die See, hatten sie gesagt. Da ist es schön. Dieses Leer sieht im Fernsehen immer so idyllisch aus, hatten sie gesagt. Von den Grantlern, die hier lebten, hatte keiner etwas gesagt.

Wenn sie jetzt in München wäre, würde sie sich einfach ein Taxi rufen oder die nächste Straßenbahn nehmen. Hier gab es nicht einmal einen Bus und ihr Smartphone lag wo? Sicher vor dem feinen Sand des Leeraner Strandes geschützt in der Pension.

Ein seltsamer Laut entfuhr ihrer Kehle. Es wandelte sich in ein Glucksen, dann lachte sie schallend auf. Gleichzeitig liefen ihr die Tränen über die Wangen. Sie saß verdammt nochmal richtig in der Tinte!

Veronika setzte sich auf und kramte in ihrer Tasche. Ein paar Kekse waren noch darin versteckt. Verhungern würde sie bis morgen also nicht. Und da war es.

Mit einem Lächeln zog sie die kleine Sektflasche hervor und drehte den Schraubverschluss auf. Wie gut, dass sie dafür immer eine kleine Kühltasche dabeihatte.

»Auf Ostfriesland. Prost!«, rief sie in die einbrechende Dämmerung. Dann trank sie die halbe Flasche in einem Zug leer.

***

Mit dem Fahrradhelm bewaffnet stiegen Dini und Talea zurück in den Keller. Klaus lag noch an Ort und Stelle und hatte sich nicht gerührt.

Talea hob seinen Kopf ein wenig an, damit Dini ihm den Helm aufsetzen konnte. Sie verschloss den Gurt unterm Kinn und klopfte auf den Kopf.

»Passt.«

Gemeinsam griffen die Schwestern wieder nach den Beinen und zerrten Klaus die Treppe hinauf. Dong. Dong. Diesmal gab es keine unschönen Blutflecken auf den Treppenstufen. Als sie ihren ehemaligen Nachbarn bis in den Hausflur gezogen hatten, ließen die beiden Damen los.

»Ich brauch n Schnaps«, meinte Dini und wischte sich die Hände an ihrer Kittelschürze ab.

Talea tat es ihr gleich. Die Kittelschürze gehörte bei ihnen dazu. Am liebsten hatten sie die bunten aus den siebziger Jahren. Für die Feiertage hatten sie aber extra gute zurückgelegt, das gehörte sich schließlich so.

Sie ließen Klaus im Flur liegen und gingen in die Küche. Dini holte die Gläser aus dem alten Buffetschrank, Talea die Flasche Schnaps aus der Abstellkammer. Etwas zittrig füllte sie die klare Flüssigkeit in die beiden Gläser. Beide Schwestern griffen danach und kippten den Schnaps hinunter.

Talea füllte die Gläser vorsichtshalber noch ein zweites Mal. »Wie bringen wir den Klaus nun nach Hause? Ich schlepp den nicht die ganze Strecke.«

»Hm.«

Eine Weile schwiegen sie und kippten hin und wieder einen Schnaps nach. Anscheinend half der beim Denken, denn Talea hatte eine Idee. »Aufsitzmäher.«

»Wat?«

»Wir fahren Klaus mit dem Aufsitzmäher nach Hause.«

»Der ist zu steif.« Dini schenkte den nächsten Schnaps ein.

»Schubkarre.«

»Wat?«

»Kannst du auch noch was anderes sagen?« Talea schüttelte den Kopf. »Wir hängen die Schubkarre hinter den Aufsitzmäher.«

»Der hat keine Anhängerkupplung.«

»Mist.«

Noch einen Schnaps.

»Ich fahr. Du setzt dich andersrum mit drauf und hältst die Schubkarre fest. So geht das.« Talea wollte noch einen Schnaps einschenken, aber Dini hielt die Hand über ihr Glas.

»Ich muss noch fahren. Du kannst den viel besser festhalten. Bist schließlich jünger als ich.«

Talea überlegte kurz, dann nickte sie. »Und ich hab die längeren Arme.«

Dini streckte ihren linken Arm aus und hielt ihn neben Taleas. »Jo.«

»Dann man los.«

Talea stand auf. »Ui, das war vielleicht doch n Schnäpschen zu viel?« Sie schwankte leicht. »Ich hol dann mal die Schubkarre. Dini, hol du den Wagen.« Sie lachte über ihren eigenen Witz und wankte hinaus.

Dini nahm die Tür zur Scheune. Dort hatten sie einst ihre Landmaschinen geparkt. Doch seit sie nur noch Hühner hatten und das Land verpachtet war, brauchten sie die nicht mehr. Ein Nachbar hatte ihnen geholfen, die großen Maschinen zu verkaufen. Nun stand dort nur noch ein Aufsitzmäher. Den liebten die Schwestern heiß und innig. Wer brauchte schon ein Auto, wenn man auch mit dem Aufsitzmäher einkaufen fahren konnte.

Benzin war noch genug drin, also startete Dini den Motor und fuhr vor zum Scheunentor. Sie öffnete es, brauste nach draußen und mit Schwung ging es um die Hausecke. Dabei hätte sie fast ihre Schwester umgefahren.

»Pass doch auf!«

»Entschuldige.« Dini kurvte an ihr vorbei zur Haustür.

Talea schob die Schubkarre vor sich her, die laut über den unebenen Weg rumpelte. Dini hatte die Haustür geöffnet. Gemeinsam zogen sie Klaus nach draußen. Sicher, Klaus war nicht dick gewesen, man könnte ihn schon fast dürr nennen. Doch gerade jetzt in seinem Zustand war er eher unhandlich.

Es kostete sie einige Mühen, den Leichnam in die Schubkarre zu hieven. Er war zu groß dafür. Die Beine ragten ab den Knien über den Rand hinaus.

Talea tupfte sich mit der Kittelschürze den Schweiß von der Stirn. »Nur Scherereien mit de Mannlü.« Sie musterte Klaus und die Schubkarre, dann den Aufsitzmäher. »Geht. Setz dich drauf, Dini.«

Ihre Schwester tat wie geheißen. Talea dirigierte sie ein Stück zurück. Dann quetschte sie sich selbst rittlings auf den schmalen Sitz. Sie zog die Schubkarre ganz zu sich – so hatte sie die Griffe der Karre fest an ihren Hüften sitzen. Beherzt packte sie Klaus unter die Achseln. »Fahr los, Dini!«

***

Mittlerweile war es fast dunkel und Veronika hatte es aufgegeben, auf ein Auto zu hoffen. Sie würde die Nacht wohl oder übel hier auf dieser Wiese im absoluten Nichts verbringen müssen. Aus ihrer Strandmatte und dem Badehandtuch hatte sie sich ein provisorisches Nachtlager gebaut und sich hingelegt. Das kribbelnde Gefühl vom Sekt wandelte sich immer mehr in ein mulmiges Gefühl von Angst. Ob jemand sie vermissen würde? Oder gar suchen? Ihre Mädels würden denken, sie machte sich einen schönen Abend. Und die Pensionswirtin hatte doch keine Ahnung, wo sie hingegangen war. Und wo sie sich dank dieses Halunken auch noch völlig verlaufen hatte. Falls sie hier je lebend wegkam, würde sie dem Kerl aber ganz gewaltig die Leviten lesen. Wenn ...

Ein wenig verloren blickte sie hinauf in den Himmel. Erste Sterne zeigten sich, spendeten ein wenig Trost. Später würde sie den Sternenhimmel sicherlich gut sehen können, schließlich gab es hier keine Lichtquelle, die den Blick stören würde. Veronika schluckte. Keine Lichtquelle bedeutete absolute Finsternis. *Ach du ... Sie hatte doch weder Smartphone noch Taschenlampe dabei.*

Ein Geräusch ließ sie aufhorchen. Kam da jemand? Ein Motor röhrte durch die Nacht. Sie sprang auf und rannte die paar Meter zur Straße. Egal wer da kam – alles war besser als eine Nacht hier draußen zu schlafen.

In der Ferne entdeckte sie ein Licht, das im Slalom immer näher kam. *Hm, ist der Fahrer betrunken? Vielleicht sollte sie die Nacht doch lieber im Gras verbringen.*

Veronika trat ein wenig zurück. Mit einem betrunkenen Fahrer war sicher nicht zu spaßen. Nachher war das ein Lüstling oder er setzte den Wagen gegen einen Baum! Angespannt knetete Veronika ihre Hände und blickte sich um. Einige Meter entfernt machte die Straße eine neunzig Grad Kurve, wo sie im letzten Dämmerlicht ein Fahrzeug erkennen konnte. Oder was auch immer das war, was da auf sie zukam. Veronika kniff die Augen zusammen. Jetzt hörte sie auch eine Stimme.

»Halt an. Ich verlier den Klaus!«

Was? Das war die Stimme einer älteren Frau. Wen verliert sie da? Veronika schlich wieder ein Stück näher an die Straße.

»Dass der auch so steif sein muss!«

Hatte sie das gerade richtig gehört? Oha. Veronika ging am Rande eines Grabens in die Knie. Bei den seltsamen Damen wollte sie lieber nicht mitfahren.

Das Gefährt setzte sich wieder in Bewegung und Veronika drückte sich tiefer ins Gras. Die grellen Scheinwerfen blendeten sie und sie schirmte die Augen mit der Hand ab. Dann erkannte sie es. Ein großer Aufsitzmäher fuhr an ihr vorbei und zog eine Schubkarre hinter sich her. Veronika blieb der Mund offen stehen. Ungläubig schüttelte sie den Kopf. Den Umrissen nach hatten zwei dicke Frauen darauf gesessen und dieser Klaus in der Schubkarre gelegen. Zumindest hatten zwei Beine hinten aus der Karre gehangen. *Und Klaus hatte einen ...* Nein, weiter wollte Veronika nicht denken. Es reichte!

Sobald sie morgen in der Pension war, würde sie ihre Koffer packen. »Wenn ich diesen Seemann in die Finger bekomme, drehe ich ihm eigenhändig den Hals um.«

Es wurde schlagartig dunkel. Veronika stolperte eilig zu ihrem Lager und kroch unter das Badehandtuch. Trotz der schwülen Luft war ihr auf einmal ziemlich kalt. Die Angst legte sich wie eine zweite Decke über sie und schnürte ihr den Hals zu.

***

Nachdem sie die Schubkarre und damit auch Klaus zweimal fast verloren hätten, erreichten Talea und Dini endlich das Feld in der Nähe seines Hofes. Das Gras war kurz gemäht und stoppelig. Mühelos fuhren sie auf die andere Seite und hielten vor einem Graben an. Wenn sie ihn dort ablegten, würde ihn so schnell keiner finden. Das war eindeutig ein Vorteil des Rheiderlandes: Man konnte Leichen gut verstecken.

Dini hielt an. Talea ließ erleichtert die Griffe der Schubkarre los und streckte die schmerzenden Finger. Dini fuhr wieder los und Talea ruderte mit den Armen, weil sie fast vom Sitz gefallen wäre.

»Du olle Kuh!«, schimpfte sie. »Sach doch was!«

»Was.« Dini kicherte und fuhr jetzt langsam mit dem Aufsitzmäher im Kreis. Das Licht der Lampe fiel auf Klaus.

»Du, Talea? Der hat n Schuh wech.«

Talea kletterte vom Sitz und trat an die Schubkarre. »Tatsächlich. Na, er braucht ihn ja nicht mehr, oder? Fass mal mit an.«

Sie packte einen Griff, Dini den anderen und zusammen kippten sie die Karre so weit, dass Klaus hinausrutschte. Rums. Die beiden Damen zogen die Schubkarre noch ein Stück zurück und Klaus schlug mit dem Kopf auf dem Boden auf.

»Gut, dass er den Helm aufhat.« Dini ließ die Karre los und trippelte zu ihm. Eifrig nestelte sie an dem Gurt und zog ihm den Helm vom Kopf. »Ich glaube, ich brauch noch n Schnaps.«

»Klaus hat einen guten im Haus.«

»Er schuldet uns sowieso noch eine Flasche Wein, nicht wahr?«

»So isses.«

Dini stieg auf den Aufsitzmäher, Talea tat es ihr gleich. Dieses Mal konnte sie die Schubkarre viel leichter festhalten, so ohne den Klaus. Um diese Last befreit, pfiff sie ein Lied.

Der Hof von Klaus war ganz in der Nähe. Die Straßen waren nicht beleuchtet. Doch die beiden Schwestern hatten den Aufsitzmäher mit einem extra starken Scheinwerfer ausgestattet und sie kannten sich aus. Schon oft waren sie hier auf dem Hof gewesen und es war noch genauso wie früher. Das große Gebäude erkannten sie gegen den Sternenhimmel nur schemenhaft. Im Haus war alles dunkel, denn der Klaus lebte allein.

Dini und Talea hielten vor der seitlichen Scheunentür. Talea drückte die Türklinke – die Tür war offen. Was anderes hatten sie auch nicht erwartet. Hier schloss man nicht ab. Hier sah man schon einen Tag vorher, wenn jemand zu Besuch kam, so weitläufig und einsam lagen die Höfe im Rheiderland.

Sie tasteten sich durch die Scheune in die Küche und von dort in den Flur. Klaus hatte in seinem Hof ebenfalls einen kühlen Keller, der perfekt für seinen Wein war. Und da wollten sie hin.

Langsam kletterten sie die Treppe hinunter. Dini ächzte.

»Du brauchst doch ein neues Knie, meine Liebe.« Talea nahm die letzte Stufe und ging zu einem der Regale. Sie zog eine Flasche Rotwein hervor und hielt sie weit von sich.

»Und du ne neue Brille.« Dini nahm ihrer Schwester die Flasche ab. »Jo, der is gut. Hat er noch mehr davon?«

Sie fanden noch fünf Flaschen des guten Rotweins und eine Flasche Schnaps. Stöhnend ließen die Schwestern sich auf der Treppe nieder. Dini gähnte, während

Talea die erste Weinflasche öffnete. Klaus zu entsorgen, war ganz schön anstrengend gewesen. Und sie waren ja nicht mehr die Jüngsten.

»Auf Klaus!«

»Auf Klaus!«

Abwechselnd tranken die beiden aus der Flasche und es dauerte nicht lange, da war sie leer.

»Nanu.« Dini hielt sie ins Licht und schüttelte sie leicht. »Nichts mehr drin.« Sie hickste und lachte.

Talea lehnte sich an sie. »Isch glaub, isch musch insch Bett.«

»Gute Idee.« Dini stellte die Flasche auf den Boden und versuchte, aufzustehen. »Der Boden wackelt aber ganz schön. Den muss Klaus mal reparieren.«

»Kanner nich mehr.« Talea zog sich am Treppengeländer hoch und half dann ihrer Schwester auf.

»Stimmt.«

Dini nahm eine Flasche Wein und steckte sie in die rechte Tasche ihrer Kittelschürze. Der Schnaps wanderte in die linke. Zwei weitere steckte sie in Taleas Kittel.

Aufeinander gestützt erklommen die beiden die Stufen hinauf in den Flur und wankten zurück in die Scheune. Draußen schwang Dini sich mehr oder weniger elegant auf den Sitz des Rasenmähers. Talea guckte nachdenklich auf die Schubkarre, dann schüttelte sie den Kopf, stieg hinter Dini auf den Aufsitzmäher und hielt sich an ihr fest.

»Schubskarre hollen mir morgen. Ahoi!«

Kapitel 4

Veronika hatte nicht geschlafen. Ständig hatte sie das Gefühl, etwas krabbelte über oder auf ihr und schon bei dem Gedanken daran, kribbelte es überall. Die Angst war hartnäckig geblieben, auch der schönste Sternenhimmel konnte nichts daran ändern. Mit der Dunkelheit war die Kälte gekommen, hatte sich in ihre Haut gefressen und sich mit ihrer inneren Kälte verbunden. Immer wieder hatten seltsame Geräusche die unwirkliche Stille unterbrochen, in der Ferne hatten dann und wann rote Lichter aufgeleuchtet, als würde jemand Signale geben. Noch nie in ihrem Leben hatte sie sich so verlassen und verloren gefühlt. So schutzlos ausgeliefert. Sobald es hell wurde, stand Veronika auf. Nebel kroch aus den Gräben über die Weiden und ließ sie erschauern. Sie war nicht nur im Nichts, jetzt sah sie auch nichts mehr davon. Eine unheimliche Stille lag über dem Land, nur hin und wieder unterbrochen von einem seltsamen Schrei. *Sind das Kühe?* Veronika weigerte sich, an eine andere Erklärung zu denken. *Komm nach Ostfriesland und genieße die Weite der Natur! Sicher. Nicht!*

Steif und völlig gerädert faltete sie ihr Handtuch zusammen und stopfte es in die Tasche. Es dauerte ein wenig, bis sie ihre Finger wieder richtig bewegen konnte. Sie drückte den Rücken durch und beugte sich dann einmal nach vorne, wie sie es beim Turnen immer machte, um sich aufzuwärmen. Sie gähnte und ging zur Straße. *Rechts oder links? Weiter oder zurück? Oder einfach über die Wiese gegenüber?* Veronika entschied sich für den Rückzug, soweit sie sich an den Weg erinnern konnte. Irgendwo musste doch ein Haus sein! Sie kramte einen Keks aus der angebrochenen Packung und marschierte los.

»Autsch!« Ihre Füße brannten und sie wechselte vom Asphalt auf den Grünstreifen neben der Fahrbahn. *Immer noch nicht gut, aber besser.*

Je höher die Sonne stieg, desto dichter wurde der Nebel. Als wolle er sie verschlingen, waberte er um ihre Füße herum, dass sie ein banges Gefühl beschlich. Langsam ging Veronika weiter. Nach ein paar Minuten hörte sie etwas. Sie blieb stehen und lauschte. *Doch, da ist was, eindeutig.* Kam endlich die ersehnte Rettung?

Veronika sprang mittig auf die Fahrbahn. Der Nebel riss ein wenig auf und sie erkannte einen LKW, der mit großer Geschwindigkeit auf sie zu raste. Sie schloss die Augen und widerstand dem Drang, zur Seite zu springen.

Ein lautes Hupen, dann folgte das Quietschen von Bremsen.

Warme Luft blies Veronika ins Gesicht. Als sie die Augen öffnete, sah sie sich einer Kuh gegenüber. Keiner echten. Jemand hatte ein Bild davon auf den Kühlergrill des LKWs geklebt. *Hm, faszinierend …*

»Sach mal, bist du völlig lebensmüde?« Die wütende Stimme eines jungen Mannes brachte Veronika dazu, den Blick von der Kuh zu wenden.

»Sie hat schöne Augen«, murmelte sie. *Dieses Ostfriesland schien sie doch mehr zu verwirren, als sie gedacht hatte.*

Der Mann schüttelte sich. »Was? Aus welcher Anstalt bist du denn abgehauen? Runter von der Straße!«

»Hätten Sie bitte die Freundlichkeit, mich nach Leer zu bringen?« Veronika lächelte. Ihr war klar, was für einen Eindruck der LKW-Fahrer von ihr haben musste. Sie betrachtete ihn genauer. Er war groß, schlank und hatte blonde Haare. Also in jüngeren Jahren hätte sie sich in ihn verlieben können. Sie räusperte sich. »Ich habe mich gestern wohl ein wenig verlaufen.«

Der Mann musterte sie, sein Blick wurde etwas weicher. »Bist du ganz aus Leer hierher ins Rheiderland gelaufen und hast hier übernachtet?«

Veronika nickte und konnte ein Gähnen nicht mehr unterdrücken. »Ich wollte nach Ditzum.«

»Mann, ihr Touris seid echt ohne Karten.« Er seufzte. »Aber hast Glück. Ich bin eh voll und muss zur Molkerei. Steig ein.«

Veronika atmete auf, folgte seiner Anweisung und erklomm das Führerhaus auf der Beifahrerseite. Der Sitz war herrlich weich. Sie schloss die Augen. Die Anspannung der letzten Nacht wich einer absoluten Erschöpfung – und Erleichterung, weil man sie gefunden hatte. Sie würde nicht einsam und verlassen in dieser blöden Gegend sterben.

»Willst du was trinken?«

»Danke.« Veronika nahm die angebotene Wasserflasche und trank sie halb leer.

Der Mann startete den Motor und fuhr los. Eine Weile schwiegen sie. Das monotone Brummen des Motors lullte sie ein, sodass Veronika fast eingeschlafen wäre.

»Wie kommt man bitte auf die Idee, von Leer nach Ditzum zu laufen? Das sind knapp zwanzig Kilometer!«

Veronika riss die Augen auf. »Was?! Dieser Holzkopf hat mir gesagt, ich müsse nur über die Brücke und n Stück den Deich lang.«

Der Mann lachte auf. »Das klingt nach Fiete. War das so n Oller mit Pfeife und blauem Troyer?«

»Genau! Wenn ich den in die Finger kriege ...« Veronika ballte die Hand zur Faust. *Das wird ja immer besser mit dem Kerl!*

»Kannst du jeden Morgen am Hafen haben. Da sitzt er immer.« Er hielt Veronika die Hand hin. »Ich bin Jan.«

»Veronika.« Sie lachte. »Normalerweise lass ich mich nicht so schnell in die Irre führen. Und entschuldige, falls ich etwas streng rieche.« Sie blickte auf ihre Schuhe. »Die Schafe und ich haben uns nicht gut verstanden.«

»Ach, kein Ding. Ich habe kein Problem mit frischer Landluft. Und vor Schafen brauchst du keine Angst haben. Die sind es gewöhnt, dass Leute über den Deich latschen.«

»Echt? Da passiert nichts?« Veronika konnte es nicht glauben.

»Echt. Außer man tritt in ihre Hinterlassenschaften.« Jan lachte. »Und wieso hast du dich dann im Hammrich verlaufen, wenn Fiete dich auf den Deich geschickt hat?«

»Im wo?«

»Hammrich. Oder auf Plattdeutsch ›Hammerk‹. So nennt man hier die großen und flachen Wiesen und Weiden, wo quasi kein Gebäude steht. Typisch für Ostfriesland.«

»Aha. Na ja, ich dachte, ich könnte eine Abkürzung nehmen«, erwiderte Veronika. »Ich wusste ja nicht, dass da nichts ist.«

Sie hatten die Jann-Berghaus-Brücke erreicht. Der Nebel lag in dicken Fetzen auf der Ems und bildete eine natürliche Grenze zur Zivilisation. Auf der Leeraner Seite schien die Sonne hell vom Himmel.

»Wo wohnst du?«

»Pension Gerda.«

Jan überlegte kurz. »Da komm ich mit meinem Laster nicht ganz hin. Aber ich lass dich eine Straße weiter raus, in Ordnung?«

»Klar. Vielen Dank für deine Hilfe. Ohne dich würde man mich wahrscheinlich in ein paar Tagen als Leiche wiederfinden.« Veronika schüttelte sich bei dem Gedanken daran.

»Das kann hier auch mal Wochen dauern.« Jan grinste. »So, da wären wir. Einen schönen Urlaub noch. Und das nächste Mal nimm lieber den Bus nach Ditzum.«

»Mach ich!« Veronika kletterte aus dem LKW und schlug die Tür zu. Nachdenklich sah sie ihm nach. Was für ein Glück, dass dieser nette, junge Mann sie gefunden hatte. Es konnte Wochen dauern, bis eine Leiche entdeckt wurde? Das schien auch auf Lebende zuzutreffen. Immerhin war ihr gestern kein Fahrzeug begegnet. Nur dieses seltsame Gefährt mit dem steifen

Klaus. Oder hatte sie schon unter Halluzinationen gelitten und das alles geträumt? Sie schüttelte ihren Kopf. Eine Gänsehaut kroch über ihre Haut. Keinen Fuß würde sie wieder auf dieses Land auf der anderen Seite der Ems setzen.

Müde schlurfte Veronika die letzten Meter zur Pension. Sie drückte gegen die Tür und prallte zurück. Die Tür war verschlossen.

»Hallo?« Sie hob die Hand, um zu klopfen, doch dann fiel ihr Blick auf die Uhr der Apotheke gegenüber. »Och nee!«

Kurz nach fünf. Kein Wunder, dass noch niemand wach war. Gähnend ließ sich Veronika an der Tür entlang gleiten, setzte sich auf die Treppenstufe, lehnte sich an und schlief augenblicklich ein.

Kapitel 5

Gut gelaunt fuhr Tim Mertens mit seinem Gespann auf das Feld von Klaus Behrens. Die Sonne war gerade aufgegangen und vertrieb immer mehr den Nebel. Die Vögel zwitscherten und die Luft roch nach Regen. Das Gewitter war gestern zwar an ihnen vorbeigezogen, für heute war aber eine neue Regenfront angekündigt. Die Böden hatten es bitter nötig und für die richtige Düngung würde er jetzt sorgen.

Der junge Landwirt richtete seinen Traktor und den Gülleanhänger aus und stellte die Pumpe an. Mit einem fächerartigen Strahl schoss das übelriechende Braun aus dem Tank und verteilte sich auf dem Feld. An dem Geruch störte Tim sich schon lange nicht mehr. Frische Landluft war das, ganz einfach. Sein Geruch nach Heimat.

Das Radio voll aufgedreht fuhr er Bahn für Bahn über die Weide. Der Autopilot des neuen Traktors hielt von allein die Spur und so beschäftigte Tim sich überwiegend mit dem Smartphone. Nur ab und an sah er auf, um in den Kurven das Steuer zu übernehmen. So wie jetzt.

Er näherte sich gerade zum zweiten Mal dem Graben der Südseite, als er stockte. »Verdammt!« Er trat in die Bremsen, stellte den Motor ab und sprang aus dem Traktor. Mit wenigen Schritten war er am Rande des

Grabens angekommen und beugte sich über den leblosen Körper, den er im hohen Gras entdeckt hatte.

»Klaus! Mensch! Was ist mit dir?« Tim tastete am Hals nach dem Puls, doch außer glitschiger Gülle fühlte er nichts. Kein schöner Kontrast zu dem Anzug, den der Klaus trug.

»Ähm, ja, sorry, Klaus, für die Dusche?« Tim taperte zurück und sprang in den Traktor. Was sollte er denn jetzt machen? Der Klaus war tot, das schien klar. Aber hatte er ... Also hatte er ihn mit der Gülle ... Entsetzt griff Tim Mertens nach dem Smartphone und wählte die 110.

***

Der Anruf seiner Dienststelle erreichte Klaas Jacobsen beim Frühstück mit seiner Frau Anja. Er warf einen letzten sehnsüchtigen Blick auf das Frühstücksei in der Pfanne und gab seiner Frau einen Kuss. »Tut mir leid, Schatz. Die Arbeit ruft.«

Er verließ das Haus und wartete an der Straße auf seinen Kollegen Meinders, der ihn abholen wollte. Kurz darauf hielt ein silberner Kombi vor ihm und sein Kollege ließ das Fenster herunter. Meinders hatte sich vor gut einem Jahr von Hannover nach Leer versetzen lassen. Er war etwas kleiner als Klaas Jacobsen und hatte braune Haare, die immer ein wenig wirr aussahen.

»Moin! Nimm die Gummistiefel mit«, rief ihm Meinders entgegen.

Jacobsen runzelte die Stirn, ging aber in seine Garage und holte das Gewünschte. Er warf sie in den Kofferraum, wo er schon die seines Kollegen entdeckte.

»Wozu brauchen wir die?«, fragte er, als er in den Wagen stieg.

»Das wollten die Streifenjungs nicht verraten.« Meinders zuckte mit den Schultern und fuhr los. »Es hieß nur, wir haben eine männliche Leiche im Hammrich. Todesursache unbekannt.«

»Sind Spusi und Totengräberin informiert?«

Meinders lachte. »Nenn Frau Dr. Sandkrug doch nicht immer Totengräberin!«

»Ich find das lustig.« Klaas Jacobsen lehnte sich zurück und blickte aus dem Fenster.

Sie überquerten die Jann-Berghaus-Brücke. Auf der Ems verhüllten Nebelfetzen ein Motorboot zur Hälfte. Sie bogen hinter der Brücke rechts ab und dann irgendwo links. Die Häuser verschwanden mehr und mehr. Nur noch vereinzelte Gehöfte waren zu sehen. Jacobsen hatte irgendwann den Überblick verloren, wo genau sie waren. Letzte Nebelschwaden waberten über die weitläufigen Weiden. Laut Navi hatten sie ihr Ziel fast erreicht. Langsam drang der immer stärker werdende Geruch nach frischer Landluft in ihren Wagen. Jacobsen schwante Schlimmes.

Seine Befürchtungen bestätigten sich, als er den Wagen der Streife vor genau dem Feld entdeckte, auf dem ein Traktor mit Gülleanhänger stand.

»Gut, dass ich kein Frühstück hatte.« Jacobsen stieg aus und hielt kurz die Luft an. Dann ging er zum Kofferraum und tauschte Sneaker gegen Gummistiefel.

Kollege Meinders trat neben ihn. Er blähte die Backen auf und gab würgende Geräusche von sich.

»Alles gut?«, fragte Jacobsen ihn.

»Rührei«, brachte der Gefragte nur mühsam hervor.

»Moin, Kollegen!« Ein Streifenbeamter begrüßte sie. »Schöne Sauerei da.« Er deutete aufs Feld.

»Hat der Bauer jemanden überfahren?« Jacobsen warf die Sneaker in den Kofferraum.

»Nicht direkt. Eher überschüttet.« Der Beamte grinste.

Meinders hatte seine Turnschuhe ebenfalls in den Kofferraum geworfen und schmiss die Klappe zu. »Macht dir der Gestank nichts aus?«

»Nö, ich bin auf dem Bauernhof groß geworden.« Der Streifenkollege deutete aufs Feld. »Bauer Mertens hat Gülle gefahren und dabei den Toten entdeckt. Leider erst bei seiner zweiten Runde, somit ...« Er räusperte sich. »Müsst ihr selbst sehen. Bei der Leiche handelt es sich ...« Er sah auf seinen Block. »... um Klaus Behrens. Er hat die Weide dem Mertens überlassen.«

Die drei Männer liefen während des Gespräches über die Weide zum Traktor. Bei jedem Schritt schmatzte es unter ihren Füßen und die Gesichtsfarbe von Meinders wandelte sich von blass in ein dezentes Grün.

Ein junger Mann mit Schirmmütze saß auf den Stufen seines Traktors und schüttelte den Kopf.

»Tim Mertens«, erklärte der Streifenbeamte. »Der kriegt sich gar nicht wieder ein.«

»Na, man entdeckt ja auch nicht jeden Tag eine Leiche und begießt sie mit ... Ach du Scheiße!« Jacobsen riss die Augen auf.

Bei Tageslicht war das ganze Ausmaß des Desasters erkennbar. Klaus lag halb im Graben, die Füße voran. Sein Kopf hatte auf der Wiese mehr Gülle abbekommen als der Rest, sodass die braune Flüssigkeit in seinem offenen Mund stand.

Jacobsen wandte sich ab und trat ein paar Schritte zurück. »Weiß jemand, was der Bauer hier auf dem Feld gemacht hat?«

Allgemeines Kopfschütteln war die Antwort.

Meinders hielt sich die Nase zu. »Wozu hat der sich so schick gemacht? Das ist doch ein Anzug, oder?«

»Keine Ahnung. Vielleicht kann uns der Unglücksrabe etwas über ihn erzählen.« Jacobsen deutete auf Tim Mertens. Er ging zum Traktor, gefolgt von Meinders.

Der Bauer schüttelte immer noch den Kopf. »Mann, Mann. Das tut mir so leid. Der arme Klaus.«

»Herr Mertens? Jacobsen, das ist mein Kollege Meinders.«

»Hab ich ihn, also mit der ... Ist er erstickt?«

Jacobsen stutzte kurz, dann zuckte er mit den Schultern. »Das wird die Gerichtsmedizin klären. Sie haben Herrn Behrens erst gesehen, nachdem Sie schon einmal eine Runde Gülle auf ihm abgeladen hatten?«

»Ja! Verdammt, ich hab ihn nicht gesehen. Wirklich nicht! Ich hätte doch nie ... Der arme Klaus«, jammerte Tim Mertens.

Jacobsen kam das alles komisch vor. Wie konnte man denn bitte einen Mann übersehen, der ziemlich offen am Rand des Feldes lag? »Sind Sie sich sicher?«

»Was?«

»Dass Sie Herrn Behrens wirklich nicht gesehen haben?«

Tim Mertens ließ die Schultern hängen. »Ich habe auf dem Smartphone gespielt. Und die Sicht von da oben ist nicht immer die beste.«

»Darf ich?« Jacobsen deutete auf den Traktor.

Tim Mertens nickte nur.

Jacobsen erklomm die Stufen und ließ sich auf den Fahrersitz fallen. Das hier hatte nichts mehr mit den Traktoren zu tun, mit denen er in seiner Jugend auf dem Hof seines Onkels gefahren war. Das hier war Hightech vom Feinsten. Statt eines Lenkrads gab es nur Joysticks.

Jacobsen warf einen Blick nach draußen. Der äußere Rand des Feldes und auch der Graben waren wirklich nur schwer auszumachen. Er sprang aus dem Führerhaus und nickte. »Kannten Sie Klaus Behrens näher?«

»Geht so. Er hat uns seine Wiesen verpachtet. Und hin und wieder war er bei meinen Eltern und hat ne Flasche Wein mitgebracht. Ein Kenner war der. Hatte im Keller eine ganze Sammlung.«

Meinders bekam langsam wieder eine etwas normale Gesichtsfarbe. »Wissen Sie, ob Herr Behrens gestern etwas vorgehabt hat? Er trägt einen Anzug.«

Tim Mertens winkte ab. »Den trug der Klaus immer, sobald er aus dem Haus ging. ›Man muss es mir nicht ansehen und schon gar nicht riechen können, dass ich Bauer bin.‹ Das hat er immer gesagt. Ach ja.«

»Ich glaube, Sie fahren erst einmal nach Hause und trinken einen ordentlichen Schnaps auf den Schreck.« Jacobsen klopfte dem jungen Mann auf die Schulter. »Aber ohne Blick auf das Telefon! Wir melden uns bei Ihnen, wenn wir wissen, wie er ums Leben gekommen ist.«

»Danke.« Tim Mertens kletterte in den Traktor und ließ den Motor an. Mit Vollgas brauste er davon und schleuderte mit seinen großen Reifen eine Ladung Sand-Gülle-Gemisch durch die Luft.

Ein Hupen von der Straße kündigte die Ankunft von Frau Dr. Sandkrug an. Die Spurensicherung hatte sie im Schlepptau. Meinders Miene hellte sich augenblicklich auf, wie Jacobsen grinsend feststellte. Die junge Ärztin stieg aus, nahm ihren Koffer vom Rücksitz und lief zur Weide. Sie war schlank und recht groß, hatte die schulterlangen blonden Haare zu einem Zopf gebunden. Sie stockte und sah abwechselnd von ihren Schuhen zum Feld und zurück. Mit einer Hand hielt sie sich die Nase zu und verzog angesichts der Güllemenge vor ihr das Gesicht.

Meinders nutzte die Gelegenheit und rannte zu ihr. »Frau Dr. Sandkrug, darf ich Ihnen meine Gummistiefel anbieten?«

Sie zog ihre Augenbrauen hoch, nickte dann aber.

»Wollen wir ...« Meinders deutete zu seinem Wagen, aber die Ärztin hatte bereits den ersten Schuh ausgezogen. Sie hüpfte auf einem Bein und streckte ihm eine Hand hin. Seufzend zog er den linken Gummistiefel aus und reichte ihr den. Sie schlüpfte in den viel zu großen Stiefel, zog ihren zweiten Schuh aus und hielt Meinders erneut die Hand hin.

Meinders zögerte. Noch stand er auf einem Bein, dem mit dem Gummistiefel. Er verdrehte die Augen, setzte seinen linken Fuß in das feuchte Gras und reichte der Ärztin den zweiten Stiefel. Sobald sie den angezogen hatte, marschierte sie in Richtung Leichenfundort.

»Überzieher?« Ein Kollege von der Spurensicherung hielt Meinders grinsend zwei Schuhüberzieher aus Plastik vor die Nase.

Meinders riss ihm die aus der Hand und grummelte.

Jacobsen konnte sich ein Lachen gerade noch verkneifen. Sein Kollege war eindeutig schwer verliebt. Jacobsen streckte der Gerichtsmedizinerin die Hand hin, die sie jedoch gekonnt ignorierte.

»Ein schönerer Tatort hätte Ihnen auch nicht einfallen können, was?« Frau Dr. Sandkrug hielt sich nicht mit förmlichen Begrüßungen auf. Stattdessen drückte sie Jacobsen ihre Tasche in die Hand. »Wehe, da kommt was von dem Scheißzeugs dran!«

»Einen wunderschönen guten Morgen, Frau Doktor.« Jacobsen grinste. Die Ärztin mochte zwar sehr direkt sein, aber er schätzte ihre Fachkompetenz, die sie trotz ihrer gerade mal vierunddreißig Jahre hatte.

»Puh! Wer hat den armen Kerl denn so eingesaut?« Die Ärztin ging neben Klaus in die Hocke. Sie holte Einmalhandschuhe aus ihrer Jacke und zog sie über. Sie verzog das Gesicht, lehnte sich zurück und legte mit ausgestrecktem Arm zwei Finger an seinen Hals.

»Tot.«

»So weit waren wir auch schon. Können Sie uns sonst noch etwas sagen? Die Todesursache vielleicht?«

»Möchten Sie sein Horoskop oder Tatsachen?«

Jacobsen hob abwehrend die Hände. »Sie haben alle Zeit der Welt.«

Die Ärztin beugte sich wieder über die Leiche. Sie drehte den Kopf des Mannes ein wenig und schob ein paar Haare zur Seite. »Herr Kommissar, gucken Sie mal. Wenn mich nicht alles täuscht, hat der werte Herr hier eine ordentliche Wunde am Kopf.«

Jacobsen hockte sich neben sie. »Geschlagen oder gefallen?«

»Kann ich hellsehen?«

»Vielleicht war er betrunken?«

»Das wird der Bluttest zeigen. Momentan riech ich keinen Alkohol, nur Scheiße. Gucken Sie mal in meine Tasche, Jacobsen. Da ist so ein grünes Fläschchen drin. Ja, genau. Und jetzt reiben Sie mir davon bitte ein wenig unter die Nase.«

Jacobsen stockte mitten in der Bewegung. »Was bitte?«

»Jetzt stellen Sie sich man nicht so an, Herr Kommissar. Das ist Pfefferminzöl. Ohne halte ich diesen widerlichen Gestank nicht aus.« Sie stand auf. »Nun?«

»Okay.« Jacobsen ließ zwei Tropfen auf seinen Zeigefinger fallen und rieb damit schnell unter der Nase von Frau Doktor Sandkrug entlang. Er nutzte die Gelegenheit und schmierte sich auch etwas davon unter die Nase. *Hm, gleich viel besser.* »Können Sie mir sonst noch etwas sagen? Die ungefähre Todeszeit vielleicht?« Die Chance auf eine Antwort war gering, aber sie brauchten irgendetwas, um mit den Ermittlungen anfangen zu können.

»Nein. Nein. Nein.« Die Ärztin zog sich die Handschuhe aus. »Ich weiß nicht, wie lange der Herr hier gelegen hat. Ich weiß nicht, wie kalt oder eher schwül es heute Nacht gewesen ist. Und ich weiß nicht, wie warm dieses Zeugs hier ist und die Körpertemperatur eventuell verändert hat.«

Sie war eindeutig genervt, kein gutes Zeichen. »Dann wie immer nach der Obduktion?«, fragte Jacobsen und ging einen Schritt zurück.

»Ja. Kann aber etwas länger dauern dieses Mal. Wenn das Zeug hart wird ...« Dr. Sandkrug winkte ab und eilte zurück zu ihrem Wagen.

Jacobsen folgte der Ärztin und stellte ihr die Tasche auf den Beifahrersitz. Jede Chance, ihre Stimmung zu heben, musste genutzt werden.

Dr. Sandkrug fuchtelte hektisch in der Luft herum. »Wo ist denn nur Ihr Kollege? Ich fahr doch nicht in diesen Gülletretern zurück in die Gerichtsmedizin!«

Jacobsen sah sich um und entdeckte Meinders, der auf sie zulief. Kopfschüttelnd blickte er auf die Plastiküberzieher, die er statt Schuhen an den Füßen trug.

»Kein Wort«, zischte Meinders ihm zu, während er an ihm vorbeiging. »Frau Doktor, Ihre Schuhe!« Er reichte sie der Ärztin.

»Geht doch. Stehenbleiben.« Sie stützte sich mit einer Hand auf seine Schulter, streifte mit spitzen Fingern den ersten Gummistiefel ab und schlüpfte aufatmend in ihre eigenen High Heels. Der zweite Stiefel flog davon und als sie wieder sicher auf ihren eigenen Füßen stand, stieg sie wortlos in ihren Wagen und fuhr davon.

Meinders blieb stehen und sah ihr mit offenem Mund nach.

»Alter, dich hat es echt erwischt, oder?« Jacobsen klopfte ihm auf den Rücken. »Na los. Zieh dir endlich deine Treter wieder an und dann geht's zum Hof von diesem Behrens.«

Während sich Meinders auf den Rand des Kofferraumes setzte und sich aus Überziehern und eingesauten Socken schälte, kam ein Kollege der Spurensicherung zu ihnen.

»Du, Klaas, der Tote hat nur einen Schuh an. Einen zweiten haben wir bisher nicht finden können.« Er verdrehte die Augen. »Vielleicht liegt er unter einer großen Ladung Gülle vergraben.«

»Ihr schafft das schon!« Jacobsen grinste. »Wir räumen dann mal das Feld, damit wir euch nicht stören.«

»Ach, haut doch ab!« Der Kollege der Spurensicherung drehte sich um und stapfte in seinem nicht mehr ganz weißen Anzug zurück aufs Feld.

***

Mit einem Rums landete Veronika auf dem harten Steinboden im Flur der Pension. Verdattert sah sie hoch und blickte in die Augen ihrer Pensionswirtin.

»Na, lange Nacht gehabt?« Ein spöttisches Grinsen zierte ihr Gesicht.

Veronika richtete sich auf und rieb sich den schmerzenden Rücken. »Kann man wohl sagen. Ich habe mich verlaufen, auf einer Weide geschlafen und so ein silberner LKW hat mich um fünf Uhr aufgelesen und hierhergebracht.«

Das Grinsen wurde zu einem mitfühlenden Lächeln und eine Hand streckte sich ihr entgegen. »Oje, Sie Arme! Wie konnte das denn passieren?« Sie zog Veronika auf die Beine. Ihr Blick fiel auf ihr grün-braunes Hinterteil. »Und mit wem hatten Sie da eine unangenehme Begegnung?«

»Schafe.« Veronika gähnte. »Eine ganze Horde bissiger Schafe.«

Die Pensionswirtin lachte laut auf. »Ach, hören Sie doch auf. Die tun doch nichts. Wissen Sie was? Sie gehen unter die Dusche und schlafen dann eine Runde. Und ich stecke in der Zeit ihre Hose und auch die Schuhe in die Waschmaschine.«

»Das klingt wunderbar. Besonders der Teil mit der Dusche.«

Veronika drehte sich um und schlurfte die Treppe hinauf in den ersten Stock. Wann war sie das letzte Mal so fertig gewesen? Sie war sogar zu müde, um nach ihrem Smartphone zu greifen und ihre Mädels daheim zu informieren. Selbst das Denken fiel ihr schwer.

***

Zum Hof von Klaus Behrens war es nicht weit, zumindest nach Rheiderländer Maßstab. Er stand in Alleinlage, die nächsten Nachbarn weit weg. Die Auffahrt säumten ein paar windschiefe Bäume. Eine große Scheune stand gegenüber einem hölzernen Unterstand, wo zwei alte Traktoren und diverse andere Geräte untergebracht waren. Der eigentliche Hof stand an der Stirnseite und war ein typisches Fehnhaus – vorne Wohntrakt, hinten Scheune für das Vieh. Alles wirkte ein wenig verlassen. Nicht ungepflegt, eher ungenutzt.

Jacobsen parkte den Wagen und stieg zusammen mit Meinders aus.

»Ziemlich still hier.« Meinders sah sich um. »Scheint nicht mehr bewirtschaftet zu werden.«

»Schau'n wir mal.«

Die beiden Männer gingen zur Haustür und klingelten. Als keiner öffnete, drückte Jacobsen auf Verdacht die Klinke. »Hah, wusste ich's doch. Hier schließt keiner ab.« Er schob die Tür ganz auf und trat in den Flur. »Hallo? Hier ist die Polizei!«

Es kam keine Antwort und so gingen sie weiter rein. »Hallo?«

»Ernsthaft?« Meinders sah seinen Chef mit hochgezogenen Augenbrauen an.

»Was meinst du?«

Jacobsen sah in den ersten Raum. Es war das Wohnzimmer, die gute Stube. *Eingestaubte Stube*, fügte er in Gedanken hinzu. Der große Eichenschrank bedeckte eine ganze Wand. Die Sitzmöbel schienen aus einer anderen Zeit zu kommen. Er verließ den Raum.

»Na, das hier keiner abschließt?« Meinders schüttelte den Kopf. »In Hannover hätten sie dir wahrscheinlich schon lange die ganze Bude ausgeräumt.«

»Nö, hier nicht. Hier kennt man sich, da muss das nicht. Die Rheiderländer sind ein ehrliches Völkchen«, erklärte Jacobsen.

»So ehrlich ja nun auch nicht. Immerhin ist einer von ihnen tot.« Meinders zuckte mit den Schultern.

Der Wohntrakt war nicht sonderlich groß. Es gab die gute Stube, ein Schlafzimmer, in dem das Bett frisch gemacht war, die Küche, ein winziges Bad ohne Toilette und ein kleines Wohnzimmer, das offensichtlich häufig genutzt wurde. Das Sofa war abgewetzt und ein Stapel Zeitungen lag auf dem Tisch. Alles wirkte nicht unordentlich oder dreckig, einfach nur alt.

Ein weiteres Stockwerk gab es nicht. Dafür führten ein paar ausgetretene Holzstufen in den Keller. Die Decke war niedrig, sodass Jacobsen den Kopf ein wenig einziehen musste. Auf schicken Holzregalen lagen sehr viele Weinflaschen. In einer Ecke standen fast ebenso viele leere Flaschen.

»Hm, scheint tatsächlich ein Weinliebhaber gewesen zu sein.« Meinders nahm eine Flasche aus dem Regal. »Ich mag ja lieber ein kühles Helles.«

»Da hast du wohl recht.« Jacobsen drehte sich einmal. »Hier ist nichts. Lass uns wieder hochgehen.«

Sie gingen in die Küche.

»Seltsam, nichts ist durchwühlt und auf den ersten Blick scheint nichts zu fehlen.« Jacobsen rieb sich den Nacken.

Auf dem Tisch stand ein Becher, halbvoll mit kalt gewordenem Tee. In der Spüle lagen ein Brettchen und ein Messer.

»Der alte Mann hat sich also noch etwas zu essen gemacht, bevor er aus dem Haus gegangen ist. Nur wo wollte er hin? Einen einsamen Schuh habe ich hier auch nicht gefunden.«

»Vielleicht wollte er zu seinem Sohn?« Meinders nahm ein Bild von der Wand, das einen jungen Mann zeigte.

»Wir müssen unbedingt herausfinden, ob er Familie hat.« Jacobsen zog sein Smartphone hervor und sprach kurz mit den Kollegen von der Wache. »Lass uns mal in die Scheune gucken«, schlug er dann vor.

Meinders hielt die Luft an. Durch eine Metalltür gelangten sie direkt von der Küche in den ehemaligen Kuhstall. Der wurde nicht mehr genutzt und war gründlich gereinigt worden.

»Kannst wieder atmen, Kollege.« Jacobsen lachte.

Dicke Holzbalken stützten das Dach. Die nackten Ziegel waren zu sehen und durch einige Lücken drang Sonnenlicht in die Scheune. Staubkörner schwebten in der Luft. Auf den ersten Blick gab es außer den alten Absperrgittern der Viehboxen und zwei Forken nichts. Über dem Wohntrakt lagerte immer noch Heu. Am Ende der Scheune entdeckte Jacobsen eine Tür.

»Das Klo?« Ungläubig starrte Meinders in den winzigen Raum. Dort stand nur eine Toilette ohne Deckel.

Jacobsen zuckte nur mit den Schultern. »Praktisch. Ist wahrscheinlich direkt mit der Jauchegrube verbunden.«

Meinders schlug die Tür zu. »Warum habe ich mich eigentlich nicht in die Stadt versetzen lassen«, murmelte er und seufzte.

»Tja. Augen auf bei der Berufswahl.« Jacobsen ließ seinen Blick aufmerksam über das Ständerwerk schweifen. An einem Querbalken in etwa vier Meter Höhe blieb sein Blick hängen. Da war doch was. Er trat näher und blickte nach oben. »Na sieh mal einer an.«

»Was ist da?«

»Eine alte Kiste, wenn mich nicht alles täuscht. Mach mal Räuberleiter.«

»Du willst da ganz hochklettern?« Meinders runzelte die Stirn.

»Natürlich. Oder zweifelst du etwa an meinen sportlichen Fähigkeiten?« Jacobsen schüttelte den Kopf. »Es wird seinen Grund haben, warum der Behrens die Kiste da oben versteckt hat. Also müssen wir da hoch.«

»Aber ...«

»Kein Aber! Nun mach schon«, forderte Jacobsen seinen jungen Kollegen auf und zeigte an den Holzständer, der der Kiste am nächsten war.

Meinders sah zu dem Holzständer und wieder zu Jacobsen. »Wir könnten ...«

»Soll ich erst einen schriftlichen Antrag stellen oder machst du endlich die Räuberleiter?«

Ergeben lehnte Meinders sich mit dem Rücken an den Pfahl und verschränkte die Hände ineinander. »Aber ...«

Jacobsen ignorierte ihn einfach. Er trat mit dem rechten Fuß in die Handflächen seines Kollegen und drückte sich mit Schwung nach oben.

Meinders stöhnte auf. »Du hattest eindeutig zu viele von Anjas Rouladen.«

»Stell dich man nicht so an, sondern schieb mich hoch.« Jacobsen streckte die Arme aus und griff mit einer Hand nach einer Querstrebe. »Noch ein bisschen«, dirigierte er und packte schließlich mit der zweiten Hand zu. Geschickt zog er sich hoch und schwang ein Bein um den Querbalken, auf dem die Kiste stand. Das andere Bein folgte und bald saß er rittlings darauf. »Siehst du, Kollege, alles kein Problem!«, rief er nach unten.

Jacobsen rutschte ein Stück über den Balken, dann hatte er die Kiste erreicht. Sie war alt und aus Metall und hatte stellenweise Beulen. Der Deckel klemmte, also warf Jacobsen sie nach unten.

Meinders fing sie grinsend auf.

»Was?«

»Nichts. Wie kommst du da jetzt wieder runter?«

Ohne Antwort glitt Jacobsen vom Balken, hielt sich mit den Händen kurz fest und ließ dann los. Gekonnt federte er den Aufprall ab, bevor er sich den Staub von der Hose klopfte. »Und? was sagst du jetzt, werter Kollege?«

»Dass wir auch einfach die Leiter da hätten nehmen können?« Meinders lachte und deutete auf den Schatten einer Leiter, die an einem anderen Pfahl stand. »Das wollte ich dir doch die ganze Zeit sagen. Der Behrens wird ja wohl kaum so eine akrobatische Einlage hingelegt haben wie du, um die Kiste zu verstecken.«

»Wenn sie denn von ihm ist.« Jacobsen nahm die Kiste an sich und ruckelte an dem Deckel, bis der schließlich nachgab. »Sieh mal einer an. Lauter Briefe. Warum der Behrens die wohl versteckt hat?«

Meinders nahm sich einen und zog einen Zettel aus dem Umschlag. »Mein geliebter Klaus, wie immer, wenn du nicht da bist, sehne ich mich nach dir. Oha. Sind das alles Liebesbriefe?«

Jacobsen sah sich einen weiteren an. »Scheint so. Alt können die noch nicht sein. Hier, da steht ein Datum. Das war im April dieses Jahres. Vielleicht findet sich darin ja ein Motiv.« Er drückte Meinders die Kiste in die Hand. »Dein Job.«

»Echt jetzt? Ich soll mir dieses ganze schwülstige Zeugs durchlesen? Vielen Dank auch.«

»Gerne doch. Lass uns draußen weitermachen.« Jacobsen deutete auf die Seitentür der Scheune.

Leise vor sich hin schimpfend ging Meinders voran. Dabei stolperte er draußen fast in eine Schubkarre, die jemand direkt vor der Tür abgestellt hatte. Mit einem Scheppern fiel sie um, Meinders selbst strauchelte ein paar ungelenke Schritte weiter, bevor er sich und die Kiste auffangen konnte.

»Alles okay?« Jacobsen grinste und stellte die Schubkarre wieder auf. Er stutzte. »Ob unser Opfer doch eine Frau hat?«

»Wie kommst du darauf?«

»Na, die Aufkleber da. Ich glaube kaum, dass sich ein Mann diese Prilblumen auf die Schubkarre geklebt hätte.« Er deutete auf sieben bunte Blumenbilder der siebziger Jahre, die an einer Seite angebracht waren.

»Die sind doch asbach. Gab es die nicht in deiner Kindheit?« Meinders wich feixend einem Schlag seines Kollegen aus.

»Die Spusi soll sich hier alles genau angucken.« Jacobsen ging zurück zum Wagen. »Was wollte der Mann in seinem Anzug auf der Weide? Ist er dort niedergeschlagen worden? Oder hat ihn jemand dort abgelegt?«

»Und warum wurde er umgebracht? Nach viel Geld sieht das hier wirklich nicht aus.« Meinders lehnte sich an die Beifahrertür. »Oder meinst du, er war einer dieser knauserigen Leute, die nach außen nichts haben, auf dem Sparbuch aber ne halbe Million?«

»Das werden wir herausfinden. Und auch, wer seine heimliche Herzensdame gewesen ist.«

Kapitel 6

Mühsam öffnete Talea das rechte Auge. *Autsch, das ist verdammt hell.* Stöhnend schloss sie es wieder und öffnete das linke. *Genauso hell. Verflixt!*

Ihr Blick fiel auf den Wecker auf dem Nachttisch. *Nochmal verflixt! Es war fast halb elf.* Sie konnte sich nicht daran erinnern, wann sie das letzte Mal so lange geschlafen hatte.

Eilig setzte sie sich auf, nur um sich gleich wieder fallen zu lassen. *Sapperlot, das dreht sich ja schlimmer als auf der Kirmes!*

Ein seltsames Geräusch neben ihr ließ erahnen, dass es ihrer Schwester ähnlich ging.

Nach einer Weile blieb das Karussell stehen und Talea setzte sich erneut auf, diesmal schön langsam. Das Karussell blieb ruhig. Sie stieß Dini an. »Aufstehen! Wir haben verschlafen.« Sie schob ihre Decke zur Seite und stellte nacheinander die Füße auf den Boden.

Grummelig folgte Dini ihrem Beispiel und ließ ihre Beine aus dem Bett baumeln.

»Hast du auch so ein komisches Dröhnen im Kopf?«, flüsterte Talea.

»Dann war das doch billiger Fusel und kein teurer Rotwein«, schimpfte Dini. »Der Klaus hat geschummelt.«

»Jo.«

Langsam stand Talea auf und hangelte sich am Bettrand entlang zu ihrer Schwester. Zusammen wankten sie ins Badezimmer. Der Blick in den Spiegel erschreckte sie. »Oha!«

Eine halbe Stunde später saßen die beiden einträchtig schweigend auf der Bank vor ihrem Hof. Die Sonne stand hoch am Himmel, die Luft schwirrte schwül. Am Horizont sammelten sich die Wolken in sämtlichen Grauschattierungen, um sich erneut zu einem Gewitter zu formatieren. Ob sie dieses Mal endlich die Weiden des Rheiderlandes beregnen würden?

Ein leichter Wind strich durch die alten Bäume, die vor dem Haus von Dini und Talea standen und ihnen Schatten spendeten.

Die Schwestern starrten auf die Kopfschmerztabletten, die sich gerade sprudelnd in zwei Gläsern Wasser auflösten. Daneben standen Stövchen mit Teekanne, zwei Tassen, Kluntje und Rahm. Ordnung musste sein. Tee musste sein.

Synchron hoben die beiden Damen ihre Gläser, hielten sich die Nasen zu und tranken die Gläser in einem Zug leer.

»Widerlich!«

»Ekelhaft!«

Sie schüttelten sich und schlossen die Augen.

Als der Hahn vor ihnen krähte, zuckten sie zusammen.

»Du, Dini?«

»Hm.«

»Der Hahn geht falsch.«

Sie schlossen die Augen und warteten darauf, dass die Wirkung der Tabletten einsetzte.

»Habt ihr schon gehört!?«

Dini und Talea rissen die Augen auf. Vor ihnen stand die dicke Berta und fuchtelte aufgeregt mit den Händen. Die dicke Berta verdankte ihren Namenszusatz ihrer weiblichen Figur. Sie war klein und rund und das, obwohl sie den ganzen Tag mit dem Rad unterwegs war. Berta war ein wenig jünger als die Freese-Schwestern und die drei kannten sich schon seit der Volksschule. Sie trug Stallhose und Pullover, die Haare mit einem Tuch zusammengebunden. Berta war so was wie das fahrende Fax der Gegend. Dass ihr Fahrrad jetzt gerade zu Boden fiel, schien sie nicht weiter zu stören.

»Was?« Talea und Dini rieben sich synchron die schmerzenden Köpfe.

»Der Klaus! O Gott! Der Klaus!«

Dini und Talea sahen sich an und wurden gleich noch ein wenig blasser. *Hat man etwa ...?*

»Der Klaus ist tot!«

Man hat. Aber wie um ...?

»Der arme Tim! Der arme Junge!«

Berta fuchtelte noch schneller und Dini sah mit einem zuckenden Auge zu Talea. *Was hat jetzt der Tim mit dem Tod ...*

»Er hat ... also vielleicht hat er ihn sogar ...« Die Hände wurden zu Propellern und Berta schnappte nach Luft. »Umgebracht.«

»Was?« Dini und Talea sahen sich fragend an. *Also der war doch bei ihnen im Keller schon steif gewesen!*

»Mit Gülle.« Der Propeller stoppte und die Hände flogen vor Bertas Mund. »Der Tim hat ihn mit Gülle zugedeckt. O Gott, der Klaus ist vielleicht daran erstickt! Ich mag gar nicht daran denken.«

Dini und Talea wurden endgültig blass.

Berta riss ihr Fahrrad hoch. »Der Klaus ist tot!« Umständlich drehte sie das Rad um und fuhr eilig davon.

Die beiden Schwestern sahen ihr mit offenen Mündern nach.

»Schnaps?«

***

Veronika streckte und reckte sich. *Herrlich! Dieses weiche Bett. Die duftende Bettwäsche. Ein Traum.* So viel besser als die Nacht auf der gottverlassenen Weide. Eine Gänsehaut lief ihr über den Rücken und sie schob den Gedanken daran eilig zur Seite. Ihr war nichts passiert, das war das Wichtigste. Veronika rieb sich über die Augen und angelte nach ihrer Armbanduhr. Zwei Uhr. Sie gähnte herzhaft und warf die Bettdecke zur Seite.

Der Haufen mit ihrer dreckigen Kleidung war verschwunden. Dass die Pensionswirtin im Zimmer gewesen war, hatte sie gar nicht mitbekommen.

Veronikas Blick fiel auf ihr Smartphone, das auf der Fensterbank lag. Mit dem Telefon setzte sie sich im Schneidersitz zurück aufs Bett. Es zeigte drei neue Nachrichten in der Chat-Gruppe und zwei verpasste Anrufe von Brigitte an. Eilig rief sie die Nachrichten auf.

Gabi:
Süße, wie geht es dir? Wie war der Strand?

Susanne:

Hallo? Bist du mit einem Surflehrer durchgebrannt?

Brigitte:
Schatz, so langsam machen wir uns Sorgen! Melde dich bitte.

Die letzte Nachricht war kurz vor Mitternacht gekommen. Genau wie die Anrufe von Brigitte. Ein warmes Gefühl durchfuhr Veronika, als sie an ihre Freundinnen dachte. Sie vermisste sie.

Mir geht es gut. Aber ihr glaubt nicht, was mir passiert ist. So ein blöder Kerl hat mich auf den falschen Weg geschickt, ich habe mich verlaufen und die Nacht im Stockdunkeln auf einer Kuhweide verbracht. Ich packe meine Sachen und komme sofort nach Hause. Bussi!

Kaum hatte Veronika die Nachricht abgeschickt, klingelte ihr Smartphone.

»Brigitte! Du glaubst gar nicht, wie froh ich bin, deine Stimme zu hören!« Ein Kloß sammelte sich in Veronikas Hals und sie schluckte trocken. Noch vor ein paar Stunden hatte sie nicht damit gerechnet.

»Schatz! Was ist passiert? Geht es dir wirklich gut?«

»Ja, alles okay. Ich habe nur etwas Muskelkater vom vielen Laufen. Und mir fehlt ein wenig Schlaf. Ich sag dir, so eine Nacht mitten im Nichts ist nicht lustig. Dieser blöde Seebär hätte mir doch einfach sagen können, dass es keine Kutter gibt! Unglaublich. Ich habe die Nase voll. Ich komme morgen schon nach Hause«, erklärte sie energisch.

»Das wirst du nicht tun!«, rief Brigitte so empört, dass Veronika sich das Smartphone vom Ohr riss.

»Was?«

»Schatz? Du hast für die Reise bezahlt, also wirst du sie auch bis zur letzten Sekunde auskosten. Und außerdem ... hast du schon einen der wunderbaren Drehorte der Friesenwache gesehen?«

»Hm, einmal im Vorbeigehen das Rathaus, als ich gestern zum Strand wollte.«

»Siehst du! Du bist extra deswegen nach Leer gefahren. Du liebst die Serie doch so. Lass dir das nicht von einem komischen Seebären kaputt machen.« Brigittes Stimme wurde milder. »Du hast dir die freien Tage verdient. Genieß sie. Und wenn du diesen ollen Grantler triffst, dann verpass ihm einen ordentlichen Tritt in den Allerwertesten!«

Veronika kicherte. »Okay, ich bleibe. Ich werde gleich einen schönen Bummel durch die Altstadt machen und ganz viele Fotos für euch knipsen.«

»So gefällst du mir schon besser. Und Roni?«

»Hm?«

»Ich bin froh, dass du aus diesem Nichts da heil wieder rausgekommen bist.«

Veronikas Reiseführer – Der Ostfriese

Der Ostfriese an sich ist eher wortkarg unterwegs. Dabei ist er aber keinesfalls unhöflich, sondern offen, herzlich und hilfsbereit. Er ist schwer aus der Ruhe zu bringen und begegnet den Dingen mit einem eigenen, trockenen Humor. Oft wird dem Ostfriesen nachgesagt, er sei stur, dabei ist er nur meinungsstabil.

Er ist freiheitsliebend und erhöht den durchschnittlichen Pro-Kopf-Teeverbrauch Deutschlands deutlich. Drei Tassen am Tag müssen es mindestens sein, wobei meistens mehr als einmal am Tag Tee getrunken wird.

Dreimal ist Ostfriesenrecht. Dies gilt sowohl bei der Teezeremonie als auch dann, wenn etwas nicht sofort gelingt. Wird im Übrigen auch gerne auf Kekse oder andere Leckereien angewendet.

***

In einer frischen Hose und mit einer geblümten Bluse ging Veronika nach unten zur Anmeldung. Sie wollte zunächst etwas essen gehen und sich dann diesen alten Seebären vorknöpfen.

»Na, haben Sie sich ein wenig erholt?«, fragte die Pensionswirtin.

»Ja, danke.« Veronika legte ihren Schlüssel auf den Tresen. »Haben Sie meine Sachen?«

Die Pensionswirtin nickte. »Ich wollte Sie nicht wecken. Das war doch in Ordnung, oder?«

»Sicher, vielen Dank.« Veronika wandte sich zur Tür, drehte sich aber noch einmal um. »Sagen Sie, kennen Sie so einen alten Seebären, der immer unten am Hafen sitzt? Mit einem blauen Pullover und einer Pfeife?«

»Sicher, das ist Fiete. Warum fragen Sie?«

»Sitzt er da immer?«, hakte Veronika nach.

»Seit er an Land gegangen ist, ja. Netter Kerl.«

Veronika schnaubte. »Wie man's nimmt. Bis später!«

Sie trat vor die Tür und atmete tief durch. Die Luft war immer noch schwül, wenn auch nicht ganz so drückend wie am Tag zuvor. Veronika setzte ihre Sonnenbrille auf und schlenderte durch die Gassen in Richtung Altstadt. Sie fand die kleinen Häuser zauberhaft. Dicht aneinandergedrückt bildeten sie eine undurchdringliche Reihe gegen Wind und Wetter. Kleine süße Geschäfte luden zum Bummeln ein.

Ein Café zog Veronika magisch an und so ließ sie sich auf einem der Stühle davor nieder. Sie bestellte einen Kaffee und ein belegtes Brötchen. Neugierig beobachtete sie das Treiben in der Straße. Sehr viele Touristen waren unterwegs, eindeutig zu erkennen an den gezückten Smartphones oder um den Hals gehängten Kameras.

Peinlich berührt dachte Veronika an den Aufzug, mit dem sie gestern umhergelaufen war. *Sonnenschirm und Shorts am Hafen, super.* Da hatte sie sich wohl richtig blamiert.

Dieser Fiete fiel ihr wieder ein. Den werten Herrn würde sie sich gleich vorknöpfen. Was erlaubte der sich eigentlich, Touristen so in die Irre zu schicken? Sie hätte da draußen in der Einsamkeit sterben können! Wut stieg in ihr auf.

Veronika stopfte den letzten Bissen Brötchen in den Mund und spülte ihn mit dem restlichen Kaffee hinunter. Dann stand sie auf und lief zum Hafen. Es war deutlich mehr los als am Vortag. Der leichte Wind ließ die Fahnen an den Masten der Schiffe flattern, während Touristen am Anleger der Hafenrundfahrt Schlange standen.

Sie entdeckte Fiete schon von weitem. Er saß auf der gleichen Bank wie am Tag zuvor, las Zeitung und rauchte Pfeife. Und wieder hatte er diesen dicken blauen Pullover an. *Schwitzt der Mann denn gar nicht?*

Veronika straffte die Schultern, lief um die Bank herum und baute sich vor ihm auf. *Dem erzähle ich jetzt was!* »Was fällt Ihnen eigentlich ein?«, fuhr sie ihn an.

»Vieles«, gab er als Antwort, ohne sie auch nur anzublicken.

Damit brachte er sie kurz aus dem Konzept. Veronika stemmte die Hände in die Hüften. »Ich meine, was fällt Ihnen ein, mich mitten in dieses Rheiderland zu schicken?«

Jetzt sah er doch auf. Seine graublauen Augen blitzten amüsiert. »Bist du tatsächlich dort hingelaufen?«

Veronika nickte. »Wenn mich ein netter junger Mann nicht aufgelesen hätte, würde ich dort immer noch herumirren.« Sie funkelte ihn wütend an. »Ich hätte da draußen in der Wildnis sterben können! Ist Ihnen das eigentlich klar?«

»Dann bist du dämlicher, als ich gedacht habe.« Fiete zog an seiner Pfeife und widmete sich wieder der Zeitung.

»Was?!« Veronika schnappte nach Luft. »Sie unverschämter Kerl! Mein Sonnenschirm ist weg. Und mein Hut auch. Und Sie sind schuld!« So langsam redete sie sich in Rage. *Wie unverschämt ist der denn bitte?*

»Bist du fertig?« Fiete faltete seine Zeitung zusammen und stand auf. So in voller Größe überragte er Veronika um gut zwanzig Zentimeter.

Sie legte ihren Kopf in den Nacken und wollte etwas erwidern, aber ihr wollte einfach kein gepfeffertes Wort für diesen dreisten Kerl einfallen.

»Gut.« Und damit drehte er sich um und ging davon.

Veronika fiel die Kinnlade hinunter. »Sie ungehobelter Kerl!«, rief sie ihm nach. »Sie, Sie oller Grantler!« Dass er als Gruß noch die Hand hob und winkte, brachte sie noch mehr in Rage. »Arschloch!«

Über sich selbst entsetzt schlug sie sich die Hand vor den Mund und blickte sich eilig um. Die Passanten in der Nähe warfen ihr irritierte Blicke zu. *Oh, oh.* Grinsend wich Veronika ein paar Schritte zurück, dann drehte sie sich ruckartig um und rannte davon. *Peinlich!* Sie fluchte sonst nie in der Öffentlichkeit. *Daran ist nur dieser blöde Kerl schuld!*

Sie lief an der Waage vorbei, die Stufen hinauf und auf der anderen Seite hinunter auf die hölzerne Uferpromenade. Langsam beruhigte sich ihr Puls wieder. Sie lehnte sich an die Umrandung und ließ den Blick über den Hafen schweifen. Die Sonne glitzerte auf den Wellen und das Kreischen der Möwen klang wie eine wunderbare Melodie. *Brigitte hat recht – es ist viel zu schön hier, um sich den Urlaub vermiesen zu lassen.*

Auf der gegenüberliegenden Hafenseite standen schicke Mehrfamilienhäuser. Veronika seufzte. Es musste doch herrlich sein, dort zu wohnen. Jeden Tag diesen besonderen Ort vor Augen.

Sie schlenderte weiter die Uferpromenade entlang. Zahlreiche Sportboote hatten hier angelegt. *Und das da vorne ist, das ist ...* Veronika quiekte und lief ein wenig schneller. Das da war das Boot, auf dem einer der Kommissare im Film lebte!

Hastig kramte sie ihr Smartphone aus der Tasche, machte ein Foto und auch noch ein Selfie mit dem Boot im Hintergrund. Ob sie noch mehr der Drehorte finden konnte? Mit neuem Elan zog Veronika weiter.

Kapitel 7

»Moin!« Klaas Jacobsen trat in seine Stammkneipe und klopfte mit der Faust auf den Tresen. Jeden Sonntag traf er sich mit seinen Freunden in der Eckkneipe von Joke und trank ein Bier oder auch ein paar mehr. Die urige Kneipe in der Altstadt hatte sich seit Jahrzehnten kaum verändert. Der wuchtige, runde Tresen stand wie ein Ausguck in der Mitte des Raums. Die Tische und Bänke verschwanden in kleinen Nischen, Kojen nicht unähnlich. Viel Seemannsgarn war hier schon gesponnen und so manch verlorene Liebe begossen worden.

Die Spurensicherung war noch auf dem Hof vom Opfer bei der Arbeit, Klaus selber lag in Oldenburg in der Gerichtsmedizin. Meinders war mit den Liebesbriefen beschäftigt und bei der Bank war Sonntag. Und weil er jetzt eh nichts mehr ausrichten konnte, hatte Jacobsen sich kurzerhand seinen Sonntagabend gegönnt.

Jacobsen nahm Bier und Korn entgegen und drückte sich zu seinen Freunden in die Bank. Er hob das Glas. »Prost!«

Die Männer stießen miteinander an. Es war eine gemischte Runde, alle kannten sich noch aus der Schulzeit. Jacobsen war Polizist, Edgar Anwalt geworden. Bastian war zur Bank gegangen und mittlerweile dreimal geschieden. Und zuletzt Kai, der sich als rasender Reporter durchschlug.

Letzterer kam auch gleich zum Thema des Abends. »Ihr habt ne Leiche?«

Jacobsen verdrehte die Augen. »Woher weißt du das schon wieder?«

»Tja, der Rheiderländer Flurfunk funktioniert bestens. Erzähl.«

Jetzt spitzten auch die anderen in der Runde die Ohren.

Jacobsen nahm einen großen Schluck von seinem Bier und wischte sich den Schaum von der Oberlippe. »Was soll's, die Pressemitteilung geht eh gleich raus. Ja, ein Landwirt wurde tot auf seinem Feld gefunden«, erklärte Jacobsen.

»Wer? Wo? Todesursache?«, hakte Kai nach.

»Ich dachte, du bist so gut durch deinen Flurfunk informiert, lieber Kai.« Jacobsen nahm noch einen Schluck. »Wer, sag ich euch nicht, Datenschutz. Wo? Auf einem Feld irgendwo da im Nichts zwischen Jemgum und Ditzum. Todesursache? Da müssen wir die Obduktion abwarten.«

»Besteht denn ein Anfangsverdacht auf ein Tötungsdelikt?« Die Frage kam von Edgar.

»Nu red man nicht so gestelzt.« Bastian stieß ihm mit der Faust an die Schulter.

»Was soll ich denn sonst sagen? Hat den jemand abgemüffelt?«

»Zum Beispiel.« Kai lachte. »Wobei müffeln meiner Informationsquelle nach sogar stimmt.«

»Wie? Hat der sich zu lange nicht gewaschen?« Bastian hob sein Glas. »Joke, noch ne Runde! Und den Klaren nicht vergessen.«

Jacobsen kippte seinen Korn hinunter. »Der arme Kerl hat eher geduscht. Mit Gülle.«

»Ih, das ist ja widerlich!« Edgar verzog das Gesicht. »Wer macht denn so was?«

»Das war wahrscheinlich ein Unfall. Die Leiche lag etwas verdeckt auf einer Weide. Und da wurde sie unglücklicherweise übersehen.«

Joke kam und stellte ein Tablett mit vier neuen Bier- und Schnapsgläsern auf den Tisch. »Redet ihr von dem armen Klaus?«, fragte er und sammelte die leeren Gläser ein.

»Was? Woher kennst du den denn?« Jacobsen sah ihn mit großen Augen an. Wenn man im Rheiderland wohnte, war die Eckkneipe von Joke in Leer sicher nicht die erste Wahl.

»Vaddern war mit dem in der Schule. Der lebt ja noch in Jemgum.« Joke schüttelte den Kopf. »War n feiner Kerl. Habt ihr seinen Sohn schon erreicht?«

»Nee, da sind wir noch dran. Du hast nicht zufällig seine Nummer?«

»Ich weiß nur, dass er eine Privatklinik in München hat. Chirurg ist er geworden. Klaus war mächtig stolz auf ihn.« Joke nahm das Tablett hoch. »Mann, Mann, wat n Mist. Gerade jetzt, wo er im Lotto gewonnen hat.«

Er drehte sich um, doch Jacobsen hielt ihn auf. »Der Tote hat im Lotto gewonnen?«

»Nee, da hat er noch gelebt.« Joke lachte. »Ich hab aber gehört, dass er ordentlich abgeräumt hat.« Von einem der anderen Tische wurde die Rufe nach Joke lauter und so ließ er die Herrenrunde allein.

Jacobsen runzelte die Stirn. Ein Lottogewinn könnte ein mögliches Motiv sein. Er würde morgen als erstes die Kontounterlagen von Klaus Behrens anfordern. Er sah zu Kai, der sich Notizen auf einem Bierdeckel machte, und stöhnte innerlich auf. Das würde morgen für ordentlich Wirbel sorgen. Besser, er trat den geordneten Rückzug an, bevor er sich noch mit internen Details verplapperte. Also leerte er sein zweites Bierglas in einem Zug und kippte den Korn hinterher. »Jungs, ich pack's.«

»Gerade, wo es spannend wird?« Kai ließ enttäuscht den Kugelschreiber sinken.

»Deswegen. Munter!« Jacobsen klopfte auf den Tisch und verließ eilig die Kneipe.

***

Da die Geschäfte in der Altstadt von Leer auch am Sonntag geöffnet hatten, war Veronika nicht nur auf Location-Jagd gewesen, sondern hatte auch noch das ein oder andere Souvenir für ihre Freundinnen erstanden. Ein Leuchtturm, eine Schneekugel mit einer schwebenden Möwe und eine Geschenkpackung Tee lagen ordentlich nebeneinander im Koffer.

Veronika hatte ihr Smartphone in der Hand und schickte ein Foto nach dem anderen in die Chat-Gruppe. Leer war ja so zauberhaft! Sie hatte tatsächlich die meisten der Drehorte identifizieren können und mit Begeisterung Bilder und Selfies geschossen.

Veronika:

Leer ist so schön! Ihr müsst euch das selbst einmal ansehen. Auf die Ostfriesen kann ich aber verzichten, zumindest auf den einen Stinkstiefel. Der Rest ist wirklich freundlich.

Susanne:
Warum zeigst du den Kerl nicht an?

Brigitte:
Weil jeder sagen würde, es ist ihre eigene Schuld, wenn sie da stundenlang ohne Telefon rumläuft.

Veronika:
Genau das, leider. Aber ich habe ihm heute gesagt, was ich von ihm halte.

Gabi:
Und? Hat er sich entschuldigt?

Veronika:
Von wegen! Ausgelacht hat er mich. Ich habe ihm sogar A... hinterhergerufen. ;o)

Brigitte:
Roni! Ich bin entsetzt. Was macht Leer nur mit dir? :o)

Gabi:
Scheint ihr gut zu tun.

Veronika:
Auf jeden Fall.

Eine Weile chatteten sie noch miteinander, dann kuschelte Veronika sich ins Bett. Leichtes Donnergrollen rollte heran, Regentropfen schlugen an die Fensterscheibe. Sie zog die Decke dichter um sich. Was für ein Glück, dass es letzte Nacht nicht gewittert hatte!

Kapitel 8

Veronika hatte herrlich geschlafen. Ihr Rücken und die Beine hatten ihr den langen Marsch durch das Rheiderländer Nirgendwo tatsächlich endgültig verziehen. Die Füße brannten noch ein wenig, aber dank einer undefinierbaren Salbe der Pensionswirtin, deren Inhalt sie lieber nicht wissen wollte, waren sie wieder uneingeschränkt zu gebrauchen.

Jetzt saß sie an ihrem Tisch in dem kleinen Speiseraum der Pension, ein ausgiebiges Frühstück mit Spiegelei, Brötchen und Kaffee vor und die Tageszeitung von Leer neben sich. Doch beim Anblick der Titelseite verschluckte sie sich an ihrem Brötchen, röchelte und hustete und spülte schließlich alles mit einem großen Schluck Kaffee hinunter. Sie atmete auf und tupfte sich den Mund trocken. Dann griff sie erneut zu der Zeitung.

Leichenfund im Rheiderland!

Sonntag in den frühen Morgenstunden wurde ein Bauer tot auf seinem Feld im Rheiderland aufgefunden. Nach Informationen unserer Zeitung kann ein Tötungsdelikt noch nicht abschließend ausgeschlossen werden. Nähere Informationen folgen. Wir halten Sie auf dem Laufenden.

Darunter ein Foto, das an jedem beliebigen Ort im Rheiderländer Nichts hätte sein können.

Erschüttert legte Veronika die Zeitung zur Seite. *Ein Toter. Dort, wo sie gewesen war? Das hätte ich sein können.* Ein kalter Schauer lief ihr über den Rücken. *Fahr nach Ostfriesland, haben sie gesagt, da ist es so herrlich friedlich. Nicht.*

Ein Bild schoss ihr in den Kopf. Dieses seltsame Gefährt, das sie in der Dämmerung gesehen hatte. Da waren doch Beine gewesen. Und hatte nicht eine Stimme etwas von Klaus und seinem Steifen gerufen?

Verwirrt schüttelte sie sich. Das konnte nicht sein, oder? Hatte sie die Täter gesehen? Hatte sie wirklich beobachtet, wie jemand einen Toten transportiert hatte? Wenn ja, dann hatte sie eine Pflicht und die würde sie jetzt gleich erfüllen.

Veronika nahm noch einen Schluck Kaffee, dann stand sie auf und ging zur Anmeldung. Ein junges Mädchen stand heute dort.

»Entschuldigung, können Sie mir sagen, wo die nächste echte Polizeistation ist?«

»Ist Ihnen etwas gestohlen worden?«, fragte das Mädchen.

»Nein, alles gut. Können Sie mir weiterhelfen?«

»Sicher. Sie gehen zum Rathaus, dort links rein und ein Stück hoch und dann rechts in die schmale Gasse. Am Ende kurz links und Sie sind da. Sieht genauso aus wie im Fernsehen.« Sie zwinkerte Veronika zu.

»Danke.« Veronika ging noch einmal in ihr Zimmer, um ihre Tasche und die Sonnenbrille zu holen. Sie suchte nach ihrem Hut, doch der lag auf einer Weide in diesem gottverlassenen Rheiderland und war durch das Gewitter letzte Nacht sicher vollends ruiniert worden.

Zielstrebig machte sie sich auf den Weg und folgte der Beschreibung des jungen Mädchens. Heute hatte sie keine Augen für die Schönheiten der Altstadt. Sie hatte schließlich eine wichtige Beobachtung gemacht, die sie der Polizei direkt mitteilen wollte.

Beim Anblick der schmalen, alten Gasse blieb sie doch kurz stehen und zückte ihr Smartphone. Die hatte sie gestern glatt übersehen. Das runde Kopfsteinpflaster, die hölzernen grünen Fensterläden, die Efeu bewachsenen Wände – wie oft hatte sie diese Gasse schon im Fernsehen bewundert. Und jetzt ging sie sie selbst entlang, um bei der Lösung eines Kriminalfalles zu helfen. Sie streckte ihren Rücken durch und lief mit erhobenem Kopf weiter.

Die Wache sah tatsächlich aus wie die aus der Serie. Eigentlich logisch, denn es wurde ja auch hier gedreht. Ein paar andere Touristen hatten es auch erkannt und machten eifrig Fotos. Das alte Backsteingebäude mit den weißen Sprossenfenstern sah nicht unbedingt aus, wie man sich eine Polizeiwache vorstellte. Lang und schmal erstreckte es sich bis hinunter zum Hafen. Efeu rankte sich an einer Hausecke hoch bis zum Dach. Unter zwei Bäumen hüpften munter die Spatzen. Ein schmaler Weg führte seitlich an der Polizeiwache vorbei und endete direkt an der Uferpromenade.

Veronika holte tief Luft, dann ging sie entschlossen zum Eingang und drückte die grüne Tür mit den weißen Kassetten auf. Veronika stockte. Innen sah es doch ganz anders aus als im Film. Nichts mit schicker, moderner Einrichtung. Hier war die Zeit vor mindestens vierzig Jahren stehengeblieben.

Eine junge Beamtin stand von ihrem Schreibtisch auf und kam zum Tresen, der den Raum teilte. »Moin. Was kann ich für Sie tun?«

Veronika räusperte sich. »Grüß Gott. Ich ... Ich möchte eine Aussage machen zu dem Toten, der heute in der Zeitung steht.«

»Na, dann kommen Sie mal mit. Herr Jacobsen bearbeitet den Fall.« Die Polizistin öffnete eine kleine Schleuse und ließ Veronika hinein. Dann ging es in einen Gang mit vier Türen. Die junge Beamtin klopfte an der hintersten und öffnete sie. »Klaas? Hier ist eine Dame, die möchte eine Aussage zu dem Leichenfund im Hammrich machen.« Sie deutete Veronika, dass sie eintreten sollte.

Auch hier war das Mobiliar eindeutig noch aus den siebziger Jahren. Ein wuchtiges, dunkles Regal bedeckte eine Raumseite und schluckte viel Licht. Der kastige Schreibtisch war ebenso dunkel und mit einigen Klebestreifen versehen. Ohne wäre er wahrscheinlich auseinandergefallen. Immerhin die Gardinen waren neueren Datums. Vor dem Fenster erkannte Veronika einen riesigen Buchsbaumbusch. Hinter dem Polizisten an der Wand hingen Landschaftsfotografien einer Nordseeinsel.

Der Kommissar, der sich als Jacobsen vorstellte, war ebenfalls nett anzusehen, wie Veronika bei einer schnellen Musterung feststellte. Doch bevor sie ihn weiter begutachten konnte, rissen seine Worte sie aus den Gedanken.

»Nehmen Sie bitte Platz.« Er zeigte auf den Stuhl vor seinem Schreibtisch, ebenfalls ein wenig verschlissen. »Sie möchten eine Aussage machen, Frau ...?«

»Schwartau. Veronika Schwartau. Aus München.« Sie hängte ihre Tasche über die Lehne und setzte sich kerzengerade auf den angewiesenen Stuhl. »Ja, ich habe etwas gesehen.«

Jacobsen nahm sich Stift und einen Zettel. »Bitte, erzählen Sie.«

»Nun, ich war Samstagabend in diesem Rheiderland unterwegs. Und in der Dämmerung habe ich eine seltsame Beobachtung gemacht.« Veronika schüttelte sich bei dem Gedanken daran. Am liebsten wollte sie das alles so schnell wie möglich vergessen. Doch sie musste der Polizei helfen, das stand außer Frage.

»Gut. Können Sie den Ort genauer lokalisieren?«

»Irgendwo in diesem Nichts da eben. Ich hatte mich verlaufen, tut mir leid.« Veronika zuckte mit den Schultern.

»Verlaufen?«

»Ja. Auf jeden Fall, irgendwann konnte ich nicht mehr und habe mich auf so eine Weide gesetzt. Und da fuhren sie an mir vorbei. Das klang wie so einer der Rasenmäher, auf denen man sitzen kann. Und ne Schubkarre hatten die mit.« Veronika nickte. »Aus der schauten zwei Beine, so ab den Knien.«

Jacobsen legte langsam den Stift zur Seite. »Wie sahen denn die Personen auf dem Aufsitzmäher aus?«

»Klein und stabil würde ich sagen. Ich denke, eine war eine Frau«, berichtete Veronika.

Jetzt lehnte der Kommissar sich zurück und verschränkte die Arme vor der Brust. Er musterte Veronika.

Unwohl rutschte sie auf dem Stuhl hin und her. »Ist etwas nicht in Ordnung, Herr Kommissar?«

Jacobsen räusperte sich. »Frau Schwartau. Sie sagen also, Sie haben zwei kleine, stabile Personen gesehen, die auf einem Aufsitzmäher über die Straße gefahren sind und eine Schubkarre gezogen haben, aus der Beine guckten.«

»Ja, genau so.«

»Ganz ehrlich, Frau Schwartau? Wie viel Alkohol hatten Sie getrunken?«

»Was?« Veronika blieb der Mund offen stehen. *Hallo? Was erlaubt der sich!*

»Wie viel Alkohol hatten Sie getrunken?«

»Nur ein Piccolöchen. Mein Wasser war leer.« Veronika wurde immer unwohler. *Irgendwie stellt der Kommissar doch die ganz falschen Fragen, oder?*

»Nun, dann denke ich, dass Ihre Beobachtung für unseren Fall nicht relevant ist.« Der Kommissar lächelte sie milde an.

»Aber ...«

»Zumal Sie nicht einmal sagen können, wo genau Sie dieses seltsame Gefährt gesehen haben.«

Veronika stand auf. Sie war empört. *Sie hatte ja wohl gesehen, was sie gesehen hatte!* »Nun hören Sie mal. Ich war doch nicht betrunken! Und meine Augen sind noch sehr gut.«

Jacobsen erhob sich ebenfalls. »Das glaube ich Ihnen ja auch. Ich denke, die Dorfjugend ist mal wieder unterwegs gewesen. Ein Junggesellenabschied vielleicht. Die treiben öfter solche Scherze.« Er deutete zur Tür.

Veronika wollte noch etwas entgegnen, aber dieser Jacobsen unterbrach sie direkt. »Ich wünsche Ihnen noch einen schönen Urlaub.«

»Einen schönen Tag noch!« Veronika schmiss ihre Tasche mit Schwung über die Schulter und stolzierte aus dem Büro. *So ein Scheusal!* Da wollte sie der Polizei helfen, einen Mord aufzuklären und dann ... Der Zusammenprall mit einem weichen Körper bremste sie abrupt.

»Hey, pass doch auf!«

Die tiefe, brummige Stimme kam ihr bekannt vor. Verdattert blickte Veronika auf und sah zunächst nur blau, dann eine Pfeife. *Nicht der auch noch!* Sie knurrte, schob den Seebär zur Seite und verließ genervt die Polizeistation. »Die können mich doch alle mal kreuzweise!«

Wütend ging Veronika von der Polizeiwache hinunter zum Hafen. *Was bildete sich dieser Provinzsheriff eigentlich ein? So hätte man mich in München nicht behandelt!* »Wie viel Alkohol haben Sie getrunken?«, äffte sie Jacobsen nach. »Pah.« Sie war nüchtern genug gewesen, um zu wissen, was sie da gesehen hatte. Da waren diese komischen Gestalten gewesen. Und die Beine aus der Schubkarre hatte sie sich auch nicht eingebildet.

Sie lief an der Uferpromenade entlang, ohne einen Blick an die zahlreichen Schiffe zu verschwenden, die dort vor Anker lagen. Sogar das Boot aus der *›Friesenwache‹* ließ sie unbeachtet.

Fahr nach Leer, haben sie gesagt. Da ist es idyllisch und ruhig. Von wegen. Sie war hier nur von Ignoranten und Vollpfosten umgeben. Wütend stapfte sie weiter und stand bald vor der Rathausbrücke und der Waage. Da würde sie heute nicht hingehen. Da saß bestimmt gleich wieder dieser olle Seebär. Von dem hatte sie noch mehr die Schnauze voll. Er war schließlich schuld an der ganzen Misere.

Veronika ließ die Schultern hängen, drehte um, ging noch ein paar Meter und ließ sich dann unter einem Baum auf eine Bank fallen. *Toller Urlaub.* Sie kramte in ihrer Tasche, zog ein Piccolöchen hervor, schraubte den Verschluss auf und prostete der Möwe zu, die ihr gegenüber auf dem hölzernen Geländer saß. »Prost!«

Die Möwe sah sie vorwurfsvoll an und erhob sich in die Lüfte.

»Ja, hau du auch noch ab.« Veronika nahm noch einen Schluck. Sollten die ollen Leeraner doch allein zusehen, wie sie ihre Mordfälle lösten.

Eine Träne schlich sich in ihr linkes Auge und sie wischte sie ärgerlich weg. Sie würde wegen so ein paar Hinterwäldlern sicherlich nicht weinen. Oder war das noch der Schock? Immerhin hatte sie mutmaßlich zwei Mörder beobachtet und wäre selbst fast gestorben.

Ein Räuspern ließ sie zusammenzucken. Ein Ungetüm von blauem Troyer schob sich in ihr Gesichtsfeld. Sie brauchte gar nicht aufzusehen, um zu wissen, wer das war.

»Lassen Sie mich in Ruhe«, fauchte sie und nahm einen weiteren Schluck Sekt. Auf den Kerl konnte sie gerne verzichten.

Doch der Seebär setzte sich schwerfällig neben sie. Veronika stöhnte und drehte ihm den Rücken zu.

»'Tschuldigung.«

Hatte sie das richtig gehört? »Was bitte?«

Noch ein Räuspern. »Entschuldigung.«

»Ach, und wofür?« Veronika würdigte ihn weiterhin keines Blickes. Als ob der seine Entschuldigung ernst meinen würde.

»Weißt schon.«

»Nein, weiß ich nicht.« Sollte er doch zappeln.

»Du bist aber auch ein harter Brocken. Entschuldigung dafür, dass ich dich so ins Bockshorn gejagt habe.«

Jetzt drehte Veronika sich doch zu ihm um. Sein Gesichtsausdruck war ehrlich zerknirscht und die Pfeife hing traurig auf halb acht. *Okay, scheinbar meint er es ernst.* Auf eine Unterhaltung hatte sie trotzdem keine Lust. Sie nickte nur und verschränkte die Arme vor der Brust.

Eine Weile schwiegen sie sich an.

»Der ungehobelte Kerl auf der Wache war übrigens mein Sohn«, durchbrach der Seebär schließlich die Stille.

»Das erklärt einiges.«

»Was soll das denn heißen?«

»Der Apfel fällt nicht weit vom Stamm, soll das heißen.« Veronika nahm einen weiteren Schluck Sekt.

Fiete schnaubte. »Dafür seht ihr Großstädter Gespenster und könnt ne Kuh nicht von nem Pferd unterscheiden.«

»Das kann ich sehr wohl. Ich reite.« Ein weiterer Schluck Sekt. *Die Gesellschaft dieses Mannes muss man sich wirklich erträglich trinken.*

Fiete deutete auf die Sektflasche. »Kleine Schnapsdrossel, was? Das erklärt auch die seltsamen Dinge, die du im Hammrich gesehen haben willst.«

Jetzt sah Veronika ihn doch an. »Weil Sie mich auf den falschen Weg geschickt haben!«

»Ich habe gesagt, immer am Deich lang. Dann wärste auch in Ditzum rausgekommen. Ihr Großstädter hört wohl immer nur mit halbem Ohr zu, was?«

Sein Grinsen machte Veronika rasend. »Wir Großstädter verarschen aber auch keine unschuldigen Touristinnen und schicken sie auf eine Zwanzig-Kilometer-Tour. Ich hätte da sterben können, ist Ihnen das eigentlich klar?« Sie funkelte ihn an. »Außerdem habe ich in diesem Hammrich gesehen, was ich gesehen habe. Und gehört habe ich was. Der Klaus war steif, jawohl! Und jetzt lassen Sie mich gefälligst in Ruhe.« Sie stand auf und ging in Richtung Innenstadt davon.

»Hey, jetzt warte doch mal!« Fiete rannte Veronika nach und griff nach ihrem Arm.

»Loslassen, Sie Rüpel!«

Eilig ließ Fiete den Arm wieder los und hob abwehrend die Hände. »Hast du wirklich das gehört, was du gerade gesagt hast?«

»Natürlich.«

»Und hast du das auch meinem Sohn erzählt?«

Veronika zuckte mit den Schultern, drehte sich um und lief weiter. Dieser komische Mordfall war nicht mehr ihre Angelegenheit.

Fiete seufzte und rannte neben ihr her. »Nun wart doch mal. Ich glaub dir ja.«

Veronika stoppte. »Ach ja? Und warum so plötzlich?«

»Weil der Tote Klaus heißt.«

»Oh.« Veronika überlegte kurz, dann schüttelte sie den Kopf. »Interessiert mich nicht.«

»Es geht hier aber um Mord. Das musst du der Polizei erzählen.«

»Ich muss gar nichts. Ihr Sohn hat mich nicht ernst genommen. Und wenn Sie bitte endlich aufhören würden, mich zu duzen.« Veronika wollte ihren Hut zurechtrücken, griff aber ins Leere. *Klar, der liegt ja auch irgendwo in diesem Hammrich.*

»Du solltest endlich aufhören, mich zu siezen. Ich bin Fiete.« Er streckte ihr die Hand hin, doch Veronika ließ sie in der Luft hängen. »Hut vergessen?«

»Nein. Über den freuen sich wahrscheinlich irgendwelche Kühe. Oder Schafe. Zufrieden?« Sie drehte sich um und lief weiter. Konnte der Typ sie nicht endlich in Ruhe lassen?

»Und wenn ich deinen Hut wiederhole?«, rief Fiete ihr nach.

Veronika blieb stehen. *Hm, eine Entschädigung hab ich mir wirklich verdient.* Sie drehte sich um und lief zu ihm zurück. »Und wie bitte? Ich habe keine Ahnung, wo ich da gewesen bin.«

Fiete zuckte mit den Schultern. »Dann fahren wir eben die Strecke ab, die du gelaufen bist. Und vielleicht finden wir ja nebenbei noch den Mörder von Klaus.«

»Das ist verrückt.« Ein ganz seltsames Kribbeln breitete sich in Veronika aus.

»Ich weiß.«

Veronika biss sich auf die Lippe und stutzte, als sie wie automatisch die Hand ausstreckte. »Veronika.«

»Geht doch.« Fiete wandte sich zufrieden um und lief in Richtung Rathaus. »Kommst du?«

Kapitel 9

»Wir haben es jetzt schriftlich. Es war Mord.« Jacobsen trat in das Büro von Meinders und warf ihm einen Schnellhefter auf den Schreibtisch. »Besonders amüsant sind die Anmerkungen der Totengräberin zu den unzumutbaren Arbeitsbedingungen in dem Kaff namens Rheiderland.« Er lachte.

»Nenn sie doch nicht immer so.« Meinders griff sich den Schnellhefter und las den Bericht mit zusammengezogenen Augenbrauen durch. »Also war die Schädelverletzung todesursächlich. Das wird den Landwirt freuen, diesen Tim Mertens. Und für das Opfer war es sicherlich auch schöner, kurz und schmerzvoll erschlagen zu werden, als in Gülle zu ersticken.«

»Wohl wahr, werter Kollege.«

Meinders las weiter. »In der Wunde wurden kleine Glaspartikel gefunden, vermutlich von einer Flasche. Oh, es gibt eine zweite Verletzung? Ein Schlag mit einem breiten, stumpfen Gegenstand. Und der hat ein Muster auf der Kopfhaut hinterlassen.« Meinders zog ein Foto aus dem Hefter und hielt es seinem Chef hin. Darauf war ein halb rasierter Schädel zu sehen. Auf der Kopfhaut waren linienförmige Hämatome erkennbar. Meinders widmete sich wieder dem Bericht. »Die Frau Doktor kann nicht genau sagen, welcher der Schläge todesursächlich war. Allerdings hat der erste eine Hirnblutung ausgelöst, die aufgrund der Einnahme von Blutverdünnern unbehandelt so oder so zum Tode geführt hätte. Das Opfer war total betrunken. Drei Promille. Alle Achtung. Der war im Training. Nach den Totenflecken ist der Fundort nicht der Tatort. Die Leiche wurde bewegt. Todeszeitpunkt, irgendwann Samstagvormittag. Sehr präzise, Frau Doktor.« Meinders blätterte um. »Ähm, ich glaube, wir sollten sie nicht nach einer näheren Einschränkung fragen. An die Nennung des ungefähren Todeszeitpunktes folgt eine Auflistung der unzumutbaren Bedingungen und dass nicht mehr festzustellen war, welche Temperatur die Gülle gehabt und sowieso und überhaupt wäre eine zugegüllte Leiche ein Ding der Unmöglichkeit. Außerdem sei nicht klar, wo die Leiche eventuell zwischengelagert worden war. Ups.« Meinders klappte den Schnellhefter zu.

»Du solltest dir noch einmal überlegen, ob du unsere Totengräberin weiter anschmachtest, Kollege.« Jacobsen grinste. »Oder hast du dir aus den Briefen Anregungen geholt?« Er deutete auf die Blechkiste, die sie in der Scheune gefunden hatten.

»Oh, hör mir auf damit. So ein Geschmachte ist echt nur in geringen Dosen zu ertragen. Ich bin noch nicht durch. Auf jeden Fall war eine gewisse D sehr verliebt in Klaus Behrens«, berichtete Meinders. »Bisher habe ich aber keine Hinweise gefunden, wer D ist. Die Briefe haben alle keinen Poststempel.«

»Dann muss es ja jemand aus seinem persönlichen Umfeld sein«, vermutete Jacobsen. »Fängt eine der Nachbarinnen mit D an?«

»Moment.« Meinders kramte auf seinem Schreibtisch. »Hier. Im näheren Umkreis liegen vier Höfe. Einmal Markus und Dini Hartema, ein Jan Janssen, dann Hannes und Marie de Vries und Hilkedine und Talea Freese.«

»Hast du sie schon durchs System laufen lassen?«

»Ähm, nee?«

»Dann mach das. Habt ihr den Sohn denn schon ausfindig machen können?« Jacobsen lehnte sich an die Fensterbank.

»Ja. Der arbeitet als Schönheitschirurg in seiner Privatklinik in München. Ganz fein da. Der ist bestimmt nicht auf den Lottogewinn angewiesen. Zumal wir ja noch gar nicht wissen, ob das Gerücht stimmt oder wie viel es ist.« Meinders drehte seinen Bildschirm um, sodass Jacobsen einen Blick darauf werfen konnte. »Guck, da arbeitet der Sohn. Da lässt sich nur die High Society behandeln.«

Jacobsen beugte sich vor und warf einen Blick auf die Seite. Strahlende Ärzte in strahlend weißer Kleidung vor strahlend weißen Wänden. »Nett. Hat er ein Alibi?«

»Hat er. Der Doktor hat einer gut situierten Dame zwei neue Brüste verpasst. Das wurde von den OP-Schwestern bestätigt.«

»Schade. Hat sich sonst noch ein Verdächtiger aufgetan?«

»Ähm, nein.« Meinders schüttelte den Kopf. »Der Behrens hat sehr zurückgezogen gelebt. Ob er Schulden hatte, wissen wir noch nicht. Aber nach den Unterlagen aus seinem Haus dürfte da nichts sein. Die Anruferliste gibt auch nicht viel her. Er hat nur mit seinem Sohn telefoniert.« Ein Pling kündigte den Eingang einer E-Mail an. Meinders rief sie auf. »Von der Spusi. Hm, nee, auch nichts. Kein Hinweis darauf, dass er im Haus oder irgendwo anders auf dem Hof niedergeschlagen wurde. Er trug nichts bei sich. Aber da sich Brieftasche und Smartphone im Haus befanden, können wir einen Raub ausschließen. Von dem fehlenden Schuh gibt es auch keine Spur.«

Jacobsen überlegte. »Gut, dann mach du der Bank Druck, damit wir die Auskunft kriegen. Der Lottogewinn scheint bisher das einzig mögliche Motiv zu sein. Und ich rufe jetzt den unglücklichen Tim Mertens an und erzähl ihm, dass er den Behrens nicht mit seiner Gülle umgebracht hat.«

Jacobsen ging in sein Büro zurück. Er hatte gerade aufgelegt, als Meinders an den Türrahmen klopfte.

»Klaas? Die Bank hat sich endlich gemeldet. Schulden hatte der Behrens keine. Aber mit dem Lottogewinn lag Joke richtig. Es waren genau 66.782 Euro und dreizehn Cent. Das Geld ist vor vier Tagen auf seinem Konto eingegangen.« Meinders legte die Ausdrucke auf den Schreibtisch.

Jacobsen rieb sich über die Schläfe. »Aber warum sollte jemand den Bauern umbringen, wenn das Geld noch bei ihm auf dem Konto liegt? Das macht doch gar keinen Sinn.«

»Da hast du wohl recht. Könnte eine Tat im Affekt gewesen sein. Behrens streitet sich mit jemanden, der greift nach einer Flasche und schlägt zu.«

»Das ist aber nicht auf seinem eigenen Hof passiert. Die Spusi hat weder Blut noch Scherben gefunden. Und da wäre auch noch diese seltsame zweite Verletzung.« Jacobsen stand auf und steckte sein Smartphone ein.

»Wir müssen den Tatort finden. Und dafür sehen wir uns erst einmal bei den nächsten Nachbarn um. Das Auto von Behrens stand in der Scheune, wie war er also unterwegs?«

»Können wir vorher noch kurz am Supermarkt vorbei?«

»Warum?«

»Ich will vorsichtshalber so ein Pfefferminzöl kaufen.« Meinders zog in Erinnerung an das unwiderstehliche Dufterlebnis die Nase kraus.

Jacobsen lachte auf und klopfte ihm auf die Schulter. »Machen wir, Kollege.«

Kapitel 10

»Nicht dein Ernst.« Veronika stand mit Fiete auf dem Parkplatz beim Rathaus und blickte auf das Gefährt vor ihr.

»Natürlich.«

»Damit soll ich fahren?« Veronika starrte ungläubig auf den alten Roller, der vor ihr stand. Das Teil stammte eindeutig aus den Fünfzigern und war mit Sicherheit nicht mehr fahrtauglich.

»Wir, Vroni.«

»Nenn mich nie wieder Vroni!«, fauchte Veronika Fiete an. Sie hasste den Spitznamen. Und überhaupt – das Ganze hier war eine Schnapsidee.

»Schon gut, Veronika.« Fiete setzte sich auf den Roller und reichte ihr einen Helm. »Aufsetzen und dann aufsitzen. Und schön festhalten.«

Veronika zögerte. War ihr Hut es wirklich wert, sich noch einmal in Lebensgefahr zu begeben? Ging es wirklich um den Hut, oder vielmehr darum zu beweisen, dass sie etwas gesehen hatte? Entschlossen setzte sie den Helm auf und quetschte sich hinter Fiete auf den schmalen Sitz des Rollers. Es war ihr unangenehm, die Arme um seinen Bauch zu schlingen, also legte sie ihre Hände ganz sacht auf seine Hüften. Als Fiete ihre Hände nach vorne riss, schnappte sie empört nach Luft.

»Nun man nicht so schüchtern, mien Deern.«

Er warf den Motor an, der zunächst mit einem lauten Knall und viel Rauch aus dem Auspuff protestierte.

Fuhren diese Dinger sonst nicht gemächliche 25 km/h? Falls ja, hatte Fiete seinen Roller definitiv frisiert. Mit einem irren Tempo heizte er durch die schmalen Gassen der Innenstadt und dann auf die Jann-Berghaus-Brücke. Veronika drückte ihren Kopf in Fietes Rücken und war froh darüber, dass er so breit war. Sie schrie in seinen Rücken, aber der Roller war so laut, dass Fiete sie nicht verstand. *Der Mann ist einfach nur wahnsinnig!* »Willst du mich noch einmal umbringen?«

Nach der Brücke bog Fiete rechts ab und fuhr dann zum Deich. Dort hielt er an. »Bist du hier hergelaufen?«, fragte er.

Veronika sprang vom Roller und holte Luft. »Bist du irre? Ja, da oben. Aber da kannst du nicht mit dem Roller hin.«

»Keine Angst, mien Deern. Mit mir passiert dir nichts.« Er klopfte hinter sich auf den Roller. »Setz dich wieder. Ich muss auch nicht da rauf; wir nehmen den Weg da unten.« Fiete deutete auf den Radweg, der am Fuße des Deiches entlangführte. »Weißt du noch, wo du einfach sinnlos ins Land gestiefelt bist?«

»Da wo der Sonnenschirm steht.« Widerwillig nahm Veronika wieder hinter ihm Platz.

Fiete drehte sich grinsend zu ihr um. »Geht es etwas präziser?«

»Ich kann mich an dieses Jemgum erinnern. Und dann kam ne Horde wilder Schafe und ich habe mich mit dem Schirm verteidigen müssen.«

»Alles klar.« Fiete lachte schallend auf.

»Was?«

Veronika bekam keine Antwort mehr, denn Fiete gab bereits wieder Gas. Eilig klammerte sie sich wieder an ihm fest.

Schnell hatten sie Jemgum erreicht. Es war Flut, das Hafenbecken jetzt mit Wasser gefüllt. Veronika fand den Anblick gar nicht mehr so traurig. Eigentlich war es sogar recht idyllisch hier. Der Wind rauschte in den Bäumen, die den Hafen wie ein Schutzschild verbargen. Die kleinen Boote saßen nun nicht mehr im Schlick fest, sondern tanzten auf den Wellen. Eine Möwe schrie am Himmel. Vielleicht sollte sie noch einmal wiederkommen und in dem Café etwas trinken? Heute hatte es geöffnet, denn auf der Terrasse saßen einige Menschen.

Fiete folgte weiter dem Radweg unterhalb des Deichs, bis sie den Ort hinter sich ließen. Nach einigen hundert Metern sahen sie ihn schließlich – den knallgelben Sonnenschirm. Aufgespannt stand er immer noch in der Erde. Unter ihm lag ein Schaf und schlief.

Fiete hielt ein paar Meter vor dem Tier an und wollte absteigen, aber Veronika hielt ihn auf.

»Nicht! Da, da ist ein wildes Schaf!«

Fiete blickte sie ungläubig an. »Großstädter!« Er nahm seinen Helm ab, drückte ihn Veronika in die Hand und ging zu Schaf und Sonnenschirm hinüber.

Veronika hielt die Luft an und beobachtete, wie Fiete in die Hocke ging. *Was macht er da nur? Das Schaf! Wie ist es denn vom Deich entwischt? Wo ist der Schäfer?!*

Das Schaf erhob sich schwerfällig, ließ sich von Fiete einmal das Fell kraulen und lief seines Weges. Veronika blieb der Mund offen stehen. Dieser Seebär war ein Schafflüsterer ...

Fiete zog den Sonnenschirm aus der Erde, klappte ihn ein und ging zum Roller zurück. »Mund zu, zieht.« Er nahm Veronika seinen Helm ab und klemmte ihr den Sonnenschirm unter den Arm.

***

In der näheren – wobei näher im Rheiderland relativ ist und auch gerne mal einige Kilometer bedeutet – Nachbarschaft von Bauer Behrens lagen vier weitere Höfe. Hartema, Janssen, de Vries und der von Hilkedine und Talea Freese.

Jacobsen und sein Kollege Meinders steuerten zunächst den der Familie Hartema an. Der Hof war groß und modern und vor allem, was Meinders besonders freute, erstaunlich sauber. Wie bei dem Hof von Behrens war direkt am Wohnteil eine große Scheune angebaut. Es gab einen kleinen Schuppen am Ende der Auffahrt, einen Unterstand für Geräte und einen großen Haufen, der mit einer weißen Siloplane abgedeckt und mit Autoreifen beschwert war.

Jacobsen ging vor zur Haustür und klingelte.

»Moin!«

Eine tiefe, weibliche Stimme hinter ihnen ließ sie herumfahren. Vor ihnen stand eine leicht rundliche Frau von etwa fünfzig Jahren, die Haare unter einem Tuch verborgen, in Latzhosen und Gummistiefeln.

»Moin! Jacobsen, mein Kollege Meinders. Wir sind von der Kripo Leer.«

»Dini Hartema. Seid ihr wegen dem Klaus da? Schreckliche Sache.« Sie wischte sich die Hände an der Hose ab. »Mögt ihr einen Tee?«

»Danke, wir haben nur ein paar Fragen. Ist Ihr Mann auch da?«, fragte Jacobsen.

»Nee, der ist auf dem Feld.«

»Okay. Hatten Sie viel Kontakt zu Herrn Behrens?«

»Der kam hin und wieder mal rüber auf n Tee und n Wein – da war er ja ein Kenner. Richtig edle Tropfen hatte der manchmal dabei. Und Geburtstage natürlich, da traf man sich. Sind ja auch schon ewig Nachbarn, wissen Sie.«

»Wie kam er denn?« Meinders blickte von seinem kleinen Notizbuch auf, in dem er sich etwas notiert hatte.

Die Bäuerin guckte ihn an und legte den Kopf schief. »Wie wie?«

»Na, mit dem Auto oder mit dem Rad?«

»Ach so. In letzter Zeit kam er mit dem Rad oder zu Fuß. Ihr habt ihm ja den Lappen abgenommen. Zu viel Wein, wenn ihr versteht.« Sie zwinkerte den Beamten zu.

»War es normal, dass er immer im Anzug unterwegs war?«, hakte Meinders nach.

»Jo. Das war so ne Marotte von ihm. Auf dem Hof Bauer, außerhalb der feine Herr.« Die Frau zuckte mit den Schultern. »So war er eben. Der wird fehlen, der Klaus.« Sie wischte sich über die Augen.

»Wie war denn das Verhältnis zu seinem Sohn?«, übernahm Jacobsen das Gespräch.

»Gut war das, sehr gut. Der Klaus war so stolz auf den Stefan. Ein richtig guter Arzt ist der geworden.« Die Bäuerin seufzte. »Nun wird er den Hof sicher verkaufen. Ist ja sonst niemand da, der ihn führen könnte.«

»Ist Ihnen Samstagvormittag etwas Ungewöhnliches aufgefallen? Wissen Sie, ob der Herr Behrens eine Verabredung hatte? Hatte er eine Freundin?«

Dini Hartema zuckte kurz zusammen, dann schüttelte sie den Kopf. »Ihr stellt ja viele Fragen. Nein, nein und nein. Zumindest wüsste ich von keiner. Wollt ihr wirklich keinen Tee?« Dini Hartema deutete aufs Haus.

»Danke, nein. Das war's auch erst mal.« Jacobsen ging in Richtung Auto, wandte sich aber noch einmal um. »Sagen Sie, Herr Behrens hat doch Lotto gespielt. Hat er allein getippt oder in einer Tippgemeinschaft?«

»Ich weiß, dass er gespielt hat, aber ob allein? Fragt doch mal im Dorfladen nach. Da hat er den Schein immer abgegeben.« Sie rieb sich die Hände immer wieder an der Hose ab.

»Vielen Dank, Frau Hartema.«

»Moin.« Die Frau nickte und ging eilig zurück hinter das Haus.

Jacobsen und Meinders setzten sich in ihren Wagen.

»Täusche ich mich oder hat sie bei der Frage nach der Freundin sehr schnell zum Tee abgelenkt?«, fragte Meinders.

»Das dachte ich auch. Und ab dem Moment war sie ein wenig sehr nervös.« Jacobsen startete den Wagen. »Vielleicht hat er mal ein Glas Wein zu viel mit ihr getrunken und ihr Mann war eifersüchtig?«

»Möglich. Aber ich glaube, dass wir eher mit dem Lottogewinn weiterkommen.«

»Also erst zum Dorfladen.«

***

Seit fast zwei Stunden fuhren Veronika und Fiete jetzt schon durchs Rheiderland und suchten eine Weide mit einem knallroten Sonnenhut. Veronika gab sich alle Mühe, sich an irgendetwas zu erinnern, aber für sie sah hier alles gleich aus. Keine Häuser, nur Weiden, stellenweise ein paar windschiefe Bäume und Gräben. Und Kühe ab und an. Hin und wieder landeten sie in einer Sackgasse, was im Rheiderland bedeutete, dass sie gut einen Kilometer oder mehr wieder zurückfahren mussten.

Vielleicht war der Hut weggeweht. Vielleicht hatte eine Kuh ihn gefressen, in der Hoffnung, eine übergroße Mohnblume gefunden zu haben. Vielleicht hatte Veronika alles nur geträumt.

Fiete hielt seinen Roller an und klopfte auf die Tankanzeige. »Muss bald mal tanken«, murmelte er.

»Was ist los?«

Fiete fuhr schweigend ein kleines Stück weiter und bog auf ein Feld ein. Dort stellte er den Motor aus und nahm den Helm ab. Veronika tat es ihm gleich.

»Stimmt was nicht?«, fragte sie.

Fiete schob sie vom Roller und streckte sich. »Das bringt so nichts. Wir könnten noch stundenlang hier rumgurken und nichts finden. Bist du dir wirklich sicher, dass du den Hut da vergessen hast?«

Empört stemmte Veronika die Hände in die Hüften. »Natürlich bin ich das! Ich habe auf einer Weide gesessen und ihn am nächsten Morgen dort vergessen. Es war nebelig und ich dachte ich würde sterben, da kann so was schon mal passieren.«

Fiete ignorierte ihren Einwand. »Kann es nicht sein, dass du dir dieses seltsame Gefährt und die Beine eingebildet hast?«

Veronika bedachte ihn mit einem Blick, der hätte töten können.

»Schon gut. Hast du in deiner Tasche da vielleicht noch was zu trinken?«

Veronika rammte den Sonnenschirm in den Boden und kramte in ihrer Tasche. Wasser hatte sie keines dabei, aber Sekt. Sie hatte wahrlich kein Problem mit Alkohol, bewahre. Aber im Urlaub gönnte sie sich doch gerne mal ein Schlückchen. Und für unterwegs waren diese Piccolöchen einfach praktisch. Sie zog eine neue Flasche heraus und reichte sie Fiete. Sie griff die angebrochene. Ganz bestimmt würde sie nicht mit diesem ollen Stiesel aus einer Flasche trinken.

Fiete schraubte die Flasche auf und nahm einen Schluck. »Na ja. Weiß gar nicht, was ihr Frauen da immer mit habt. Ein gepflegtes Bier ist doch viel besser.« Er verzog das Gesicht.

»Du musst ja nicht trinken!« Veronika drehte sich um und ließ ihren Blick schweifen. *Graben, Weide, Graben, Weide, Hut, Graben ... Moment!*

Sie drückte Fiete ihre Flasche in die Hand und stiefelte los. Zwei Felder weiter leuchtete es rot und als sie näher kam, erkannte sie ihren Hut. *Na also. Von wegen Spinnerei und vergesslich!*

»Vroni?« Fiete stellte die Flaschen auf den Boden und lief ihr nach. »Nun sei doch nicht gleich beleidigt. Wo willst du denn hin?«

Sie ignorierte ihn und marschierte weiter. Da lag der Beweis, dass sie nicht geträumt hatte.

»Vroni!«

»Nenn mich nicht so«, schimpfte sie. »Ich hasse den Namen!«

Sie hatte die Weide erreicht, auf der sie die Nacht verbracht hatte. Sie unterschied sich nicht von den unzähligen anderen, an denen sie in den letzten Stunden vorbeigekommen waren. Ein Metallgatter war ins Land geschoben, ein kaputter Plastikeimer hing über einem Zaunpfahl. Und dort, am Rande des Grabens im hohen Gras, lag der rote Sonnenhut. Veronika rannte hin, zog ihn heraus und hielt ihn triumphierend in die Luft. »Sag noch einmal, ich hätte mir alles eingebildet!«

Fiete hob abwehrend die Hände. »Ich nehme alles zurück und behaupte das Gegenteil.« Er sah sich um.

»Da sind die hergekommen.« Veronika zeigte die Straße hinunter. »Dort haben sie kurz gehalten. Eine Stimme hat gerufen, dass sie Klaus verliert und er so steif ist. Und dann sind sie da weiter.«

Fiete zog sein Smartphone aus der Tasche. »Dann ruf ich jetzt meinen Sohn an und bestell ihn hierher.« Er klopfte auf den Bildschirm. »Wenn ich denn Empfang hätte. Wie sieht es bei dir aus?«

Kapitel 11

Das Haus, in dem der Dorfladen untergebracht war, war das einzige weit und breit an der Landstraße. Es duckte sich windschief hinter drei Bäume, die ebenso schief in entgegengesetzter Richtung dagegenhielten. Einen Parkplatz gab es nicht und so hielt Jacobsen direkt auf der Fahrbahn vor dem Haus an.

Eine große Fensterscheibe und eine Tür – damit war die volle Breite des Objektes ausgefüllt. Im Schaufenster fanden sich neben Trockensträußen der älteren Generation auch Schuhe, Nudeln und ein paar Zeitschriften.

»Oh, brauchst du noch das Fernsehprogramm von 1987?« Meinders deutete auf eine vergilbte Ausgabe.

Sie betraten den Laden. Eine klangvolle Melodie verkündete ihr Eintreten. Innen gab es ein ähnliches Sammelsurium wie im Schaufenster. Die Regale standen dicht an dicht und jeder Winkel war bis unter die Decke vollgestellt mit Kram und Waren jeder Art. Auf einem Regal entdeckte Meinders seltsame Gegenstände aus Metall. Er deutete auf eine ungewöhnlich spitze Zange. »Zahnarztbedarf?«

»Kluntjeknieper«, erklärte Jacobsen.

»Was?«

»Damit kannst du großen Kandis teilen, wenn es dir zu süß wird oder du zu knauserig bist.« Jacobsen lachte.

»Und mit diesem Teil hier hat man früher ... Hey! Kulturbanause!«

Er zwängte sich hinter Meinders zwischen zwei Stapeln Schuhkartons hindurch und entdeckte einen Tresen. Die Kasse darauf schien noch aus den Achtzigern zu sein, wenn sie nicht noch älter war.

»Hallo?«

»Komme sofort!«

Die weibliche Stimme kam aus einem Nebenraum, der durch einen puscheligen Fliegenvorhang abgetrennt war. Kurz darauf wurden die verstaubten Puschel zur Seite geschoben und eine Frau von Anfang sechzig trat hinter den Tresen. Die grauen Haare hatte sie adrett zu einem Knoten hochgesteckt und sie lächelte freundlich. »Meine Herren, was kann ich für Sie tun?«

Meinders hielt ihr seinen Dienstausweis hin. »Meinders und Jacobsen, Kripo Leer. Wer sind Sie?«

»Wiebke Hansen. Mir gehört der Laden hier.«

»Frau Hansen, Sie kennen Klaus Behrens?«, fragte Jacobsen.

»Aber sicher doch. Er kommt ... kam jede Woche und hat seinen Lottoschein bei mir abgegeben. Schlimme Sache mit ihm. Wissen Sie denn schon, was genau passiert ist?«

Jacobsen schüttelte den Kopf. »Wir ermitteln noch. Sagen Sie, hatte Herr Behrens in letzter Zeit Streit? Vielleicht mit einem Mitspieler?«

Wiebke Hansen überlegte. »Meistens kam er mit dem Hein. Die beiden haben dann noch zusammen ein Bier getrunken. Aber Streit? Moment ... doch. Vor ein paar

Wochen. Da ist der Hein den Klaus ziemlich angegangen, weil der ihm kein Geld für seinen Lottoschein leihen wollte.« Sie beugte sich über den Tresen. »Der Klaus war da konsequent«, flüsterte sie. »Der hat kein Geld verliehen, schon gar nicht an Freunde.« Sie richtete sich wieder auf. »Ich hab dem Hein das Geld dann vorgestreckt. Er hatte ja nur seinen Geldbeutel vergessen.«

»Haben die beiden zusammen auf einem Lottoschein gespielt?«, wollte Meinders wissen.

»Nee. Das haben die beiden immer streng getrennt. Ist ja auch besser so. Gibt nur unnötig Ärger, wenn man gewinnt.« Sie beugte sich wieder vor. »Der Klaus hat vor ein paar Wochen gewonnen. Aber das wissen Sie nicht von mir.« Sie fuhr sich mit dem Finger über die Lippen. »Ich behalte so was für mich.«

Jacobsen hätte fast laut gelacht, konnte es allerdings gerade noch zu einem Husten abwenden und drehte sich eilig um.

Meinders räusperte sich ebenfalls. »Hat dieser Hein auch einen Nachnamen?«

»Natürlich. Hartema heißt er.«

Jetzt hatte sie wieder die volle Aufmerksamkeit von Jacobsen. »Der Mann von Dini Hartema?«

»Nee. Der Hein ist der Vetter von dem. Markus heißt ihr Mann.« Wiebke Hansen diktierte Meinders die Adresse.

Der klappte sein Notizbuch zu. »Mal unter uns: Hatte der Behrens eine Freundin? Er war ja ein gutaussehender Mann.«

Wiebke Hansen wurde rot. »Ja, das war er.« Sie seufzte. »Hat sich leider nicht für mich interessiert. Hatte nur Augen für die Dini.«

»Da hat er aber einen Fehler gemacht.« Meinders zwinkerte ihr zu. »Vielen Dank für Ihre Zeit, Frau Hansen.«

»Kommense gerne wieder.«

»Wenn ich in der Nähe bin.«

Meinders schob Jacobsen vor sich her, der gerade seinen nächsten Hustenanfall vortäuschen musste.

Vor dem Laden konnte er sich nicht mehr halten und prustete los. »Du bist ja ein richtiger Charmeur, Kollege!«

»Tja, da kannste noch was lernen.« Meinders lehnte sich ans Auto. »Ob mit Dini die Frau vom Hartema Hof gemeint ist?«

»Du meinst, der Behrens hat den guten Tropfen nur mit ihr getrunken und ihr Mann ist dahintergekommen? Zu dem D aus den geheimnisvollen Briefen würde es auf jeden Fall passen.«

»Genau das.«

»Dann sollten wir uns das Ehepaar noch einmal vornehmen. Gib mal die Adresse von diesem Hein ins Navi ein.« Jacobsen stieg in den Wagen. Sein Smartphone klingelte. *Unbekannte Nummer?* »Jacobsen?« Er lächelte. »Vaddern, mit was für ner Nummer rufst du denn an?« Das Lächeln verschwand. »Okay.« Er trommelte mit den Fingern auf das Lenkrad. »Gut, dann schick mir die GPS-Daten, sonst finden wir euch ja nie.« Er verdrehte die Augen und legte auf.

Meinders sah ihn an.

»Das war mein Vater. Er steht mit dieser Touristin, die vorhin bei uns war, irgendwo hier und will uns etwas Fallrelevantes zeigen.« Das Smartphone piepste erneut und eine Buchstaben-Zahlenkombination erschien auf dem Bildschirm. »Kannst du das auch ins Navi eingeben?« Er hielt seinem Kollegen das Smartphone hin.

»Sicher.« Meinders tippte drauflos. »Meinst du die Touristin, die er gestern noch veräppelt hat und die tatsächlich nach Ditzum laufen wollte?«

»Genau die. Keine Ahnung, warum er plötzlich mit ihr unterwegs ist.« Jacobsen startete den Wagen.

Eine halbe Stunde und zwei Sackgassen später, aus denen sie nur rückwärts wieder herauskamen, parkte Jacobsen den Dienstwagen neben dem Feld, auf dem sein Vater und Veronika schon auf sie warteten. Ein knallgelber Sonnenschirm war aufgespannt, sie saß darunter und wedelte sich mit einem knallroten Hut Luft zu. Fiete lehnte in seinem dicken blauen Troyer an einem Gatter und rauchte Pfeife.

»Na, das kann ja lustig werden«, knurrte Jacobsen.

Er und Meinders stiegen aus und gingen auf das seltsame Duo zu.

»Wurde aber auch Zeit«, schimpfte Fiete.

Jacobsen ging gar nicht darauf ein. »Und? Was gibt es jetzt so Wichtiges?«

»Wir haben den Hut gefunden.«

»Ihr habt einen Hut gefunden? Und deshalb jagst du mich einmal quer durchs Rheiderland? Tickst du noch sauber?« Jacobsen schüttelte den Kopf.

Fiete blieb gelassen. »Nicht einen Hut. Den Hut. Den hat Veronika Samstagabend verloren. Und zwar genau auf dem Feld, von dem aus sie die seltsamen Gestalten gesehen hat.« Er breitete die Arme aus. »Von hier.«

Veronika stand auf und trat zu ihnen. »Herr Kommissar, so war das.«

Jacobsen hatte einige Mühe, ruhig zu bleiben. »Frau Schwartau? Ich habe Ihnen vorhin schon gesagt, dass Sie, falls Sie überhaupt etwas gesehen haben, wahrscheinlich auf die Dorfjugend gestoßen sind. Die machen manchmal solche Sachen.«

»Und wenn die das nicht waren? Der Tatort ist doch ganz in der Nähe, oder?« Fiete blickte seinen Sohn herausfordernd an.

»Der Fundort, Vaddern, der ist tatsächlich nicht weit von hier. Du glaubst doch wohl nicht, dass an ihrer Beobachtung was dran ist.« Er schnupperte. »Haben Sie schon wieder getrunken? Sie scheinen dem Alkohol ja sehr zugetan zu sein. Wer weiß, vielleicht haben Sie zusammen mit dem Opfer ein Schlückchen zu viel getrunken?«

»Also, ich verbitte mir das! Da will man der Polizei helfen und dann wird man selbst verdächtigt?« Veronika stemmte die Hände in die Hüften.

Fiete tat es ihr gleich. »Sohnemann, ich glaube, jetzt tickst du nicht ganz sauber!«

Meinders sah demonstrativ auf seine Schuhe und ging grinsend rückwärts.

»Vaddern! Halt du dich aus meinen Ermittlungen raus«, rief Jacobsen wütend. »Frau Schwartau, wo waren Sie Samstagvormittag?«

»Bei mir am Hafen, du Trottel! Das habe ich dir erzählt. Außerdem kannte Sie das Opfer doch gar nicht.«

»Das weißt du woher?«

»Ich habe wirklich keine Ahnung, wer das Opfer sein soll«, mischte Veronika sich ein. »Ich bin das allererste Mal hier. Und so, wie Sie sich mir gegenüber benehmen, wird es auch das letzte Mal gewesen sein!«

»Na hoffentlich«, murmelte Jacobsen. Er musterte sie. »Sie kommen aus München, richtig?«

Veronika nickte. »Was hat das mit Ihrem Fall zu tun?«

»Nun, der Sohn des Opfers lebt dort. Vielleicht kennen Sie sich und Sie haben ihm einen Gefallen getan? Es geht schließlich um viel Geld.«

»Seh ich etwa aus wie eine Auftragskillerin?« Veronika schnappte nach Luft.

»Weiß man's?«

»Ich kann Ihnen sagen, was ich weiß. Da waren die Gestalten auf dem Aufsitzmäher und sie hatten jemanden in der Schubkarre und der hie...«

Fiete schnitt ihr das Wort ab. »Lass es, Veronika. Anscheinend habe ich bei der Erziehung dieses Flegels einiges falsch gemacht. Wir gehen.«

»Vaddern!« Jacobsen lief rot an.

Fiete ging hinüber zum Sonnenschirm und klappte ihn zusammen. Dann nahm er Veronika an die Hand und drückte seinem Sohn den Schirm in den Magen. »Hier! Ist zu gefährlich, den auf dem Roller zu transportieren«, sprach er und zog Veronika hinter sich her.

Verdattert sah Jacobsen seinem Vater und dessen anscheinend neuer Freundin nach.

Meinders brach in schallendes Gelächter aus. »Auftragskillerin? Diese kleine Dame?«

»Ach, halt die Klappe!« Wütend warf Jacobsen den Sonnenschirm auf die Rücksitzbank, sprang in den

Wagen und gab Gas, noch bevor Meinders seine Tür geschlossen hatte.

***

»So ein Flegel!« Fiete sah dem vorbeirauschenden Wagen wütend hinterher.

»Tut mir leid, dass du jetzt Ärger mit deinem Sohn hast.« Veronika war gar nicht wohl dabei, dass sie Schuld an dem Streit hatte. Das war nun nicht ihre Absicht gewesen.

»Ach, der kriegt sich schon wieder ein«, brummte Fiete.

Sie hatten den Roller erreicht und Veronika hob die beiden Sektfläschchen auf. »Was ist denn, wenn ich mir wirklich alles nur eingebildet habe?«

»Quatsch! Woher solltest du sonst wissen, dass der Typ in der Schubkarre Klaus hieß. Mein Sohn ist ein Stiesel.«

»Warum sollte ich ihm denn nicht sagen, was ich gehört habe?«

»Weil er uns sowieso nicht mehr glaubt.« Fiete griff nach seinem Helm. »Wir müssen den Mörder eben selbst finden.«

Veronika wurde blass. *Wir sollen ... also ... ich soll wirklich einen Mörder überführen?* »Aber das ist doch gefährlich.« Ihre Stimme zitterte.

»Nicht mit mir, mien Deern. Keine Angst.« Fiete wirkte entschlossen. »Wir fahren noch ein Stück die Straße hinunter in die Richtung, aus der die Gestalten gekommen sind. Und dann müssen wir leider zurück. Der Sprit wird knapp.«

»Oh, auf noch eine Nacht hier draußen habe ich nun wirklich keine Lust.« Veronika schüttelte sich. Sie hängte sich die Tasche um, stülpte den Helm über und setzte sich hinter Fiete auf den Roller.

Langsam fuhren sie die Straße hoch. Das seltsame Gefährt hatte leider keine Spuren hinterlassen und so hielt Fiete an und wendete den Roller.

»Und nun? Willst du wirklich die Täter auf eigene Faust fassen?« Veronika war immer noch nicht wohl bei dem Gedanken. Ein gewisses Kribbeln im Bauch konnte sie allerdings auch nicht leugnen. *Oder liegt das an dem Seebären?* Energisch schob sie den Gedanken zur Seite. An dem lag es definitiv nicht. Es war das Abenteuer, das nach ihr rief.

»Will ich«, verkündete Fiete.

»Dann bin ich dabei!« Veronikas Herz machte einen Hüpfer. Sie würde einen Mörder fassen! *Hach, das ist der spannendste Urlaub, den ich je erlebt habe.*

***

Auf dem Weg zu Hein Hartema hatte Jacobsen so ziemlich jede Verkehrsregel gebrochen. Er war stinksauer auf seinen Vater. »Was mischt der sich in meine Ermittlungsarbeit ein! Als Seemann. Ich fass es nicht!«, schimpfte er in einem fort.

»Da hättest du rechts abbiegen müssen.«

Jacobsen trat in die Eisen, setzte den Wagen zurück und bog in den schmalen Weg zum Hof von Hein Hartema ein. Sie fuhren noch etwa sechshundert Meter ins Land hinein, bevor sie das kleine Haus erreichten. Augenscheinlich war Hein Hartema kein Bauer, denn sie sahen weder Landmaschinen noch Silo oder ähnliches. Im Scheunenteil des Gebäudes waren bodentiefe Fenster eingebaut worden und der ehemalige Stall diente somit als Wohnraum. Ein dunkler SUV stand vor dem Haus – Hartema schien anwesend zu sein.

Die Kommissare parkten und klingelten. Kurz darauf wurde ihnen von einem Mann geöffnet. Hein Hartema hatte volles graues Haar, um das Jacobsen ihn jetzt schon beneidete. Er war recht groß und schlank, lächelte sie freundlich an.

»Ja?«

»Moin. Jacobsen, Kripo Leer, mein Kollege Meinders. Können wir kurz mit Ihnen sprechen?«

»Wegen dem Klaus? Klar, kommen Sie rein.«

Er ging ihnen voraus ins Wohnzimmer. Durch die bodentiefen Fenster hatte man einen herrlichen Blick in die Rheiderländer Weite. Hein Hartema deutete auf das Sofa.

Meinders schüttelte den Kopf. »Wir stehen lieber, danke. Herr Hartema, Sie hatten kürzlich Streit mit Herrn Behrens?«

Hartema schüttelte den Kopf. »Nicht, dass ich wüsste. Obwohl, Sie meinen bestimmt unseren kleinen Disput bei der Wiebke. Ich hatte meinen Geldbeutel hier vergessen und Klaus wollte mir das Geld für meinen Lottoschein nicht leihen. Ja, da bin ich etwas sauer geworden. Dabei hätte ich es wissen müssen. Klaus hat grundsätzlich nie Geld verliehen, auch keine fünf Euro.«

»Also haben Sie sich danach wieder vertragen?«, hakte Jacobsen nach.

»Sicher. Wir haben abends noch zusammen Fußball geguckt, da war ich bei ihm.« Hartema seufzte. »Ist so schade um den Klaus. Feiner Kerl war das.«

»Das haben wir schon öfter gehört.« Jacobsen wurde grundsätzlich misstrauisch, wenn Leute so etwas ständig betonten. »Hatte Herr Behrens keine Feinde? Jemanden, mit dem er Ärger hatte?«

»Nein. Da war nichts. Glauben Sie mir, ich habe mir auch schon das Hirn zermartert. Oder meinen Sie, das hängt mit seinem Lottogewinn zusammen?«

»Sie wissen davon?«, fragte Meinders.

»Sicher. Der Klaus hat mich direkt angerufen. Einen Teil des Geldes wollte er spenden. Der Stefan betreut in seiner Freizeit Projekte mit Obdachlosen, da sollte das hin. Und ein neues Auto wollte er haben.« Hartema ging zu einem kleinen Tisch, auf dem Flaschen und Gläser standen. Er öffnete eine und schenkte sich etwas ein. »Möchten Sie auch einen Drink?«

Jacobsen schüttelte den Kopf. »Danke, wir sind im Dienst. Sagen Sie, hatte Herr Behrens eine Freundin? Wollte er die am Samstag treffen? Vielleicht heimlich?«

Hartema lachte. »Sie meinen, ob der Klaus eine Affäre hatte? Nee, dafür war er viel zu ehrlich. Die Dini fand er toll, das ja. Richtig geschwärmt hat er für sie.«

Meinders warf Jacobsen einen vielsagenden Blick zu. »Kann es nicht doch sein, dass er eine Beziehung mit ihr hatte?«

»Also wenn, dann hat er es mir nicht erzählt. Und das glaube ich nicht; wir haben uns alles gesagt. Wir sind ... waren seit der Grundschule befreundet. So traurig.« Hein Hartema leerte sein Glas in einem Zug. »Wissen

Sie denn schon, was genau passiert ist? Hat der Tim ihn wirklich mit der Gülle umgebracht?«

Meinders steckte seinen Block ein, auf dem er sich wieder Notizen gemacht hatte. »Nein, wir ermitteln noch. Aber wir können Ihnen versichern, dass Herr Mertens unschuldig ist. Herr Behrens war bereits tot, als ... nun ... als ihm dieses Malheur mit der Gülle passiert ist.«

Hartema atmete auf. »Das ist gut. Für den Tim und für den Klaus.«

»Okay, das war's erst einmal.« Jacobsen reichte dem Mann die Hand. »Wenn Ihnen noch etwas einfällt, dann melden Sie sich bitte bei uns.«

»Das werde ich, Herr Kommissar.«

Hartema brachte die beiden zur Tür. Kurz darauf sahen sie, wie er sich im Wohnzimmer auf das Sofa fallen ließ und das Gesicht in den Händen verbarg.

»Glaubst du, unser Opfer hätte seinem Freund wirklich von der Affäre mit Dini Hartema erzählt? Immerhin ist er der Cousin des Ehemannes.«

»Unter den Umständen wahrscheinlich eher nicht.« Jacobsen schielte auf die Uhr. »Wir reden morgen noch einmal mit Dini Hartema und mit ihrem Mann. Jetzt ist es schon zu spät. Anja macht heute Abend ihre Rouladen. Und dafür lass ich jeden Verdächtigen stehen. Aber du kannst bitte noch unsere Nachbarn durchs System laufen lassen. Was jeder Polizeischüler als erstes gemacht hätte. Und dann kümmerst du dich weiter um die Briefe.«

Meinders stöhnte auf. »Echt jetzt? Und du machst dir einen schönen Abend?«

»Tja, dafür bin ich der Chef.«

Während Jacobsen den Wagen wendete, gab Meinders Leer als Ziel ins Navi ein.

Kapitel 12

»Dini? Ich brauch die Schubkarre!« Talea stand im Hühnerstall, eine Schaufel voller Mist in der Hand. Normalerweise stand die Schubkarre doch immer direkt neben dem Hühnerhaus.

Ihre Schwester kam aus dem Gemüsebeet herüber und wischte sich den Schweiß von der Stirn. »Die Schubkarre?« Sie überlegte. »Die ist noch beim Klaus.«

»Mist.« Talea ließ die Schaufel sinken und stellte sie an die Wand. »Dann müssen wir da wohl hin.«

»Ich hol den Aufsitzmäher.« Dini verschwand in Richtung Scheune.

Nachdem sie ihre Arbeitskittelschürzen gegen die besseren getauscht hatten, fuhren sie los. Man ging nie in dreckiger Kleidung aus dem Haus, das hatte ihre Mutter ihnen schon beigebracht.

Dieses Mal fuhr Talea. Auf dem Rückweg musste sie wieder die Schubkarre festhalten und da war es unfair, wenn Dini beide Strecken steuern durfte.

Auf dem Hof von Klaus war alles ruhig. Kein fremdes Auto war zu sehen. Talea fuhr vor die Haustür.

»Weißt du noch, wo wir die Schubkarre hingestellt haben?«

»Ähm, nee.« Dini rieb sich nachdenklich übers Kinn. »Sind wir nicht hintenrum?«

Die beiden gingen einmal ums Haus. Tatsächlich stand ihre Schubkarre vor dem Seiteneingang der Scheune, als wäre nie etwas passiert.

Talea wollte sie schon wegschieben, aber Dini hielt sie auf. »Meinst du, wir könnten uns noch eine Flasche Wein mitnehmen? Der Stefan trinkt doch keinen Alkohol. Wäre doch schade um die schönen Tropfen.«

Talea ließ die Schubkarre los und nickte. »Gute Idee.«

Dini wollte die Seitentür der Scheune öffnen, aber die war verschlossen. Verdutzt sah sie ihre Schwester an. »Seit wann ist denn hier zu?«

Talea zuckte mit den Schultern. »Gehen wir halt vorne rein.« Sie packte die Schubkarre erneut und schob sie vor zur Haustür. Dort stellte sie die Karre direkt in Position hinter den Aufsitzmäher.

Auch die Haustür war verschlossen. Dafür klebte ein Papierstreifen an Tür und am Rahmen.

»Was soll das denn?« Dini kniff die Augen zusammen. »Ich kann das nicht lesen. Hast du deine Brille mit?«

Talea schüttelte den Kopf. »Nee. Warte mal, da steht ... Ach, es geht nicht. Weißt du noch, wo der Klaus seinen Schlüssel versteckt hat?«

»Hm.« Dini ging die Stufen hinunter und zählte die Blumenkübel vor dem Haus ab. Fünf waren es. Unter Nummer vier müsste der Schlüssel liegen. Vier war die Lieblingszahl vom Klaus. Also ging sie in die Knie und hob den Kübel an. Nichts. Stöhnend richtete sie sich wieder auf.

»Guck du unter der anderen Vier«, wies sie ihre Schwester an.

Die zählte also andersrum ab und hob den Blumentopf an. »Hah, da ist er.«

Talea schnappte sich den Schlüssel und schloss die Tür auf. Der Streifen Papier ging dabei kaputt, aber das störte sie nicht. Zielstrebig ging sie hinunter in den Keller und zog Dini mit sich.

»Lass uns aber einen anderen Wein nehmen«, schlug Dini vor. »Der letzte hat doch so Kopfweh gemacht.«

»Stimmt.« Talea zog eine Flasche aus dem Regal und hielt sie mit etwas Abstand Dini vor die Nase. »Weit genug weg?«

»Jo. Das Etikett ist schön. Lass uns mal probieren.«

Sie fischten den Öffner aus dem Regal und zogen den Korken heraus. Talea schnupperte daran. »Wie hat der Klaus das immer gemacht, dass er schon am Geruch wusste, dass der schmeckt?«

Dini zuckte mit den Schultern. »Weiß nicht. Der war eben gut damit.« Sie nahm ihrer Schwester die Flasche ab und trank einen Schluck. »Oh, der ist mir zu sauer.«

Talea probierte ebenfalls. »Hast recht. Nächste.«

So ging es eine ganze Weile. Die geöffneten Weinflaschen ließen sie einfach auf dem Boden stehen. Schließlich hatten sie eine Sorte gefunden, die sie beide mochten. Talea drückte den Korken zurück in die Flasche und steckte sie in ihre Kittelschürze. Sie fanden noch eine zweite Flasche dergleichen Sorte und nahmen sie ebenfalls an sich.

Zufrieden gingen sie wieder nach oben, zogen die Haustür hinter sich zu und steckten den Schlüssel in die Erde des Blumentopfes Nummer vier. Wie am Samstagabend setzte Talea sich rittlings hinter Dini auf den Aufsitzmäher und packte die Griffe der Schubkarre. Gut angeheitert von der Weinprobe machten sie sich auf den Weg zurück.

Sie waren fast zu Hause angekommen, da fing der Aufsitzmäher an zu stottern. Es knallte zweimal, dann blieb er ganz stehen.

»Was ist los?«

»Keine Ahnung.« Dini drehte ein paar Mal den Zündschlüssel, doch nichts tat sich. Dann klopfte sie auf die Anzeigen. »Oh, Tank ist leer.«

Unentschlossen blieben sie auf dem Mäher sitzen und boten ein seltsames Bild. Das boten sie immer noch, als sich von hinten ein silberner LKW näherte. Bei der lauten Hupe zuckten Dini und Talea zusammen. *Sie so zu erschrecken!*

Eine Kuh hielt neben ihnen und damit auch der Milchtanker von Jan. »Meine Damen, Sie sitzen hier etwas ungünstig.« Er war aus dem Führerhaus geklettert und sah sie mit verschränkten Armen an.

»Wir sitzen hier ja auch nicht freiwillig«, erwiderte Talea und musterte ihn neugierig.

»Ist er kaputt?« Jan deutete auf den Aufsitzmäher.

Dini grinste leicht verlegen. »Der Tank ist leer. Ich hab doch meine Brille nicht mit, da konnte ich das nicht sehen«, jammerte sie.

Jan kratzte sich am Kopf. »Einen Reservekanister habe ich nicht dabei, bringt bei meinem Gefährt auch wenig.«

»Könnten Sie uns nach Hause fahren?«

»Und die Schubkarre? Die brauchen wir heute noch dringend für die Hühner.«

»Und den Aufsitzmäher?«

Jan lachte. »Meine Damen, das sind ja gleich drei Wünsche auf einmal!«

»Dreimal ist eben Ostfriesenrecht.« Talea zwinkerte ihm zu.

»Wie weit haben Sie es denn noch?«, fragte Jan.

Dini zeigte über die Weiden. »Da, der Hof da. Das ist unser«, erklärte sie nicht ohne Stolz.

»Könnten Sie uns nicht abschleppen, junger Mann?« Talea zwinkerte noch heftiger.

»Hast du was im Auge, Talea?« Dini sah ihre Schwester besorgt an, doch die winkte ab.

Jan überlegte, dann grinste er. »Aber sicher doch, meine Damen. Das sollten wir schon hinkriegen.«

Er stieg in die Fahrerkabine und holte ein Abschleppseil heraus. Das knotete er hinten an seinem Milchtanker fest. Er fuhr den LKW ein Stück vor und hielt genau vor Dini und Talea an. Dann schoben sie gemeinsam den Aufsitzmäher in die richtige Position und befestigten das andere Ende des Seiles am Mäher. Die beiden Schwestern saßen auf und Talea packte ihre Schubkarre.

»Aber gut festhalten, meine Damen. Nicht, dass Sie mir noch vom Mäher fallen.«

»Keine Sorge, junger Mann, wir können gut zupacken.« Talea zwinkerte noch mehr.

»Äh, ja.« Jan lief eilig zum Führerhaus und stieg ein.

Und dann ging es los. Ganz langsam fuhr der LKW an. Das Seil wurde straff und als sich der Aufsitzmäher in Bewegung setzte, jubelten Dini und Talea laut. *Hach, das ist doch mal ein Abenteuer!*

Einmal hätte Talea fast den Wein verloren, ein anderes Mal die Schubkarre. Doch Jan brachte alle und alles heil nach Hause.

»Möchten Sie noch einen Tee? Oder ein Schnäpschen?«

»Danke, ich muss weiter. Der Tank muss noch voll.« Jan tippte sich zum Gruß an die Stirn. »Meine Damen.«

Dini und Talea winkten ihm zu, als der große LKW wendete und dann die Straße hinunterfuhr.

»Netter junger Mann«, meinte Dini. »Ist dein Auge wieder in Ordnung?«

»Jo.«

Der LKW verschwand aus ihrem Blick.

»Da kann ich der Berta erzählen, dass mich ein junger Mann abgeschleppt hat.« Talea kicherte.

»Du wieder!« Dini lachte und schnappte sich die Schubkarre.

***

Fiete und Veronika waren nur noch ein Stück des Weges gefahren, dann hatte die Tankanzeige des Rollers sie endgültig zum Umdrehen gezwungen. Jetzt standen sie vor der Pension von Veronika und grübelten, wie sie weiter vorgehen wollten. Veronika hatte in ihrem Smartphone die virtuelle Karte des Rheiderlandes aufgerufen. Mit Hilfe der GPS-Daten, die Fiete seinem Sohn geschickt hatte, konnte sie den Fundort des Hutes leicht wiederfinden.

Veronika zoomte mit den Fingern in die Karte. »Schau mal. Da sind vier Höfe.«

Fiete stellte sich neben sie und blickte auf den Bildschirm. »Die haben auf jeden Fall die Reichweite eines Aufsitzmähers. Wir sollten uns da morgen einmal umsehen.«

»Meinst du?« Veronika zögerte. »Und wenn wir da wirklich auf den Täter treffen? Also, ich meine, das ist doch gefährlich.«

Fiete winkte ab. »Ach was. Wenn wir den Täter haben, dann ruf ich meinen Sohn an. Der regelt dann schon den Rest.«

»So wie heute?« Veronika grinste.

Darauf erwiderte Fiete nichts. Sein eigenes Smartphone klingelte. »Meine Schwiegertochter, da muss ich kurz ran. Hallo, Anja.« Er lauschte einen Moment, dann schüttelte er heftig den Kopf. »Wenn dein Mann auch da ist, komm ich nicht. Tut mir leid um die schönen Rouladen.«

Veronika zog fragend eine Augenbraue hoch.

»Nein, das soll dir der Klaas selber erklären. Tschüss, Anja.« Fiete legte auf.

»Hast du jetzt wegen mir eine Einladung zum Essen abgesagt?«

»Nee, wegen Klaas. Mit dem ollen Stiesel will ich heute nicht am Tisch sitzen. Auch wenn meine Schwiegertochter die besten Rouladen überhaupt macht.« Er seufzte.

»Du, und wenn ich dich als Entschädigung zum Essen einlade? Was magst du denn sonst gerne?« Veronika steckte ihr Smartphone ein. Sie hatte ein schlechtes Gewissen.

Fiete strahlte. »Fischbrötchen! Unten am Hafen im Büdchen gibt es die besten.«

Fischbrötchen? Veronika zog sich schon bei dem Gedanken daran der Magen zusammen. Sie hasste Fisch! Schon bei dem Geruch wurde ihr übel. Doch Fiete hatte sich wegen ihr mit seinem Sohn zerstritten, da musste sie wohl in den sauren Apfel beißen. Oder in diesem Fall in den sauren Hering.

***

»Nie wieder Fischbrötchen.« Veronika hielt sich die Hand vor den Mund und stieß auf. »Die sind einfach, nee!« Sie saß auf dem Bett in ihrer Pension. Ihr war an der Fischbude von dem Geruch so schnell schlecht geworden, dass sie sich unter einem Vorwand sehr bald von Fiete verabschiedet hatte.

Ihre Freundin Brigitte lachte. »Warum isst du denn auch so was? Du weißt doch, dass du die nicht verträgst.«

»Weil sich Fiete wegen mir mit seinem Sohn zerstritten und deshalb die Einladung zu den Rouladen abgesagt hat.« Veronika angelte nach einem Glas Wasser. Sie wurde diesen blöden Fischgeschmack nicht los.

»Fiete? Moment! Hieß so nicht der Kerl, der dich fast umgebracht hat?!«

»Hm.«

»Schatz, raus mit der Sprache! Ich hör doch, dass du mir was verschweigst.«

Das war eindeutig der Nachteil, wenn man sich seit einer Ewigkeit kannte. Veronika seufzte. »Okay. Aber reg dich nicht auf. Wir ... also wir suchen einen Mörder.«

Erst herrschte schweigen, dann lachte Brigitte laut auf. »Ihr spielt eine Szene aus der Friesenwache nach? Das ist ja mal eine coole Aktion. Aber warum denn ausgerechnet mit diesem Kerl?«

»Nein, wir spielen keine Szene nach. Heute stand in der Zeitung, dass man genau da, wo ich mich verlaufen hatte, eine Leiche gefunden hat! Brigitte, du kannst dir nicht vorstellen, was für einen Schreck ich bekommen habe, als ich das in der Zeitung gesehen hab. Die hätten ja auch mich umbringen können!« Veronika schüttelte sich. »Und deshalb bin ich zur Polizei und habe meine Beobachtung von gestern gemeldet.«

»Ähm, du meinst so einen echten Toten?«, fragte Brigitte ungläubig.

»Einen ganz echten.«

»Und was hat die Polizei gesagt?«

»Das ich wohl zu viel Sekt getrunken hatte.« Veronika wurde lauter. »Dieser Kommissar hat mir kein Wort geglaubt. Einfach weggeschickt hat der mich. So ein unverschämter Kerl!«

»Und was hat jetzt dieser Fiete damit zu tun?«, hakte ihre Freundin nach.

»Der glaubt mir. Ich habe den am Hafen getroffen und er hat sich bei mir entschuldigt. Aber doof ist er immer noch«, fügte Veronika eilig hinzu. *Zumindest theoretisch.* Sie konnte nicht leugnen, dass das Kribbeln in ihrem Bauch doch immer mehr mit ihm zu tun hatte. Schnell sprach sie weiter. »Der ist der Vater von dem Kommissar. Und weil der nichts macht, suchen wir halt den Mörder.«

»Ihr seid doch durcheinander!«, rief Brigitte. »Ich glaube, dir bekommt die Seeluft nicht. Lass das! Das ist doch viel zu gefährlich.«

»Mach dir keine Sorgen, Brigitte. Wir suchen nur nach Spuren. Und wenn wir wissen, wer der Mörder ist, rufen wir die echte Polizei.«

»Versprichst du mir das?«

»Hoch und heilig. Du, lass uns morgen weitertelefonieren. Mein Magen rebelliert jetzt endgültig.« Veronika hielt sich den Bauch. Eilig legte sie auf und rannte ins Bad.

Kapitel 13

Jacobsen und Meinders hatten in dem kleinen Konferenzraum der Polizeistation eine Stellwand aufgebaut und daran Fotos vom Tatort sowie das Passbild von Klaus Behrens aufgehängt. Ohne Gülle sahen sie auch, wie attraktiv er trotz seines hohen Alters gewesen war. Laut seinem Ausweis war er 1,85 m groß gewesen, hatte immer noch volles Haar und ein sympathisches Lächeln.

Nachdenklich blickten sie auf die Fotos. Viele Hinweise hatten sie nicht. Der Fundort war nicht der Tatort, soviel stand fest. Der fehlende Schuh könnte sie auf eine Spur bringen, aber der war wie vom Erdboden verschluckt.

»Also, was haben wir.« Meinders zückte einen dicken Tafelstift. »Wir wissen, dass er erschlagen wurde, vermutlich mit einer Flasche. Und mit etwas, was dieses komische Muster auf dem Kopf hinterlassen hat.« Er notierte die Stichworte. »Tatzeit war irgendwann am Samstagvormittag.«

»Er hat im Lotto gewonnen und für Dini geschwärmt. Auf Grund der räumlichen Nähe tippe ich auf Dini Hartema.« Jacobsen verschränkte die Arme hinter dem Kopf. »Zusammengefasst – wir haben nichts. Der Behrens hatte keine Feinde, ein super Verhältnis zu seinem Sohn und laut seinem Freund Hein kein Verhältnis zu

Dini Hartema. Wobei mir das noch das wahrscheinlichste Mordmotiv ist.«

»Eifersucht?«

»Genau. Entweder der Mann oder diese Dini selber hat ihm einen über den Schädel gezogen. Wer auch immer sie ist. Hast du in den Briefen denn jetzt einen Hinweis auf die Absenderin gefunden?«

Meinders notierte ›Eifersucht‹ auf der Stellwand. »Nein, aber ich bin auch noch nicht ganz durch. Dafür habe ich die Bewohner der vier Nachbarhöfe durchs System laufen lassen. Einer davon hat eine Vorstrafe.«

»Und? Lass dir nicht alles aus der Nase ziehen!«

»Talea Freese. Das ist eine der Schwestern vom Freese-Hof. Sie ist vierundsiebzig und hat vor einem halben Jahr eine Anzeige kassiert. Und jetzt halt dich fest – wegen Trunkenheit auf dem Aufsitzmäher und Widerstand gegen Polizeibeamte.« Meinders lachte.

Jacobsen schüttelte den Kopf. »Die Rheiderländer wieder. Widerstand gegen die Beamten? Eine alte Dame?«

»Laut Bericht hatte sie ordentlich einen getrunken und hat ziemlich um sich geschlagen, als man ihr den Aufsitzmäher wegnehmen wollte. Die haben drei Beamte gebraucht, um sie zu bändigen. Da liegt die Akte.« Meinders zeigte auf einen Schnellhefter.

Jacobsen nahm ihn und überflog den Bericht. »Die Damen haben kein Auto mehr und sind deshalb immer mit dem Aufsitzmäher unterwegs. Sachen gibt's.«

Meinders räusperte sich. »Apropos Aufsitzmäher?«

»Nee! Vergiss es. Diese bayrische Touristin hatte einfach zu viel Sekt intus.«

»Schon gut.« Meinders grinste. »Was ist denn mit deiner kruden Idee der Auftragskillerin, die sich als Touristin tarnt?«

Jacobsen winkte ab. »Ach, das habe ich nur gesagt, weil mir mein Vater so auf die Nerven gegangen ist. Ich habe ihm ja auch nie gesagt, wie man einen Kutter steuert.«

Als hätte er gehört, dass von ihm die Rede war, stürmte Fiete in das Büro.

Hinter ihm hastete die junge Polizistin vom Empfang durch die Tür. »Entschuldigt, aber er ist einfach an mir vorbei.«

»Schon gut. Vaddern, was willst du hier?« Jacobsen verdrehte die Augen.

»Mit dir über gestern reden. Mein Sohn, so hab ich dich nicht erzogen!« Fiete trat mit erhobenem Zeigefinger auf Jacobsen zu.

»Ach?« Jacobsen verschränkte die Arme vor der Brust. »Dann bin ich ja mal gespannt.«

»Was fällt dir eigentlich ein, so mit einer Zeugin zu sprechen? Veronika ist eine sehr anständige Dame und du unterstellst ihr, sie wäre eine Auftragskillerin.« Er fuchtelte mit dem Zeigefinger durch die Luft.

»Wenn ihr mich mit euren Hirngespinsten auch zur Weißglut treibt. Und überhaupt. Hast du dich jetzt mit der Dame verbrüdert? Du hast sie doch selbst verarscht!«

»Ja, und ich habe mich bei ihr entschuldigt. Was du ...« Fiete pikste seinem Sohn mit dem Finger in den Bauch. »... auch tun solltest.«

»Das, mein Lieber, werde ich sicher nicht tun. Und jetzt sieh zu, dass du Land gewinnst.« Jacobsen schob seinen Vater zur Tür. »Misch dich nicht wieder in unsere Ermittlungen ein, haben wir uns da verstanden? Das ist mein voller Ernst.«

Fiete hob die Hände. »Wie du willst.« Er blieb stehen.

»Ist noch was?« Jacobsen klopfte mit den Fingern an den Türrahmen.

»Der Schirm?«

»Welcher Schirm?«

»Und du willst Kriminaler sein, unglaublich.« Fiete schüttelte den Kopf.

Meinders und die junge Kollegin hatten bisher schweigend und amüsiert gelauscht. Jetzt mischte Meinders sich ein. »Er meint den Sonnenschirm, den wir für die Dame gestern transportieren durften.«

Jacobsen verdrehte die Augen. »Der liegt im Wagen. Mareike, würdest du meinen Vater bitte hinausbegleiten und ihm sein kostbares Gut aushändigen?« Er drückte der Kollegin den Autoschlüssel in die Hand.

»Gerne. Na, kommen Sie.« Die Kollegin schob Fiete sanft, aber bestimmt auf den Flur.

Jacobsen schlug die Hände vor den Kopf. »Ich glaub's ja nicht. Jetzt dreht er völlig durch.«

***

Fiete dagegen folgte Mareike gut gelaunt nach draußen. Seine Mission war erfolgreich gewesen. Er hatte alle Informationen, die er brauchte. Gleich würde er Veronika abholen und dann würden sie bei einem Frühstück beratschlagen, wie sie weiter vorgehen wollten.

»Danke, mien Deern.« Fiete nahm den Sonnenschirm entgegen und marschierte den Weg hinunter in Richtung Hafen.

»Moin, Fiete!«

»Kai! Musst du einen alten Mann so erschrecken?« Im Schatten der schmalen Gasse hatte Fiete den Reporter doch glatt übersehen.

»Entschuldige.« Kai deutete auf den Sonnenschirm. »Wo willst du denn damit hin?«

»Ach, den hab ich nur von meinem Sohn geholt. Ist nicht für mich.« Fiete ging weiter.

Kai schloss sich ihm an. »Hat Klaas dir zufällig etwas über den Toten aus dem Rheiderland erzählt? Schöne Sauerei war das ja.«

»Sach mal, willst du mich aushorchen?« Fiete blieb stehen.

»Ich doch nicht. Aber wenn du so ein paar inoffizielle Infos hättest, würde ich dir glatt ein Fischbrötchen spendieren. Nun?«

Fiete schwieg.

»Zwei?«

»Hatte ich gestern erst.« Fiete überlegte. *Obwohl zwei Brötchen für eine Information, die ihm Kai sowieso nicht glauben wird? Klingt nach einem guten Deal.* »Also gut. Erst die Fischbrötchen.«

Die beiden Männer gingen zum Büdchen, einem Verkaufswagen, der am Hafen in der Nähe der Waage stand, und Kai kaufte zwei Fischbrötchen. Fiete zog ihn ein Stück von der Bude weg.

»Muss ja nicht jeder mithören«, flüsterte er.

Kai spitzte die Ohren.

»Ich habe gehört, dass es eine Zeugin gibt. Eine Touristin. Und die ...« Fiete beugte sich zu Kai. »... die hat im Hammrich nachts Licht und komische Gestalten gesehen. Jawohl. Aber das hast du nicht von mir.«

»Du veräppelst mich doch, alter Seebär. Was soll eine Touristin denn nachts mitten im Rheiderländer Nichts machen?« Man sah dem Reporter die Enttäuschung an.

»Sie hatte sich verlaufen.« Fiete lächelte.

»Du bist n ollen Kauelmors!«, schimpfte Kai und ließ Fiete einfach stehen.

»Danke für die Brötchen!«, rief der ihm lachend hinterher. Fröhlich lief er zur Pension von Veronika.

***

»Klaas, Herr Behrens ist jetzt da.«

»Setz ihn bitte in mein Büro. Er muss die Fotos nicht unbedingt sehen«, sagte Jacobsen zu seiner Kollegin. Er holte noch einmal Luft, um sich von dem seltsamen Auftritt seines Vaters zu beruhigen.

Zusammen mit Meinders wechselte er in sein Büro und begrüßte Dr. Stefan Behrens. Der Arzt war groß, schlank und hatte eine sympathische Ausstrahlung. Die Ähnlichkeit mit seinem Vater war unverkennbar.

»Herr Behrens, unser herzliches Beileid.«

Der Arzt ergriff die ihm von Jacobsen angebotene Hand. »Danke. Können Sie mir denn schon Näheres zu seinem Tod sagen? Was ist passiert?«

Jacobsen bot dem Arzt einen Platz an und setzte sich ebenfalls, Meinders lehnte sich an die Fensterbank.

»Nun, bisher wissen wir nur, dass Ihr Vater erschlagen worden ist, wahrscheinlich mit einer Flasche oder einem anderen, bisher unbekannten, Gegenstand. Aber wo und von wem, das ermitteln wir noch«, erklärte Jacobsen.

»Wer sollte denn meinen Vater erschlagen? Er war ein herzensguter Mensch. Ich versteh das alles nicht.« Stefan Behrens rieb sich über die Augen.

»Herr Behrens, wie sieht es bei Ihnen finanziell aus?« Jacobsen kam direkt zur Sache.

»Gut. Ich habe eine eigene Privatklinik in einem Vorort von München. Ich behandle sogar Prominente.«

»Wussten Sie, dass Ihr Vater im Lotto gewonnen hat?«, hakte Jacobsen nach.

»Sicher. Er hat mich sofort angerufen und mir davon erzählt. Ein neues Auto wollte er sich kaufen. Armer Vater.« Stefan Behrens seufzte. »Wann kann ich ihn denn beerdigen?«

»Es dürfte nicht mehr lange dauern, bis der Leichnam freigegeben ist. Herr Behrens, kennen Sie eine Veronika Schwartau?«

Meinders sah seinen Kollegen mit hochgezogenen Augenbrauen an.

»Nein, nicht dass ich wüsste. Hat diese Frau meinen Vater ...?«

»Das wollte ich damit nicht sagen«, erklärte Jacobsen. »Wie gesagt, wir ermitteln noch in alle Richtungen. Ihr Vater hatte keine Freundin?«

Stefan Behrens schüttelte den Kopf. »Für ihn gab es nur meine Mutter, auch nach ihrem Tod. Warum wollen Sie das denn wissen?«

»Reine Routine«, erklärte Meinders schnell. »Ist Ihnen vor dem Tod Ihres Vaters irgendetwas aufgefallen?

War er anders als sonst? Hatte er Streit mit jemandem?«

»Nein. Aber sagen Sie, ich war vorhin auf dem Hof, weil ich nach dem Rechten sehen wollte. Sie haben die Haustür versiegelt?«

»Genau. Aber da die Spurensicherung im Haus keine Anhaltspunkte gefunden hat, dürfen Sie das Siegel gerne entfernen.«

»Ähm, ja, das hat wohl schon jemand.«

Jacobsen sah Meinders an. »Jemand hat das Siegel gebrochen und war bei Ihnen im Haus? Fehlt etwas?«

»Mir ist nichts aufgefallen. Allerdings standen im Keller ziemlich viele geöffnete Weinflaschen. So etwas hätte mein Vater nie getan. Mit seinem Wein war er sehr pingelig.«

Jacobsen erhob sich. »Dann begleiten wir Sie doch am besten direkt zum Hof. Kollege, würdest du bitte noch den Karton mit den persönlichen Sachen von Herrn Behrens holen?«

»Du meinst den einge...« Meinders stoppte mitten im Satz.

»Ja. Wir sind verpflichtet, die Gegenstände auszuhändigen. Für die Spurensicherung sind sie nicht weiter relevant, weil unbrauchbar.«

»Stimmt etwas nicht?« Stefan Behrens blickte irritiert zwischen den Beamten hin und her.

Jacobsen räusperte sich. »Nun, es gab da einen, sagen wir mal Unfall. Ein Landwirt hat die Leiche ihres Vaters zu spät gesehen als er, nun ja, als er ...«

»Was?«

»... Gülle gefahren hat.«

Stefan Behrens wurde blass. Und als Meinders ihm auch noch mit langen Armen einen Karton in die Hand drückte, aus dem der unmissverständliche Geruch austrat, wurde er grün.

Kapitel 14

»Einen wunderschönen guten Morgen, liebe Veronika.« Fiete deutete eine Verbeugung an, als Veronika aus der Tür der Pension trat.

Veronikas Magen machte einen kleinen Extrahüpfer. »Guten Morgen.«

»Oh, geht's dir nicht gut? Du bist n büschen blass um die Nase.«

»Der Fisch hat sich heute Nacht noch ein paar Mal umgedreht.« Veronika hielt sich eine Hand vor den Mund. *Davon kam ganz bestimmt auch der seltsame Hüpfer gerade.*

»Dann wohl lieber kein Frühstück?« Fiete hob die Tüte mit den Fischbrötchen.

Veronika schüttelte den Kopf. »Ich hatte gerade einen Zwieback, das reicht mir fürs Erste.« Sie nahm Fiete den Sonnenschirm ab und stellte ihn in den Flur der Pension.

Sie gingen in Richtung Hafen. Dieses Mal hatte Veronika kein Auge für die Schönheiten. Sie war mit den Gedanken bei dem Mörder, dem sie fast in die Hände gefallen war. »Hast du etwas herausgefunden?«, fragte sie.

Fiete nickte. »Ich habe gerade das Büro meines Sohnes gestürmt und ihm eine Szene gemacht. Und dabei konnte ich einen interessanten Blick auf eine Stellwand werfen. Da waren Fotos vom Opfer. Kein schöner Anblick mit der Gülle, kann ich dir sagen.«

»Fiete!« Veronika würgte und fächerte sich mit einer Hand Luft zu. Fisch und Gülle war definitiv keine gute Kombination, noch nicht einmal in Gedanken.

»Entschuldige.« Fiete grinste. »Aber um zurück zu unserem Fall zu kommen. An der Tafel standen auch die Wörter ›Flasche‹ und ›Eifersucht‹. Das Opfer ist erschlagen worden. Da hing auch ein gruseliges Foto von seinem Kopf. Dat sah nich gesund aus.«

Veronika schüttelte sich. »Ob er eine Affäre gehabt und von einem gehörnten Ehemann erschlagen wurde?«

»Möglich.«

»Wie alt war der Mann denn? Die haben heute Morgen im Frühstücksraum darüber gesprochen, dass er schon fast achtzig gewesen sein soll. Dann ging da doch bestimmt nichts mehr.« Die Röte kroch Veronika auf die Wangen.

»Ach, da gibt es doch so Pillen für. Nicht, dass ich das nötig hätte«, ergänzte Fiete eilig und wurde ebenfalls rot.

Am Hafen setzten sie sich auf Fietes Stammbank. Das Ausflugsschiff war verschwunden und sie hatten einen freien Blick auf die alte Rathausbrücke. Die Sonne versteckte sich immer wieder für einen Moment hinter schnell dahinziehenden Schäfchenwolken. Die Schwüle war endlich verschwunden und es schien ein schöner Sommertag zu werden.

»Wie kriegen wir raus, mit welcher Frau etwas lief?« Veronika kaute nachdenklich auf ihrer Unterlippe.

»Wenn wir die Nachbarn direkt darauf ansprechen, könnten wir den Täter aufschrecken.«

»Vielleicht hat ihm ja auch die Frau einen übern Schädel gekloppt.« Fiete steckte sich seine Pfeife an. »Wenn die nun Schluss machen wollte, weil der Gatte was gemerkt hat, und der Klaus, der wollte das nicht. Und dann zack, hat sich das Problem erledigt.«

»Könnte. Ich habe ja auch eine Frauenstimme gehört, die von Klaus gesprochen hat.«

Eine Weile saßen sie nebeneinander und grübelten. Veronika musste leider zugeben, dass sie die Nähe von diesem ollen Seebären genoss. *Der hat schon was. Ob er so kuschelig ist, wie er aussieht?* Erschrocken riss sie die Augen auf und schalt sich selbst eine törichte Kuh.

Fiete stand auf. »Wir gehen zur Polizei. Vielleicht kann ich ja einen zweiten Blick auf diese Stellwand werfen.«

Veronika zog zweifelnd die Stirn kraus. »Dein Sohn lässt dich bestimmt nicht noch einmal ins Büro.«

»Dann müssen wir eben durchs Fenster luren.«

»Was?«

»Durchs Fenster gucken.« Fiete nahm ihre Hand. »Nu komm.«

Zuerst wollte Veronika ihre Hand zurückziehen. Doch dieses Kribbeln wurde stärker und es fühlte sich gar nicht so schlecht an. Also ließ sie ihre Hand in seiner.

Gemeinsam liefen sie über die Uferpromenade und von dort den schmalen Gang hinauf, der direkt an der Polizeiwache vorbeiführte. Zwei Fenster lagen gangseits, allerdings so hoch, dass sie nicht hineingucken konnten. Das eine Fenster stand auf Kipp, leise Stimmen waren aus einem Raum zu hören.

»Ich mach ne Räuberleiter.« Fiete stellte sich unter das Fenster und verschränkte die Hände.

»Nee, das mach ich nicht.« Veronika schüttelte den Kopf.

»Olle Bangbüx.«

«Was?«

»Angsthase. Nun mach schon.«

»Und wenn jemand kommt?« Veronika war nicht wohl bei dem Gedanken, von Passanten oder gar der Polizei erwischt zu werden, wie sie die Polizei ausspionierte.

»Passiert schon nichts. Willst du nun die Wahrheit wissen oder nicht?«

Sicher wollte sie das. Und vor allem wollte sie diesem unverschämten Kommissar beweisen, dass sie keine Halluzinationen gehabt hatte. Entschlossen griff sie Fietes Schultern und setzte einen Fuß in seine Hände. Mit Leichtigkeit schob er sie ein Stück nach oben.

Veronika schielte über die Fensterbank. Fast wäre sie vor Schreck zurückgesprungen, weil direkt vor ihr ein Mann stand. Zum Glück mit dem Rücken zum Fenster, somit konnte er sie nicht sehen. Sie spitzte die Ohren.

»... zuerst hin?«, fragte eine Stimme weiter hinten im Raum.

»Wir sollten Dini Hartema und ihren Mann noch einmal befragen. Jeder wusste, dass der Tote von ihr geschwärmt hat. Vielleicht hat sie dem Werben nachgegeben und ihr Mann ist dahintergekommen?«

»Gut, dann fahren wir jetzt zum Hof von Behrens und gucken uns den Einbruch an. Die Spusi informiere ich auch gleich. Und dann ...«

Die Stimme wurde leiser und der Mann vor ihr stieß sich von der Fensterbank ab. Hastig zog Veronika den Kopf ein. Als sie wieder in das Zimmer blickte, war es leer.

»Kannst mich runterlassen«, flüsterte sie.

Fiete ließ sie zu Boden gleiten und hielt sie fest im Arm. Veronika wollte ihn von sich stoßen, aber ein warmes Kribbeln hielt sie an Ort und Stelle. *So übel ist der alte Seebär doch nicht.* Sie räusperte sich. »Sie wollen zu einer Dini Hartema«, flüsterte sie.

»Gut.« Fiete hielt sie weiter fest.

Er hat schöne blaue Augen, dachte Veronika. *Tief und aufgewühlt wie das Meer. Und kuschelig ist er ...*

Das Schlagen von Autotüren riss sie aus ihren Gedanken.

»Wir sollten losfahren.«

Fiete nickte und zog Veronika an der Hand hinter sich her. »Will mein Sohn jetzt zu dieser Dini?«

»Erst zu Behrens. Das ist das Opfer, oder?« Veronika kam etwas aus der Puste. Fiete hatte deutlich längere Beine als sie. Sie musste sich ranhalten, um nicht auf die Nase zu fallen.

Seinen Roller hatte Fiete auf dem Parkplatz bei der Waage abgestellt. Er drückte Veronika ihren Helm in die Hand.

»Wir brauchen mit dem Roller deutlich länger zu den Hartemas. Aber wenn mein Sohn erst noch zum Hof von Klaus fährt, haben wir eine Chance, vor ihm dort zu sein.«

»Und wozu?« Veronika kletterte hinter Fiete auf den Sitz.

»Um sie zu belauschen natürlich. Und vielleicht erfahren wir hinterher noch etwas, was sie der Polizei nicht erzählen?«

»Weißt du denn, wo wir hinmüssen?«

»Ähm, nee. Kannst du die mal in deinem Smartphone suchen?«, fragte Fiete.

Veronika gab den Namen ›Dini Hartema‹ in die Suchmaschine ein. »Du, kann das die Adresse sein?« Veronika hielt Fiete das Smartphone vor die Nase. »Da steht aber Markus Hartema.«

»Doch, das passt. Das finden wir schon.« Fiete lies den Motor an. »Festhalten. Es geht los.«

Dieses Mal umarmte Veronika Fiete gleich fester.

***

Jacobsen und Meinders folgten dem Luxuswagen von Stefan Behrens. Auf dem Hof mitten im Rheiderland sah der schwarze Wagen etwas deplatziert aus.

Stefan Behrens ging ihnen voraus und trat an die Haustür. »Sehen Sie, das Siegel ist durchgerissen. Aber im Haus scheint nichts zu fehlen.«

Jacobsen begutachtete Tür und Türrahmen. »Keine Aufbruchspuren. Der oder die Täter müssen einen Schlüssel gehabt haben. Herr Behrens, wer außer ihrem Vater und Ihnen hat einen Schlüssel zum Haus? Unsere Spurensicherung hat die Tür mit einem Schlüssel verschlossen, den sie in der Küche gefunden haben.«

»Puh, mein Vater hatte mehrere Schlüssel. Aber eigentlich hat er nie abgeschlossen. Macht hier keiner.«

Stefan Behrens überlegte. »Er hatte immer einen Schlüssel unter einem der Blumenkübel versteckt.« Er sprang die Treppe hinunter und zählte ab. »Nummer vier. Seltsam, der Schlüssel steckt in der Erde.«

Er wollte nach dem Schlüssel greifen, aber Jacobsen hielt ihn auf. »Stopp. Den hol ich lieber mit einer Tüte raus, wegen der Fingerabdrücke.« Der Schlüssel wanderte in einen Asservatenbeutel. »Dann zeigen Sie uns bitte, was Ihnen im Keller aufgefallen ist.«

Meinders deutete in Richtung Scheune. »Ich seh mich draußen mal um.«

»Mach das.« Jacobsen folgte Stefan Behrens in den Keller.

Dort standen zahlreiche offene Weinflaschen durcheinander auf dem Boden vor den Regalen.

»Sehen Sie?«

»Wirklich seltsam. Das war vorher definitiv nicht so. Doch warum sollte ein Einbrecher nur in den Weinkeller gehen und wahllos Flaschen öffnen?« Jacobsen ließ den Blick über die Regale schweifen. »Ich kenn mich mit Wein nicht aus. Hatte Ihr Vater wertvolle Flaschen?«

»Nein. Er hatte auch sonst keine Wertgegenstände im Haus. Ich versteh echt gar nichts mehr.«

»Da sind Sie nicht der Einzige«, murmelte Jacobsen. Und etwas lauter. »Das soll sich die Spurensicherung gleich genauer ansehen. Fassen Sie bitte nichts weiter an, okay?«

»Kein Problem.«

Die beiden Männer verließen wieder das Haus.

Meinders kam um die Ecke gebogen. »Die Schubkarre ist weg. Sonst ist nichts verändert.«

»Die Schubkarre mit den Prilblumen?«, fragte Jacobsen ungläubig.

»Genau die.«

»Moment. Mein Vater hatte keine Schubkarre mit Prilblumen. Die stand hier auf dem Hof?« Stefan Behrens sah die Beamten mit großen Augen an.

»Ja, hinten am Scheuneneingang. Sind Sie sich sicher? Sie sind schließlich meistens in München. Vielleicht hat Ihr Vater die Schubkarre später angeschafft«, vermutete Meinders.

»Das stimmt. Aber mein Vater hatte eine einzige Schubkarre und da waren bestimmt keine Aufkleber drauf.« Stefan Behrens marschierte zum Unterstand und suchte etwas. Dann kam er mit einer Schubkarre zurück. Ohne Aufkleber.

Nachdenklich kratzte Jacobsen sich im Nacken. »Das wird immer seltsamer. Wer bricht denn in einen Hof ein, öffnet wahllos Weinflaschen und stiehlt eine Schubkarre?«

»Die Dorfjugend?« Stefan Behrens grinste. »Also zu meiner Zeit haben wir ziemlich viele seltsame Sachen gemacht. Dass mein Vater viel Wein im Keller hatte, war allgemein bekannt.«

»Tja, da könnten Sie recht haben. Warten Sie bitte trotzdem auf die Spurensicherung.«

»Seltsames Volk hier.« Meinders schüttelte den Kopf. »Du, wenn der Tote tatsächlich eine Affäre mit der Dini Hartema gehabt hat und diese Touristin wirklich gesehen hat, was sie da erzählt hat – die Statur der Frau würde passen.«

***

Fiete hatte den Roller definitiv frisiert. Mit einem ziemlichen Tempo heizte er erst durch die Altstadt von Leer und dann über die Landstraßen des Rheiderlandes. Mehr als einmal hatten sie sich wütende Hupkonzerte eingehandelt und Veronika klammerte sich an ihm fest.

In der Nähe vom Hof Hartema hielt Fiete an und Veronika atmete erleichtert auf.

»Wolltest du deinem Sohn noch mehr Leichen bescheren?«, fragte sie wütend.

Fiete tätschelte ihre Hand. »Bei mir brauchst du keine Angst haben, mien Deern. Den alten Seebären haut so schnell nichts aus dem Kutter.«

»Aber aus der Kurve, wenn du so weiterfährst!«

»Dabei müsstest du doch ordentlich Verkehr gewöhnt sein, so als Großstadtpflanze.« Fiete grinste.

»Aber wir stehen eher im Stau und heizen nicht so.« Veronika sah sich um. »Das ist der Hof?«

»Jo. Wir müssen irgendwie unbemerkt an das Haus kommen.« Er kratzte sich am Kinn. Rechts und links des Weges verliefen schmale Gräben, die typisch für das Rheiderland waren. »Zum Anschleichen ist das mit den paar Bäumen den Weg hoch n büschen blöd.«

Fiete fuhr weiter. Auf einem Feld gegenüber der Hofeinfahrt lagen einige in Folie eingeschweißte Rundballen.

»Was wollen wir hier?«, fragte Veronika, nachdem sie vom Roller gestiegen war.

Fiete schob ihn hinter einen der Rundballen. »Den Roller verstecken. Mein Sohn muss ja nun nicht gleich mitkriegen, dass wir hier unterwegs sind. Mein Roller ist ein wenig auffällig.«

»Okay.« Veronika legte ihren Helm auf den Sitz. »Und wie kommen wir zum Hof. Einfach losmarschieren geht schlecht, oder?«

»Graben.« Fiete hustete.

»Was?«

»Wir müssen durch den Graben? Aber keine Angst, ist Sommer, da ist da nicht viel Wasser drin. Du bist ja schon passend angezogen.« Fiete deutete auf die Shorts, die Veronika wieder trug.

»Dein Ernst?« Veronika blickte von Fiete zu der Hofauffahrt. »Da sollen wir rein?« Schon allein bei dem Gedanken, was da alles für Getier drin sein konnte, wurde ihr ganz anders.

»Leider.« Fiete lehnte sich an den Roller und fummelte an den Schnürsenkeln seiner Schuhe rum. Dann trat er die Schuhe weg, zog die Socken aus und machte sich an seinem Gürtel zu schaffen.

Veronika riss die Augen auf. »Fiete!«

»Nützt ja nix. Ich kann mien Büx nich wirklich hochkrempeln. Und wenn die nass wird, krieg ich n Schnupfen.« Er ließ die Hose fallen und Veronika schlug sich die Hände vor die Augen.

Vielleicht wäre es doch besser, die Geschichte auf sich beruhen zu lassen? Das wird doch alles viel zu kurios.

»Kannst ruhig gucken. Bin noch gut in Schuss.«

Veronika wagte einen kleinen Blick zwischen ihren Fingern hindurch. *Hm, da hat er recht.* Fiete war wirklich noch gut in Form. Und diese knackige Boxershorts hätte sie ihm gar nicht zugetraut. *Geschmack hat er.* Sie nahm beide Hände herunter und zog sich die Schuhe aus.

»Na denn, auf geht's.«

Veronika folgte Fiete zur Straße und sah sich verstohlen um. Zur Auffahrt der Hartemas waren es nur ein paar Schritte. Rechts und links der Straße verliefen jeweils etwa dreihundert Meter lange Gräben.

Fiete eilte zu dem rechten und sprang beherzt hinein. Das braune Nass spritzte zur Seite. Das Wasser ging ihm tatsächlich nur bis zum Knie. Er streckte Veronika die Hand hin und sie kletterte vorsichtig die Böschung hinunter.

»Kalt!«, rief sie und quiekte.

»Wie ne Kneipkur, nur umsonst.« Fiete lachte.

Summend ging er vorweg, Veronika mit verzogenem Gesicht hinter ihm her.

Kurz vor dem Ziel versperrte ihnen ein Damm den Weg. Fiete wartete, bis Veronika bei ihm war. Dann sahen sie sich aufmerksam um, kletterten die Böschung hinauf und Fiete sprang auf der anderen Seite hinunter. Veronika wollte ihm gerade folgen, als sie bemerkte, dass er bis zum Bauch im Wasser stand. Sie bremste mitten im Schwung, geriet ins Straucheln, schrie kurz auf und fiel – direkt in Fietes Arme.

»Ganz schön stürmisch, junge Dame.« Fiete grinste, hielt sie aber sicher über dem Wasser.

»Danke«, flüsterte Veronika. *In seinen Armen zu liegen ist wirklich ... schön.*

Fiete stapfte mit ihr auf dem Arm weiter, bis der Wasserstand wieder so gering war, dass auch Veronika stehen konnte. Seufzend ließ er sie los.

Der Krach eines Traktors ließ sie zusammenzucken. Bauer Hartema kam die Auffahrt hinaufgefahren. Eilig drückten Fiete und Veronika sich an den Rand und warteten, bis er vorbei war. Fiete hob den Kopf. Sie hatten den Hof fast erreicht. Der Bauer war mit dem Traktor hinter der Scheune verschwunden.

»Wir können uns dort hinter dem Schuppen verstecken«, schlug er vor. »Dann haben wir das Haus im Blick.«

»Dann sollten wir uns aber beeilen.« Veronika zupfte ihn am Troyer. »Ich glaube, da hinten kommt ein Auto.«

»Schiet.« Fiete kniff die Augen zusammen. »Jo, das ist der Wagen vom Klaas. Dann komm.«

Die beiden kletterten aus dem Graben und liefen gebückt in Richtung Hof. Dort schlugen sie sich durch hohes Gras hinter den Schuppen und gingen in die Hocke.

Der Wagen kam tatsächlich schnell näher und bog auf die Auffahrt ein. Mit hoher Geschwindigkeit fuhr er auf den Hof und hielt in einer Staubwolke an. Jacobsen und Meinders stiegen aus und gingen direkt zum Haus. Neugierig spähten Fiete und Veronika um die Ecke.

Jacobsen klingelte an der Haustür.

Dini Hartema öffnete ihnen. Sie wischte sich die Hände an einem Geschirrtuch ab und lächelte sie an. »Die Herren Kommissare, was kann ich für Sie tun?«

»Frau Hartema, wir würden gerne mit Ihnen und Ihrem Mann sprechen. Ist das möglich?«, fragte Meinders.

»Sicher, der Markus ist hinterm Haus.« Sie trat heraus und brüllte so laut, dass Jacobsen den Kopf einzog. »Markus! Polizei ist hier!«

Kurz darauf kam Markus Hartema um die Ecke. Er war von der Statur seiner Frau sehr ähnlich, trug ein Käppi und eine Latzhose. An der wischte er sich die Hände ab, bevor er sie Jacobsen und Meinders reichte. »Moin! Was kann ich tun? Geht sicher um den Klaus, oder? Der arme Kerl.«

»Uns ist zu Ohren gekommen, dass Herr Behrens sehr für Sie geschwärmt hat, Frau Hartema«, sagte Jacobsen ohne Umschweife. »Hatten Sie eine Affäre mit ihm?«

Veronika spitzte die Ohren.

Dini und Markus Hartema sahen sich mit großen Augen an, dann lachten sie schallend auf.

»Der war gut.« Markus Hartema hielt sich den Bauch. »Der Klaus hatte doch nichts mit meiner Dini.«

»Nun, wenn es so wäre, würden Sie es sicherlich nicht wissen«, wandte Meinders ein. »Das ist schließlich der Sinn einer Affäre.«

»Vielleicht sind Sie dahintergekommen und haben Herrn Behrens erschlagen?« Jacobsen verschränkte die Arme vor der Brust.

Jetzt lachten Dini und Markus Hartema nicht mehr.

»Nun hören Sie mal gut zu, Herr Kommissar.« Dini Hartema stemmte die Hände in die Hüften. »Erstens liebe ich meinen Mann. Zweitens war mir der Klaus viel zu alt. Und drittens ...« Jetzt grinste sie. »... bin ich die falsche Dini.«

»Was?« Jacobsen und Meinders wechselten einen Blick.

Markus Hartema legte den Arm um seine Frau. »Der Klaus stand auf die Dini Freese. Die wohnt mit ihrer Schwester Talea zusammen ein Stück weiter. Aber bei der ist er auf Granit gebissen.«

»Ich glaube, sie weiß gar nicht, dass er sie so toll fand. Du, der Klaus war doch so schüchtern«, bemerkte Dini Hartema und ihr Mann nickte.

»Dini Freese? Wohnt denn noch eine dritte Schwester auf dem Hof?« Meinders blätterte in seinem Notizbuch. »Ich habe hier nur eine Hilkedine vermerkt.«

»Die nennt doch jeder nur Dini«, erklärte der Bauer.

Jacobsen beugte sich zu seinem Kollegen und flüsterte etwas, das Veronika nicht verstehen konnte.

Meinders nickte und wandte sich an das Ehepaar: »Herr und Frau Hartema, wo waren Sie bitte am Samstagvormittag?«

»Verdächtigen Sie uns etwa?« Das Lächeln verschwand aus ihren Gesichtern.

»Reine Routine. Also?«

»Samstag haben zwei Kühe gekalbt, da war der Tierarzt hier. Ein Kalb lag quer, das hat gedauert«, erklärte Markus Hartema.

Dini Hartema nickte. »Ich war dabei.«

»Gut, dann hätte ich gerne den Namen des Tierarztes.« Meinders zückte sein Notizbuch.

»Akkermann aus Weener. War's das?«

»Fürs Erste. Sagen Sie, würden Sie dieser Dini Freese einen Mord zutrauen?«, fragte jetzt Jacobsen.

»Nie im Leben! Nun hörn se abber mal auf. Dini und Talea sind ganz reizende, alte Damen. Die bekommen ja einen Herzinfarkt, wenn Sie bei denen auftauchen.« Dini Hartema schüttelte den Kopf.

»Danke. Halten Sie sich bitte zu unserer Verfügung.« Jacobsen wandte sich zum Wagen. »Ach, noch was. Kennen Sie eine Veronika Schwartau?«

»Nein. Wer soll das sein?«

»Ach, niemand.«

Jacobsen und Meinders stiegen in den Wagen und fuhren los.

»Niemand? Ich bin Niemand?« Veronika sprang empört auf. »Denkt dein Sohn immer noch, ich wäre eine Auftragskillerin?«

»Pst!« Fiete zog Veronika wieder in die Hocke. »Bestimmt nicht.« Er kicherte. »Der Blick von Klaas war unbezahlbar, als er gehört hat, dass das die falsche Dini ist.«

Die beiden blickten wieder um die Ecke. Eine dicke Staubwolke verdeckte ihnen die Sicht. Als sich der Staub wieder legte, war der Hof leer.

Dafür ließ sie ein Räuspern herumfahren. Hinter ihnen standen Markus und Dini Hartema, der Mann war mit einer Forke bewaffnet.

»Es ... Es ist nicht das, wonach es aussieht«, stammelte Veronika und drückte sich ängstlich an Fiete.

»Aufstehen, schön langsam.« Der Mann fuchtelte mit der Forke vor ihnen herum.

Zögernd kamen die beiden Ertappten hoch.

Als der Bauer und seine Frau bemerkten, dass Fiete nur in Unterhose vor ihnen stand, lachten sie.

»Wolltet ihr hier etwa ein Schäferstündchen halten?« Markus Hartema prustete los. »Hinter unserem Schuppen?«

»Uns hat halt die Leidenschaft übermannt, nicht wahr, Schnucki?« Fiete zog Veronika fest an sich.

»Ja, Hasi«, krächzte die und tätschelte Fietes Bauch.

Der Bauer ließ die Forke sinken. »Dann man schnell wieder rein in die Hose und runter von unserem Hof.«

»Ähm, die Hose ist, also ...« Fiete deutete in Richtung Straße.

»Je oller, desto doller.« Dini Hartema wischte sich die Tränen aus den Augen. »Na, nu haut schon ab.«

Das ließen sich Fiete und Veronika nicht zweimal sagen. Hand in Hand drückten sie sich an den Bauern vorbei, traten auf die Straße und flitzten davon. Erst bei den Rundballen blieben sie stehen und holten Luft.

»Ich kann nicht mehr.« Veronika keuchte und ließ sich auf den Rücken fallen.

Fiete plumpste neben sie. »Schnucki.«

Veronika lachte und konnte sich gar nicht wieder einkriegen. *Vielleicht sind die Ostfriesen doch nicht so verkehrt.*

***

Währenddessen lenkte Jacobsen den Wagen zum Hof der Familie de Vries. »Glaubst du den Hartemas? Also, dass die Dini die falsche ist?«

»Ich bin mir nicht sicher. Die beiden waren sich irgendwie zu einig. So viel Harmonie gibt's doch gar nicht.«

»Seh ich auch so. Du solltest unbedingt die Liebesbriefe zu Ende lesen. Wir müssen wissen, wer D ist.« Jacobsen überlegte. »Hast du die Nummer von diesem Hein bei dir? Dann ruf den nochmal an und frage, von welcher Dini er denn nun geredet hat. Wenn die Freese-Schwester auch Dini genannt wird, haben wir zwei mögliche Kandidatinnen.«

»Tut mir leid. Ich such ihn schnell im Internet.« Meinders zog sein Smartphone aus der Tasche.

Jacobsen bog in die Auffahrt von de Vries ein und blieb stehen.

»Mist, den gibt es nicht. Aber hier, der Dorfladen.« Meinders wählte.

Wiebke Hansen war schnell am Telefon, aber es dauerte geschlagene fünf Minuten und viel Augenrollen von Meinders, bis er endlich die Telefonnummer von Hein Hartema im Notizbuch stehen hatte.

»Hat sie dir den ganzen Dorftratsch erzählt?« Jacobsen lachte.

»So ungefähr.« Meinders tippte die Nummer von Hein in sein Smartphone und stellte den Lautsprecher an.

»Hartema.«

»Meinders, Kripo Leer. Herr Hartema, wir hätten noch eine kleine Frage an Sie.«

»Schießen Sie los.«

»Sie sagten ja, dass Herr Behrens für eine Dini geschwärmt hat. Meinten Sie damit Dini Hartema, die Frau Ihres Cousins?«

Hein Hartema lachte so laut, dass Meinders das Telefon von sich hielt.

»Doch nicht die Dini! Die Dini Freese meinte ich.«

»Okay, vielen Dank.« Meinders legte eilig auf. Er schlug sich mit der Hand vor den Kopf. »Das hätte ich auch die Hansen vom Dorfladen fragen können. Dussel.«

»Das lass ich jetzt mal unkommentiert.« Grinsend fuhr Jacobsen weiter.

Der Hof der Familie de Vries unterschied sich deutlich von dem der Hartemas. Es war keines der typischen, kleinen Bauernhäuser, sondern ein stattlicher, alter Polderhof. Das Haupthaus erweckte mit den großen Steinsäulen neben der Eingangstür und den Fensterbögen aus Sandstein einen herrschaftlichen Eindruck. Das Gebäude war zweigeschossig, eine noch breitere Scheune schloss direkt ans Haus an. Vor einer Scheune stand ein Monstrum von Maschine. Ein kleiner Holzschuppen stand daneben. Große Bäume umrahmten einen gepflegten Garten seitlich des Hauses.

Meinders stieg aus und atmete tief ein. »Das ist doch mal richtig frische Landluft.«

»Das ist ja auch ein Getreidebauer, du Supernase.« Jacobsen deutete lachend auf den großen Mähdrescher. »Hallo?«, rief er.

Als niemand antwortete, gingen die beiden zur Haustür und klingelten.

»Hm, scheint niemand da zu sein.« Jacobsen trat einen Schritt zurück und sah sich um.

»Vielleicht hinterm Haus?« Meinders sah zu einem Schuppen hinter der Scheune. »Ich guck mich dort um.«

Jacobsen nickte und ging am Haus entlang, während Meinders die Scheune umrundete.

Der Bauer stand hinter dem Haus an einem Getreidesilo.

»Herr de Vries?«

Der Mann zuckte zusammen. »Haben Sie mich jetzt aber erschreckt. Was wollen Sie?« Er war so groß wie Jacobsen, schlank und muskulös.

»Jacobsen, Kripo Leer. Ich habe nur ein paar Fragen. Ist Ihre Frau auch da? Wir haben geklingelt, aber es hat niemand geöffnet.«

»Oh, dann ist sie unter der Dusche. Gleich kommt Besuch.« Der Mann schüttelte Jacobsen die Hand. »Hannes de Vries. Wobei kann ich Ihnen helfen?«

»Es geht um den Tod von Klaus Behrens. Wir befragen alle Nachbarn. Ist Ihnen am Samstagvormittag etwas besonders aufgefallen?«

Hannes de Vries schüttelte den Kopf. »Es war alles wie immer.« Ein lautes Geschrei ließ ihn aufhorchen. »Das ist Eduard!« Er rannte vor das Haus, Jacobsen folgte ihm.

Perplex blieb er an der Hausecke stehen. Auf dem Vorplatz umkreisten Meinders und eine Gans mit ausgebreiteten Flügeln wie zwei Kampfhähne das Auto.

»Kusch, geh weg!« Meinders fuchtelte wild mit den Armen, was die Gans zu einem erneuten Angriff motivierte.

»Eduard!« Ein Ruf, ein Pfiff und die Gans ließ die Flügel sinken.

Meinders behielt sie im Blick, während er langsam rückwärts zu Jacobsen ging. Der konnte sich ein Lachen nur mühsam verkneifen.

»Entschuldigung. Eduard ist besser als jeder Wachhund.« Der Bauer hielt Meinders die Hand hin. »De Vries. Warum haben Sie ihn denn aus dem Schuppen gelassen?«

»Ich dachte, da wäre jemand in Not. Da kamen so seltsame Geräusche aus dem Schuppen.« Meinders sprang zur Seite, als die Gans erneut die Flügel hob.

»Eduard! Jetzt ist gut gewesen.« Der Bauer trat auf die Gans zu, schnappte sie und klemmte sie sich unter den Arm. »Der ist echt genauso schlimm wie die Talea, wenn sie zu viel von Heins Schnaps hatte. Moment.« Damit verschwand er in Richtung Schuppen.

Jacobsen prustete los. Meinders verschränkte die Arme vor der Brust und drehte ihm eingeschnappt den Rücken zu.

Der Bauer kam zurück. »Er nimmt seine Aufgabe sehr ernst«, erklärte er mit einem Schmunzeln.

»Sie sollten ein Warnschild anbringen«, schlug Meinders vor.

»Ach. Wenn wir wissen, dass Besuch kommt, sperren wir ihn ja weg. Gleich kommt eine Freundin meiner Frau. Passt dem Eduard aber gar nicht, eingesperrt zu sein.« Bauer de Vries schüttelte den Kopf. »Sie sind wegen dem Klaus hier? Also wie ich dem Kollegen schon gesagt habe, mir ist nichts Besonderes aufgefallen. Und meiner Frau auch nicht. Tut mir leid.«

»Kein Problem. Aber sagen Sie, was meinten Sie damit, dass Eduard so wild ist wie Talea?«

Hannes de Vries grinste. »Wenn die Talea zu viel getrunken hat, dann sollte man sie nicht reizen. Und wenn es um ihren geliebten Aufsitzmäher geht, dann schon gar nicht. Verstehen Sie mich nicht falsch. Nüchtern ist sie ein wahrer Schatz.«

»Meinen Sie Talea Freese?«, hakte Jacobsen nach.

»Genau. Die wohnt ja mit ihrer Schwester einen Hof weiter. Ganz reizende Damen.«

»Vielen Dank. Falls wir noch Fragen haben sollten, melden wir uns.« Jacobsen entriegelte den Wagen und stieg ein.

Meinders ließ sich auf den Beifahrersitz fallen. »Kein Wort«, fauchte er.

Kapitel 15

Veronika lag neben Fiete auf dem abgemähten Feld in der Sonne und ließ sich trocknen. Sie genoss die warmen Sonnenstrahlen. Der Wind strich sanft über ihre Haut, die Luft roch nach Heu und Freiheit. Es war so ganz anders als in der lauten Großstadt.

Mehr als deutlich spürte sie Fiete neben sich. Dieser olle Grantler machte etwas mit ihr. Etwas, das sie noch nicht ganz einordnen konnte. Eigentlich sollte sie ihn doof finden. Also so richtig. Doch er roch so gut. *Und wie er sie auf seinen starken Armen durch das Wasser getragen hatte ... Ach je. Ich mag ihn schon lieber als gern.*

Als Fietes Finger über ihre Hand strichen, ließ sie ihn gewähren und genoss seine Berührung. So lag sie da und vergaß für einen Moment, dass sie auf Mördersuche waren. Veronika drehte sich auf die Seite und betrachtete Fiete, der mit Pfeife im Mund neben ihr lag. Die Augen hatte er geschlossen und lächelte, während er vor sich hindöste. Er hatte immer noch keine Hose an, sondern nur den ewig gleichen blauen Troyer und die knackige Boxershorts.

Hm, eigentlich ist der knurrige Seebär gar nicht so knurrig, wie er sich gibt. Und sein kleiner Bauch ist sicherlich ziemlich kuschelig. Sie fuhr mit ihrem Daumen sanft über seinen Handrücken und er seufzte leise.

»Sag mal, Seebär, nimmst du die Pfeife auch mal aus dem Mund?«

»Selten.«

»Würdest du für mich eine Ausnahme machen?«

»Warum?«

Veronika stützte sich auf dem Ellenbogen auf. »Weil ich dich ohne besser küssen kann«, flüsterte sie. Ihr Herz schlug auf einmal viel schneller.

Fiete öffnete die Augen und guckte sie skeptisch an. »Du meinst, du und ich?«

Sie nickte.

Die Pfeife flog in hohem Bogen davon. »Komm in meine Arme, Schnucki!«

***

Jacobsen lenkte den Wagen auf den Vorplatz vom Hof der Freeseschwestern. Ein kleiner Misthaufen, von einer niedrigen Mauer umgeben, lag in der Mitte. Meinders verzog direkt das Gesicht. Das Gebäude stand mit dem Scheunenteil zur Straße. Eine Allee von alten krüppeligen Bäumen säumte einen Weg am Haus entlang.

Die beiden Kommissare stiegen aus und gingen den Weg hoch. Ans Ende der Scheune schloss sich das Wohngebäude an. Und dort, vor dem Fenster, saßen auf einer Bank zwei alte Damen. Die grauen Haare waren ordentlich in Wellen gelegt. Die Kittelschürzen entsprachen dem Design nach der Mode der siebziger Jahre. Sie hatten die Hände in die Taschen gesteckt und sahen ihren Besuch schweigend an.

»Moin, die Damen. Mein Name ist Jacobsen, das ist mein Kollege Meinders. Wir sind von der Kriminalpolizei in Leer«, erklärte Jacobsen.

»Moin«, grüßte die eine und lächelte etwas schief.

»Sind Sie Hilkedine und Talea Freese?«, fragte Meinders.

»Jo. Dat is Dini, ich bin Talea«, antwortete die rechte der Damen.

»Sie können sich sicher vorstellen, warum wir hier sind?«, vermutete Jacobsen.

»Wegen dem Klaus?« Dini Freese zog die Nase hoch.

»Genau. In welcher Beziehung standen Sie denn zu ihm?«

»Beziehung? Wir hatten doch keine Beziehung mit dem Klaus!« Talea Freese wurde rot im Gesicht.

Meinders konnte sich ein Lachen gerade noch verkneifen.

»Ich meine, wie gut kannten Sie ihn? Waren Sie befreundet? War er öfter zu Besuch?«, stellte Jacobsen schnell klar.

»Ach so.« Talea atmete aus. »Na, man kannte sich halt. Sind ja schon seit Kinnertagen Nachbarn. Ab und zu kam der mit einer Flasche Wein.«

»Nun, wann haben Sie Herrn Behrens denn das letzte Mal gesehen?«, hakte Jacobsen weiter nach. Meinders gab ihm mit einem Kopfnicken zu verstehen, dass er sich hinter dem Haus einmal umsehen wollte. Er ging langsam davon.

»Vor ner Woche? Sagen Sie, stimmt das, was die dicke Berta gesagt hat?«, erkundigte sich Talea.

»Was hat die dicke Berta denn gesagt?«

»Dass der Klaus, also, dass der Tim ...« Dini holte Luft. »Hat der Tim wirklich Gülle auf den armen Klaus geworfen?«

Jacobsen nickte. »Bedauerlicherweise ja.«

»Hat ihn das umgebracht?« Taleas Stimme krächzte.

»Nein, Herr Mertens hat mit dem Tod rein gar nichts zu tun. Ihr Nachbar wurde erschlagen.«

Dini schlug die Hand vor den Mund. »Wie schrecklich!« Sie sprang auf und eilte ins Haus.

»Geht es Ihrer Schwester nicht gut?«, fragte Jacobsen besorgt.

Bevor Talea antworten konnte, kam Dini zurück. Sie hielt vier Schnapsgläser in der Hand und hatte sich eine Flasche Klaren unter den Arm geklemmt. »Ich brauch jetzt einen.« Sie stellte alles auf den Tisch und kippte eilig vier Gläser voll.

»Für uns bitte nicht«, wehrte Jacobsen ab. »Wir sind im Dienst. Der Tod von Herrn Behrens scheint sie ja sehr zu beschäftigen.« Er blickte von Dini zu Talea und zurück.

Dini kippte den zweiten Schnaps hinunter. »Warum wollen Sie das wissen?« Sie ließ sich wieder neben Talea auf die Bank fallen.

»Weil wir gehört haben, dass Herr Behrens ein Auge auf Sie geworfen haben soll. Wussten Sie das?«

Dinis Gesichtsfarbe wechselte von kalkweiß zu dunkelrot. »Der Klaus? Auf mich?« Sie fischte den dritten Schnaps vom Tisch, was ihr einen bösen Blick ihrer Schwester einbrachte.

»Ja, so wurde uns das erzählt.«

»War n schmucker Kerl, der Klaus«, meinte Dini und leerte das dritte Glas.

Meinders kam zurück. »Sagen Sie, die Schubkarre da am Hühnerstall, ist das Ihre?«

»Jo.« Dini wollte nach dem nächsten Glas greifen, aber Talea schlug ihre Hand zur Seite.

»Stand die nicht die letzten Tage bei Herrn Behrens auf dem Hof? Das ist die mit den Prilblumen«, fügte er an Jacobsen gewandt hinzu.

»Die haben wir draufgeklebt, damit die keiner klaut«, erklärte Talea.

»Und wie kommt sie dann jetzt hier her?«

»Wir haben sie gestern geholt. Die Hühner brauchten einen sauberen Stall.« Talea schnappte sich jetzt selbst das letzte volle Glas.

Jacobsen runzelte die Stirn. »Warum hat sich Herr Behrens die Schubkarre geliehen, wo er doch selbst eine hatte?«

Talea zuckte mit den Schultern. »Vielleicht weil ... weil er die Dini mochte?«

»Sie meinen, er hat einen Vorwand gesucht, um Sie zu besuchen?«

Talea nickte heftig und Dini versuchte es auch, nach drei Schnäpsen sah es bei ihr allerdings eher aus wie bei einem Wackeldackel.

»Und Sie haben nicht zufällig noch den Weinkeller geplündert, als sie die Schubkarre geholt haben?«, hakte Meinders nach.

»Nee. Wir mögen lieber Schnaps.« Talea winkte ab.

Jacobsen betrachtete die beiden Damen nachdenklich. Ihre Figuren entsprachen der Beschreibung dieser Touristin – klein und rundlich. Sie hatten eine Schubkarre vom Behrens Hof geholt. »Sagen Sie, Sie sind nicht zufällig mit dem Aufsitzmäher unterwegs gewesen, um die Schubkarre zurückzuholen?«

Talea sprang auf. »Warum?«

Jacobsen lachte. »Wie wir gehört haben, sind Sie da sehr gerne mal mit unterwegs. Auch mit einem Schnäpschen zu viel.« Er hob spielerisch streng den Zeigefinger.

»Wir machen Tee!« Taleas Stimme überschlug sich fast. Sie packte ihre Schwester und zerrte sie hinter sich her ins Haus. Mit einem lauten Rums fiel die Tür zu.

Die beiden Kommissare sahen sich an.

»Ähm, was war das jetzt für eine Aktion?« Meinders schüttelte den Kopf.

Jacobsen ging zur Tür und wollte ins Haus treten, aber die war abgeschlossen. Er klopfte. »Hallo?«

»Die haben sich eingeschlossen?« Meinders lehnte sich über die Bank, hielt eine Hand an die Scheibe und blickte durchs Fenster. »Das ist die Küche. Und da ist niemand.«

Das Aufheulen eines Motors ließ die beiden herumfahren.

»Das ist doch ...«

»Ein Aufsitzmäher! Los, nach hinten!«

Eilig rannten Jacobsen und Meinders den Weg zurück zum Vorhof. Auf der gegenüberliegenden Weide entdeckten sie einen Aufsitzmäher mit zwei Personen darauf.

»Los, lauf hinterher!«, rief Jacobsen seinem Kollegen zu.

»Warum ich?«

»Soll ich allen von Eduard erzählen?«

Aufstöhnend setzte Meinders sich in Bewegung und rannte den Freese-Schwestern hinterher.

Jacobsen lehnte sich ans Auto und sah ihm nach. *Waren die beiden alten Schwestern jetzt wirklich auf der Flucht vor der Polizei, oder hatten Sie einfach nur Angst, dass sie ihnen den Aufsitzmäher wegnehmen würden?* Jacobsen grinste. Er tippte eher auf letzteres. Trotzdem wollte er die Zeit nutzen und sich im Haus der alten Damen ein wenig umsehen.

Das Scheunentor stand offen und so trat er ein. Grelles Neonlicht erhellte den Innenraum. Rechts und links gab es einzelne Viehboxen, sonst war die Scheune leer. Jacobsen blickte neugierig in die alten Boxen, aber bis auf Besen und sonstige Gartengeräte waren sie leer. Am anderen Ende entdeckte er die Tür zum Wohnteil. Doch auch diese hatten die Freese-Schwestern abgeschlossen.

»Sehr durchdacht, die Damen«, murmelte er. Ein Keuchen vom Scheunentor ließ ihn aufhorchen. Meinders lehnte daran und hatte die Hände auf die Knie gestützt.

Jacobsen ging zu ihm und sah sich suchend um. Von den Schwestern war nichts zu sehen. »Und?«

»Das scheiß Teil war frisiert.« Meinders holte Luft und richtete sich wieder auf. »Keine Chance. Soll ich die Fahndung rausgeben?«

»Nach zwei alten Damen auf einem Aufsitzmäher? Wenn du zum Gespött der Wache werden willst, mach das. Und einen Durchsuchungsbeschluss werden wir wohl kaum kriegen. Ich denke ja, die hatten nur Angst, wir nehmen ihnen den Aufsitzmäher endgültig weg.«

»Seh ich auch so. Zu einem Mord wären die doch nicht fähig. Und immerhin haben wir das Rätsel der

Schubkarre gelöst. Hinter dem gestohlenen Wein von Behrens wird wohl wirklich die Dorfjugend stecken.« Meinders streckte sich. »Ich glaube, die Schwestern mögen wirklich ganz gerne mal ein Schnäpschen. Hast du gesehen, wie diese Dini errötet ist, als du ihr erzählt hast, dass der Klaus Behrens auf sie stand?«

»Allerdings.« Jacobsen grinste. »Dann wollen wir mal zu den Janssens. Viel Hoffnung habe ich aber nicht, dass die uns irgendwas Neues sagen können. Und vielleicht sind die rasenden Schwestern dann auch wieder da. Sonst kommen wir morgen noch einmal wieder.«

***

Ostfriesische Küsse schmeckten ziemlich gut, wie Veronika feststellte. Und die von dem alten Seebär Fiete waren so richtig lecker. Jetzt lag sie glücklich in seinem Arm und guckte in den Himmel. Auch wenn sie beim Wandern in den Bergen öfter schon durch die Wolken gelaufen war, hier hatte sie das Gefühl, der Himmel war noch dichter an der Erde als anderswo. Schäfchenwolken zogen vorüber, in einer von ihnen erkannte sie eine Kuh. »Ich könnte ewig hier liegen«, seufzte sie.

Fiete drückte sie an sich. »Ich auch. Das nächste Mal nehmen wir eine Decke mit.« Er hauchte ihr einen Kuss auf die Stirn. »Aber ich glaube, wir müssen weiter. Wir wollen schließlich einen Mörder überführen, bevor mein Sohn das tut.«

»Schade.« Veronika streckte sich.

Fiete stand auf und sofort vermisste Veronika seine Nähe. Sie beobachtete, wie er in seine Hose schlüpfte und seine Socken und Schuhe zusammensuchte. *Er ist schon ein fescher Kerl.*

Sie zog ihre Stoffschuhe ebenfalls wieder an. Dann schoben sie den Roller zur Straße, setzten die Helme auf und Fiete drehte den Zündschlüssel um. Nichts passierte.

»Was ist los?«, fragte Veronika.

»Weiß nicht.« Fiete probierte es erneut. Dann stutzte er. »Och nee, wat n Schiet! Ich Dussel hab gestern doch vergessen zu tanken.« Er schlug sich mit der Hand vor den Helm.

»Und nun?« Veronika stieg ab. »Wie kommen wir jetzt hier weg?« Es war schon später Nachmittag und sie hatte wirklich gar keine Lust auf eine erneute Nacht hier draußen. Auch mit Fiete nicht.

»Taxi?« Fiete kramte sein Smartphone aus der Hosentasche und hielt es in die Luft. »Wenn wir nicht wieder in einem Funkloch sitzen würden.«

Veronika versuchte es mit ihrem Telefon, hatte aber genauso wenig Erfolg. »Und wenn wir bei den Hartemas fragen, ob wir telefonieren dürfen?«

»Damit die uns gleich wieder vom Hof jagen?«

Veronika seufzte. »Vielleicht nimmt uns ja jemand mit.«

»Da müssten aber Ostern und Weihnachten auf einen Tag fallen, damit sich jemand hierher verirrt«, brummte Fiete.

»Dann Fröhliche Ostern.« Veronika deutete grinsend die Straße hinunter. Ein Wagen kam ihnen schnell entgegen.

»Och nee, nicht der!« Fietes Gesicht verfinsterte sich.

»Wen meinst du?« Veronika hatte die Hand bereits ausgestreckt und winkte.

»Das ist mein Sohn.«

Veronika zog die Hand zurück. Zu spät. Der Wagen hielt neben ihnen und das Beifahrerfenster wurde heruntergelassen.

»Moin, Fiete. Will der Roller nicht mehr?«, fragte Meinders.

»Tank leer«, murmelte der.

»Was sagst du?«

»Vaddern hat bestimmt wieder vergessen zu tanken!«, kam es vom Fahrersitz. Jacobsen stieg aus und lehnte sich aufs Autodach. »Hab ich recht?«

Fietes Schweigen war Antwort genug.

»Frau Schwartau, was machen Sie denn hier mit meinem Vater?«

»Ihr Vater war so liebenswürdig, mir die Gegend ein wenig zu zeigen«, erklärte Veronika.

»Hier im Nichts? Vadder?« Jacobsen runzelte die Stirn. »Anja fand es übrigens sehr schade, dass du oller Sturkopf nicht zum Essen gekommen bist. Moment. Ihr schnüffelt doch nicht etwa rum?«

»Herr Kommissar, wie kommen Sie denn auf so was?« Veronika fand ihre Schuhspitzen plötzlich sehr interessant. »Ich wollte gerne Kühe sehen.«

Fiete nickte. »Die hab ich ihr auch gezeigt. Und dann waren wir so von den Schönheiten der Natur hingerissen, dass ich nicht auf den Tank geachtet habe.«

Meinders lachte laut auf. »Seit wann redest du denn so fein, Fiete? Sollen wir euch mitnehmen?«

»Nee, mein Sohn kann mir aber seinen Reservekanister geben. Dann kommen wir allein zurück.« Fiete sah Jacobsen an und deutete auf den Kofferraum.

»Hab ich nicht«, erklärte der grinsend.

»Wie jetzt? Mein lieber Sohn, wie oft habe ich dir eigentlich gepredigt, dass du nur mit Reservekanister aufs Land fahren sollst. Und jetzt braucht man einen und was ist? Du hast keinen dabei.«

Jacobsen verdrehte die Augen. »Hab ich nicht getankt oder du? Also. Sollen wir euch jetzt mitnehmen oder wollt ihr lieber laufen? Frau Schwartau dürfte ja im Training sein.« Er setzte sich zurück in den Wagen.

»Also!« Fiete schnaubte.

Veronika legte ihm die Hand auf den Arm. »Lass doch. Sie wollen uns mitnehmen, das ist die Hauptsache.«

Fiete öffnete noch mal den Mund, aber Veronika ging zur hinteren Wagentür und stieg ein. Fiete folgte ihr.

»Entschuldigung, Frau Schwartau«, brummte Jacobsen.

»Schon okay.« Veronika winkte ab. »Danke fürs Mitnehmen.«

Jacobsen fuhr wieder an. »Und wo habt ihr euch Kühe angesehen?«

»Bei, wie hießen die noch, Hartema. Sehr nettes Paar.«

Veronika kicherte. Wie konnte Fiete nur so ernst bleiben?

»Vadder? Wehe, ihr treibt euch hier noch einmal rum, dann kriegste Ärger mit mir.«

»Tut mir leid, mein Sohn, aber ich komme wieder.«

Jacobsen trat so heftig auf die Bremse, dass die anderen in die Gurte geworfen wurden. »Was bitte? Ich sag es dir zum letzten Mal. Hör auf, rumzuschnüffeln. Und wenn ich erfahre, dass ihr bei den Freese-Schwestern gewesen seid, dann …«

Fiete hob abwehrend die Hände. »Ich will nur meinen Roller holen.« Er grinste. »Wir haben hier sonst alles gesehen, oder, Veronika?«

Die nickte eifrig und tastete nach Fietes Hand. *Freese-Schwestern? Über die Info sollten sie und Fiete sich unbedingt noch unterhalten.*

Der Rest der Fahrt verlief schweigend. Jacobsen ließ erst seinen Vater an einer Tankstelle aussteigen. »Du kennst doch das Lied, Vadder. I'm walking …« Unter Fietes wüsten Beschimpfungen fuhr Jacobsen weiter.

Veronika schmunzelte. So sehr Fiete und sein Sohn sich auch angingen, sie konnte doch spüren, dass die beiden sich sehr mochten.

Sie hatten die Pension erreicht und Veronika schnallte sich ab. »Vielen Dank nochmal.«

»Kein Ding. Und Frau Schwartau? Bitte mischen Sie sich nicht in unsere Ermittlungen ein. Sagen Sie das auch meinem Vater.«

»Mach ich.« *Also das sagen,* fügte Veronika in Gedanken hinzu, während sie aus dem Auto sprang. Das mit dem nicht einmischen würde sie dezent überhören.

Kapitel 16

So ein Flegel! Was anderes fiel Fiete nicht zu seinem Sohn ein. Hatte er ihn so erzogen? Nein. Wie Klaas mit Veronika umging, war ja wohl eine absolute Frechheit. Unverschämt.

Fiete war so in Rage, dass er nicht bemerkte, dass der Benzinkanister bereits voll war. Erschrocken sprang er einen Schritt zurück.

»So n Schiet!«

Eilig hängte er den Tankrüssel zurück und verschloss den Kanister. Er ließ ihn stehen und ging in den Kassenraum.

»Moin, Fiete! Heute zu Fuß?«

»Hör bloß auf, Axel.« Fiete winkte ab. »Mein Roller steht irgendwo im Rheiderland. Tank leer.«

»Wie heißt sie denn?« Axel grinste und nahm das Geld entgegen.

»Was meinst du?«

»Nu hör mal. Du vergisst doch sonst nicht zu tanken. Und ins Rheiderland fährste auch nur zu deinem Kutter. Da kann doch nur ne Frau dahinterstecken.« Er gab Fiete sein Rückgeld.

Der beantwortete die Frage nur mit einem Knurren. Axel hatte recht. Hatte er Veronika nicht gestern noch gesagt, er müsse dringend tanken? War er an der Tankstelle vorbeigefahren, weil er mit den Gedanken nur bei Veronika gewesen war? *Ja, verdammt.*

»Leihst du mir morgen deinen Roller?«

»Meinen?«

»Na, ich muss meinen ja wieder einsammeln.« Fiete stopfte das Geld in seine Hosentasche.

»Klar, kein Problem. Den tank ich dir sogar vorher noch voll.« Axel lachte. »Hat dich erwischt, was?«

Fiete wurde rot.

»Ach, Mensch, ich freu mich. Genieß es, Alter.« Axel zwinkerte ihm zu.

Fiete wollte nach draußen, blieb dann aber an dem Eimer mit den Blumen stehen. *Sollte er, also, Frauen mochten doch Blumen?* Er kratzte sich nachdenklich am Kopf.

»Rosen, Fiete«, rief Axel ihm zu. »Die gehen immer.«

Entschlossen zog Fiete eine in Plastik gewickelte Rose heraus und bezahlte sie. Dann ging er leichten Schrittes nach Hause.

»I'm walking ...«

***

Fiete saß an seinem kleinen Küchentisch, kaute eher lustlos auf einem Stück Brot und nahm ab und zu einen Schluck Tee. Er brauchte sich nichts weiter vorzumachen. Axel hatte recht, es hatte ihn erwischt. *Veronika ist eine ganz süße Maus und mutig ist sie auch noch. Und ihre Küsse erst ...*

Er sollte sie doof finden, denn immerhin kam sie aus Bayern und mochte diese blöde Fernsehserie. Doch da war etwas, das ließ sich nicht mehr leugnen. So ein Kribbeln. Ein Gefühl, dass er seit dem Tod seiner Frau vor zehn Jahren nicht mehr gespürt hatte. Und ehrlich gesagt, hatte er nicht damit gerechnet, dass es ihn noch einmal erwischen könnte. Mit seiner Frau war er vierzig Jahre zusammen gewesen. Da hatte einfach keine andere Frau einen Platz gehabt. Bis diese kleine Touristin aus Bayern aufgetaucht war.

Fiete warf die Brotscheibe zurück auf den Teller. Sie ging in ein paar Tagen zurück nach Bayern und was dann? Dann saß er hier wieder allein und hatte sein Herz verloren.

Bayern? Moment, da war doch was. Er hatte das schon ein paar Mal in den Filmen aus seiner Jugend gesehen. Er grinste. Genau, das würde er machen.

Frisch geduscht machte er sich gegen neun auf den Weg. In der linken Hand hielt er die Rose, in der rechten die lange Leiter.

»Moin!« Er grüßte die entgegenkommenden Personen mit einem extra breiten Lächeln.

Vor der Pension Gerda blieb Fiete stehen. Die Pension war in einer alten Villa untergebracht und von einem großen, dicht bewachsenen Garten umgeben, was ihm sehr gelegen kam. Er sah sich um, wartete, bis niemand auf der Straße zu sehen war, und schlich sich in den Garten unter einen Baum. *Uih!* Das Kribbeln in seinem Bauch wurde immer stärker.

Nachdenklich kratzte er sich am Bart. Wo war denn nun Veronikas Zimmer? Sie hatte nur erwähnt, dass sie im ersten Stock wohnte.

Fiete lehnte die Leiter an einen Baum und ging ums Haus, um die Fenster zu zählen. Im Schutz von Büschen und Bäumen schlich er umher. *Hm, auf jeder Seite zwei Fenster, das sind acht.* Das waren zu viele. Hatte Veronika nicht noch etwas erzählt? Doch! *Die Sonne scheint ihr morgens ins Zimmer, also Osten.* Er schlich noch einmal um das Haus. Zwei Fenster, darunter keine. Perfekt. So konnte er wirklich heimlich fensterln. So hieß das doch, was die in Bayern machten, oder?

Aber hinter welchem der beiden war jetzt seine Angebetete? Sollte er abzählen? *Ene, mene ...*

Moment. Fiete kniff die Augen zusammen. Da war doch etwas Rotes in dem einen Fenster. Das konnte nur Veronikas roter Sonnenhut sein. Pfeifend lief er zurück zum Baum und holte seine Leiter.

Er lehnte diese an die Mauer unter das Fenster und prüfte ihren sicheren Stand. Dann klemmte er sich die Rose zwischen die Zähne und erklomm Sprosse für Sprosse. Oben angekommen verschnaufte er einen Moment. Dann klopfte er ans Fenster, zog den Kopf ein und hielt die Rose hoch.

Nichts passierte.

War Veronika gar nicht in ihrem Zimmer? Fiete klopfte etwas lauter.

Dieses Mal hörte er ein Geräusch und als das Fenster geöffnet wurde, hielt er die Rose hoch und rief: »Für dich, mein bayrischer Hase.«

Er hatte mit allem gerechnet, nicht aber mit dem schallenden Gelächter über ihm. Er zuckte zusammen, sah auf und blickte in die Gesichter eines jungen Paares. *Ups.*

Wenn er nicht auf der Leiter gestanden hätte, wäre Fiete am liebsten im Boden versunken. Oder noch besser – im Dollart. »Ähm«, er räusperte sich. »Falsches Fenster.«

»Wo wollten Sie denn hin?«, fragte der junge Mann grinsend.

»Zu Veronika.« Fiete stieg langsam hinunter.

Der Mann beugte sich aus dem Fenster. »Direkt neben uns«, flüsterte er. »Viel Glück!«

»Danke.« Fiete klemmte sich die Rose wieder zwischen die Zähne und beeilte sich, nach unten zu kommen. Über sich hörte er das junge Paar immer noch kichern. *Peinlich!*

Unten angekommen holte er tief Luft, dann griff er die Leiter und setzte sie unter das andere Fenster. Sollte er wirklich?

»Nun bist du schon hier, nun gehste auch.«

Fiete überprüfte den Stand der Leiter, Rose zwischen die Zähne und hoch die Sprossen.

***

Veronika lag auf ihrem Bett und starrte an die Decke. Wo war sie da nur hineingeraten? Fahr nach Ostfriesland, hatten sie gesagt. Da ist es friedlich. Wenn man von der Leiche absah, über die sie fast gestolpert war. Sie hatte etwas gesehen, da war sie sich absolut sicher. »Wie viel hatten Sie getrunken?« *Dieser bescheuerte Kommissar Jacobsen!* Dem würde sie schon noch beweisen, dass sie recht hatte. Kaum zu glauben, dass der der Sohn von Fiete war.

Sie schloss die Augen. Sofort sah sie Fiete vor sich und ihr Herz klopfte schneller. Dieser alte Seebär war gar nicht so übel. Und küssen konnte der. Sie lächelte. Dabei hätte sie ihn am ersten Tag am liebsten auf den Mond geschossen. Blöd, dass sie in ein paar Tagen zurück nach Bayern musste. Dann wäre sie wieder in München und ihr Herz gebrochen. Ein Teil würde auf jeden Fall hier bei Fiete bleiben. Sie brauchte sich nichts mehr vormachen – sie war verliebt.

Ihre letzte Beziehung war schon viele Jahre her. Conrad von Schlingenbach. Genauso spießig wie sein Name. Ihre Mädels hatten sie miteinander bekannt gemacht und er war ja auch ganz nett. Doch ihr hatte immer das gewisse Feuer gefehlt. Conrad wäre nie mit ihr auf Mördersuche gegangen. Nicht so wie Fiete.

Sie kramte ihr Smartphone hervor und rief die Chat-Gruppe auf.

Veronika:
Bin heute durch einen Graben gewatet und ein starker Mann hat mich auf Händen getragen. ;o)

Brigitte:
Was?! Wie sah er aus? Lief da noch mehr??

Susanne:
???

Veronika:
Es war Fiete. So doof ist der doch nicht.

Brigitte:

Du fängst was mit diesem ungehobelten Kerl an? Schatz, vergiss es.

Susanne:
Aber echt mal. Ein Ostfriese?

Veronika schluckte. Warum gönnten die Mädels ihr denn nicht, dass sie verliebt war? *Er ist gar nicht ungehobelt, sondern sehr nett.*

Brigitte:
Schatz, du bist in ein paar Tagen wieder hier. Vernasch ihn meinetwegen, aber du verliebst dich nicht, gell?

Veronika:
Ich kann schon auf mich aufpassen. Muss weiter. Ciao.

Veronika schaltete das Smartphone aus und warf es neben sich. Ihre Hochstimmung war verflogen. Ein Geräusch von draußen irritierte sie kurz, aber sie achtete nicht weiter darauf. Sie wusste selbst, dass sie bald nach Hause fahren musste. Aber sie war kein Typ für einen unverfänglichen One-Night-Stand. Einfach einen Kerl vernaschen und vergessen? Nein. Für sie musste definitiv Liebe im Spiel sein.

Hm, da ist das Geräusch wieder. Vielleicht war die Pensionswirtin noch im Garten am Arbeiten.

Als es an ihrem Fenster klopfte, schreckte Veronika hoch. Sie sprang aus dem Bett und riss das Fenster auf.

Eine Rose schob sich in ihr Blickfeld und eine Stimme verkündete: »Für dich, mein bayrischer Hase!«

»Fiete?!« Veronika beugte sich aus dem Fenster. »Bist du lebensmüde? Was machst du da?«

Fiete schmunzelte. »Fensterln! Das macht man bei euch in Bayern doch so, oder?«

Erst war sie völlig perplex und sah ihn nur mit offenem Mund an, dann lachte sie. »Komm rein, du oller Seebär.« Sie hielt ihm die Hand hin und half ihm, ins Zimmer zu klettern. »Du bist verrückt, weißt du das?« Sie kuschelte sich in seine Arme.

»Nach dir«, flüsterte Fiete und nahm ihren Kopf in seine starken Hände. »Ich bin verrückt nach dir.«

Er küsste sie liebevoll und Veronikas Herz überschlug sich. Auch wenn ein Teil davon definitiv bei Fiete bleiben würde, das Risiko war es allemal wert.

Kapitel 17

Veronikas Reiseführer – Ostfriesische Teezeremonie

Die Ostfriesen sind Weltmeister im Tee trinken. Sie trinken ca. 300 Liter pro Kopf und Jahr.

Bei der Zeremonie gibt es einiges zu beachten: Zuerst wird ein Kluntje (oder auch Kandis) in die Tasse gelegt. Dieser wird dann mit dem heißen Tee übergossen. Ein verheißungsvolles Knistern erklingt, wenn er auf den Kluntje trifft. Zum Schluss wird entgegen dem Uhrzeigersinn mit einer kleinen Kelle en Wulkje mit Rahm in den Tee gegeben. Und auf keinen Fall umrühren! So schmeckt man zuerst den milchigen Geschmack, in der Mitte das herbe Teearoma und am Ende den süßen Tee.

Wozu dann der Löffel? Nun, wenn man keinen Tee mehr trinken möchte, legt man diesen als Zeichen dafür in die Tasse – aber frühestens nach der dritten!

Gerne wird zum Tee ein Krintstuut gereicht – Rosinenbrot mit Butter.

Und nicht wundern: Die Teezeremonie findet öfter am Tag statt.

***

Veronika stand vor der Pension und sah Fiete entgegen. Wie es sich gehörte, hatte er die Nacht bei sich zu Hause verbracht. Und die Leiter musste ja auch vom Fenster verschwinden.

»Einen wunderschönen guten Morgen, liebe Veronika.« Fiete nahm Veronikas Hand und hauchte einen Handkuss darauf.

»Alter Charmeur.« Veronika lachte. Ein zartes Rot legte sich auf ihre Wangen, als sie an die letzte Nacht dachte.

Fiete lächelte. »Du bist heute gar nicht mehr so blass. Das macht wohl die frische Landluft.«

»Auf jeden Fall.« Veronika hakte sich bei ihm ein. »Gehen wir frühstücken?«

»In das süßeste Café der Altstadt, meine Liebe.«

Gemeinsam schlenderten sie wieder in Richtung Hafen. Es war noch recht früh am Morgen und Leer war noch still und verschlafen. Die Möwen zogen ihre Kreise am Himmel, begrüßten den Tag. Die kleinen Geschäfte hatten noch geschlossen und Veronika blieb mehr als einmal vor den Auslagen der Schaufenster stehen.

Aus einem Café wehte ihnen der verlockende Duft von frischen Brötchen entgegen. Fiete hielt Veronika die Tür auf und sie traten ein. Kleine runde Tische waren im Raum verteilt, viele unterschiedliche Stühle standen daran und blau-karierte Decken lagen auf den Tischen. Dazu gab es maritime Dekorationen und wunderschöne Bilder hingen an den Wänden. Veronika fühlte sich gleich wohl.

Sie setzten sich an einen Tisch am Fenster und studierten die Karte.

Eine junge Frau trat zu ihnen. »Guten Morgen, was darf ich Ihnen bringen?«

»Ich hätte gerne das kleine Frühstück und einen Kaffee«, bestellte Veronika.

»Ich nehme das große und ein Kännchen Tee. Und für die Dame bitte auch einmal den Tee dazu.« Fiete gab seine Karte zurück.

»Ist das für Sie in Ordnung?«, fragte die Bedienung Veronika.

»Ja, klar.« Sie gab ihr auch ihre Karte und wartete, bis sie gegangen war. »So, so. Auch eine Kanne Tee für mich?«

Fiete langte über den Tisch nach ihrer Hand. »Ich muss dich doch in die Kunst des Teetrinkens einweihen. Das ist nicht so einfach, wie man denkt.«

»Nicht?«

»Nicht.«

Die junge Frau kam zurück und stellte Brötchen, Butter, Käse, Aufschnitt, Marmelade und noch viel mehr an Köstlichkeiten auf den Tisch. Sie brachte zwei Kännchen Tee und ergänzte die bereits eingedeckten Kaffeetassen mit Teetassen.

»Das sieht lecker aus, vielen Dank.«

Veronika griff nach dem Würfelzucker und wollte ein Stück in ihre Teetasse geben, als Fietes Hand vorschoss und ihr Handgelenk umschloss.

»Man nimmt doch keinen Zucker in den Tee!«, rief er empört.

»Nicht?«

»Kluntje, Frau Schwartau. In Ostfriesentee gehört Kluntje.«

Fiete nahm mit der Kluntjezange einen und legte ihn in ihre Tasse. Dann goss er den Tee darauf. Veronika war entzückt, wie schön es knisterte. Schließlich nahm Fiete mit einer kleinen Kelle ein wenig Sahne und ließ sie gegen den Uhrzeigersinn in die Tasse gleiten. Kleine Wölkchen stiegen auf.

»So macht man das. Und bloß nicht umrühren«, verkündete er nicht ohne einen gewissen Stolz.

»Warum?« Veronika betrachtete fasziniert die sich verändernden Sahnewolken.

Fiete vollzog das Gleiche bei seiner Tasse. »Ohne umzurühren, schmeckst du erst den milchigen Teegeschmack, in der Mitte das herbe Teearoma und am Ende den süßen Tee.«

»Und was passiert, wenn ich es doch umrühre?«

»Dann sieht es nicht so schön aus, schmeckt aber trotzdem.« Fiete schmunzelte. »Macht man aber nicht. Und mindestens drei Tassen sind Pflicht.«

»Na dann.« Veronika hob ihre Tasse. »Prost Tee.« Sie trank einen Schluck und stellte die Tasse ab. *Hm, der ist wirklich lecker!* Gedanklich wanderte eine weitere Packung Ostfriesentee auf die Liste der Dinge, die sie mit nach München nehmen wollte. Die aufkommende Wehmut schob sie mit einem Zwinkern zur Seite. »Sag mal, Fiete, was machen wir denn jetzt wegen der Leiche?«

»Wir fahren auf jeden Fall zu den Freese-Schwestern. Wenn mein werter Herr Sohn mir das verbieten will, müssen die etwas mit dem Fall zu tun haben.« Er biss in ein Brötchen.

»Das war auch mein erster Gedanke gestern.« Veronika nickte. »Aber meinst du nicht, wir sollten vorher mehr über den Fall herausfinden? Ich meine, wir wissen, dass dieser Tote in eine Dini verliebt war. Aber wer war sie? Ist das wirklich eine der Freese-Schwestern? Gibt es den Namen öfter hier?«

»Jo. Aber du hast recht, Roni. Wir müssen ins Büro von Klaas und uns mehr Informationen beschaffen. Wen haben die beiden im Verdacht und um wen brauchen wir uns gar nicht erst zu kümmern?«

»Und wie willst du das anstellen?« Veronika beschmierte eine Brötchenhälfte mit Marmelade. »Dein Sohn wird uns kaum etwas erzählen.«

»Hm. Der olle Stinkstiefel.« Fiete goss die nächste Runde Tee ein. »Dann müssen wir uns halt in sein Büro schleichen und seinen Computer hacken.«

»Ähm, kannst du so was?« Veronika machte große Augen.

Fiete rieb sich den Nacken. »Nee. Ich hatte gehofft, du kannst das. Wir gucken uns da einfach um. Einverstanden?«

»Okay. Und wie kommen wir danach weiter? Dein Roller steht da irgendwo in diesem Rheiderland.«

»Ich leih mir von meinem Kumpel das Moped und dann fahren wir hin. Einen Reservekanister habe ich jetzt.«

»Ich kann aber keinen Roller fahren«, sagte Veronika.

»Halb so wild. Dann lass ich meinen eben noch da stehen. Hauptsache, wir sehen uns bei diesen Damen einmal um. Die haben was mit Klaus zu tun. Das hab ich in der Nase.«

Veronika hatte ihren Tee ausgetrunken und vollzog jetzt das kunstvolle Einschenken, wie Fiete es ihr gezeigt hatte. »Ist es so richtig?«

»Perfekt.«

Veronika strahlte. Sie schob ihren Kaffee beiseite. »So langsam finde ich Ostfriesland gar nicht mehr so blöd.« Und das meinte sie ehrlich so.

»Hm, woran liegt das?« Fiete beugte sich halb über den Tisch.

»Eventuell an einem alten, knurrigen Seebären.« Veronika kam ihm entgegen und küsste ihn.

Kapitel 18

Jacobsen stand vor der Stellwand und schüttelte in einem fort den Kopf.

Meinders sah ihm eine Zeit lang dabei zu. »Wird dir nicht schwindelig«, fragte er.

»Warum?«

»Weil du die ganze Zeit dein weißes Haupt schüttelst.«

»Weiß wird das bald, wenn wir nicht schnell einen Täter finden«, knurrte Jacobsen. »Die Chefetage will Ergebnisse sehen. Am besten bis gestern. Und was haben wir vorzuweisen? Nichts.«

»Na ja, nichts würde ich das jetzt auch nicht nennen«, verteidigte Meinders ihre zugegebenermaßen mageren Erkenntnisse. »Wir wissen immerhin, wer es nicht war. Das ist doch auch schon was.«

Jacobsen antwortete nicht darauf und sah weiter auf die Fotos und Notizen. »Was übersehen wir?«

Meinders nahm einen Schluck Kaffee. »Mögliches Motiv: Lottogewinn. Hein Hartema hatte Streit mit ihm. Aber dabei ging es um seinen eigenen Lottoschein und die beiden hatten sich schon wieder vertragen. Das Geld liegt bereits auf dem Konto des Opfers, also würde ihm sein Tod gar nichts bringen. Der Sohn erbt, aber für den sind das Peanuts.«

»Hast du seine finanziellen Verhältnisse geprüft?«

»Klar. Die Schufa-Auskunft ist blütenrein. Auf die Bankauskunft warten wir noch. Aber guck dir seine Praxis an, der braucht kein Geld.«

»Mist. Weitere Kontakte als zu Hein Hartema, der Frau aus dem Dorfladen und den direkten Nachbarn hatte Klaus Behrens nicht.«

Eine Weile schwiegen die beiden. Meinders trat an die Stellwand und deutete auf das Foto von Klaus Behrens. »Hat die Spusi noch einmal nach dem fehlenden Schuh gesucht? Wir haben immer noch keinen Tatort. Entweder der Schuh liegt dort oder aber irgendwo auf dem Weg zwischen Tatort und Leichenfund.«

»Das Rheiderland ist groß. Wie willst du das alles absuchen?«, seufzte Jacobsen.

»Und wenn diese Touristin doch etwas gesehen hat? Wenn der Täter oder die Täterin doch mit dem Aufsitzmäher unterwegs gewesen ist?« Meinders ging zur Landkarte. »Das würde den Suchradius auf ...« Er nahm einen Stift und malte einen Kreis ein. »... diese vier Höfe begrenzen.«

Jacobsen trat neben ihn. »Also ich glaube das immer noch nicht. Und wenn, wir haben die Höfe unter die Lupe genommen. Alle haben ein Alibi und kein Motiv.«

»Nicht alle, Kollege. Haben wir die beiden Freese Schwestern gefragt, wo sie Samstagvormittag gewesen sind? Nein, denn die sind vorher stiften gegangen. Mit einem Aufsitzmäher, wohlgemerkt.«

Jacobsen schüttelte den Kopf. »Nun hör aber auf. Die beiden schrulligen Damen sollen den Bauern erschlagen und dann noch auf dem Feld abgelegt haben? Nein, das glaube ich nicht.«

»Aber wir haben sie nicht nach ihrem Alibi gefragt. Und diese Talea scheint ja sehr rabiat zu werden, wenn sie zu viel getrunken hat. Du hast die Anzeige gesehen.«

»Trotzdem. Die haben doch gar keine Kraft, so eine große Leiche zu tragen. Schon gar nicht, wenn sie steif ist. Du hast recht. Wir fahren noch einmal hin. Ich hab eh noch ein Hühnchen mit den Damen zu rupfen. Aber erst später. Der Bürgermeister hat mich zu sich zitiert. Sicherheitslagebesprechung zum Schutz der Prominenz. Beim nächsten Film der Friesenwache spielt wohl ein ganz Großer mit.« Jacobsen seufzte. »Was ist, wenn die Hartemas uns angelogen haben und Dini Hartema ist doch die gesuchte Dini.«

Meinders blickte in seinen leeren Kaffeebecher und rümpfte die Nase. »Dann müsste Hein Hartema aber eingeweiht sein.«

»Was spricht dagegen? Der Mann ist sein Vetter. Und Familie hält hier zusammen.«

»Mag ja sein. Aber er hat uns doch selbst von Dini erzählt«, gab Meinders zu bedenken.

»Er kann sich verplappert haben. Hinterher ist ihm das aufgefallen und er hat mit seinem Vetter und dessen Frau verabredet, Dini Freese als Schwarm von Klaus auszugeben. Die würde doch auch vom Alter her viel besser zu ihm passen. Und bei der gibt es auch keinen, der eifersüchtig sein könnte. Was machen die Briefe?«

Meinders ignorierte die Frage und griff zum Telefon.

»Wen willst du anrufen?«

»Die wandelnde Zeitung. Wiebke Hansen. Die hat uns als erste von Dini erzählt. Sie wird bestimmt wissen, welche es ist.« Er lauschte eine Weile, dann legte er auf.

»Irgendwie gibt es da ein Problem mit der Leitung. Komm nicht durch.«

Jacobsen nickte. »Da war vorhin was im Radio. Einer der Anbieter hat wohl Probleme hier oben.«

»Dann eben morgen.«

Das Smartphone von Meinders klingelte. »Das ist die Nummer der Gerichtsmedizin.«

»Geh ran!« Jacobsen grinste.

»Ähm, Meinders, hallo?« Ein Lächeln schlich sich auf sein Gesicht. »Hallo, Frau Doktor. Haben Sie die Untersuchung der unglücklichen Leiche gut überstanden?«

Jacobsen hielt sich die Hand vor den Mund, um nicht laut zu lachen.

»Ja, sicher waren Sie da die Unglücklichere.« Meinders ging auf und ab. »Was?« Er blieb stehen. »Sehr gerne! Bis heute Abend. Ich freue mich!« Er legte auf und strahlte, während Jacobsen laut losprustete.

»Kollege, was war das denn? Die unglückliche Leiche?«

»Ach, halt den Mund. Sie hat mich zum Essen eingeladen.«

»Unsere Totengräberin? Dich?«

»Meine Aktion mit den Gummistiefeln hat sie halt sehr beeindruckt.« Meinders verschränkte die Arme vor der Brust. »Mal auf die Uhr geguckt?«

»Mist, ich muss rüber zum Rathaus.« Jacobsen griff nach seiner Jacke. »Du könntest dich in der Zwischenzeit mal um den ganzen Papierkram kümmern. Und lies endlich die Briefe zu Ende! Das ist eine Dienstanweisung. Kannst gleich was für heute Abend lernen von dem Geschwafel.«

»Verschwinde!« Meinders warf seinem Kollegen einen Kugelschreiber hinterher.

***

Veronika und Fiete gingen nach dem Frühstück Hand in Hand zum Hafen und schlenderten über die Uferpromenade zur Polizeiwache. Die Wellen plätscherten leise gegen die hölzernen Pfosten. Langsam wurde es voller und Veronika nahm sich fest vor, noch einmal wiederzukommen, wenn keine Hochsaison war. Und wegen Fiete sowieso.

Sie hatten die schmale Gasse erreicht, die am Polizeirevier vorbeiführte. Als sie die grüne Eingangstür fast erreicht hatten, blieb Veronika stehen. »Du? Mir ist nicht ganz wohl dabei, bei der Polizei zu schnüffeln.«

»Ach was. Wir schnüffeln nicht bei der Polizei. Wir schnüffeln bei meinem Sohn«, widersprach Fiete.

»Der aber die Polizei ist. Achtung!« Veronika zog Fiete hinter die Hausecke. »Da kommt jemand«, flüsterte sie.

Fiete beugte sich vor. »Mist. Ich rufe mal an, ob Klaas überhaupt da ist.« Fiete zückte sein Smartphone und legte kurz darauf zufrieden wieder auf. »Der ist beim Bürgermeister.« Und damit zog er die überraschte Veronika mit sich mit zurück zum Hafen.

»Fiete! Wo willst du denn hin?« Veronika stolperte hinter ihm her, als er kurz vor dem Hafen eine scharfe Kurve lief und sie auf die andere Seite des Polizeigebäudes mitnahm. Vor den Fenstern auf dieser Seite standen hohe Buchsbaumbüsche. Fiete drängte sie durch das Geäst. Veronika sah ihn atemlos an. »Was machen wir hier?«

»Das da über deinem Kopf ist Klaas' Büro. Und da kletterst du jetzt rein.«

»Ich? Fiete! Was ist denn, wenn die mich erwischen?« Veronika war gar nicht wohl bei der Sache.

»Dann sagst du halt, du wartest auf ihn, weil du noch eine wichtige Aussage machen willst«, erwiderte Fiete.

»Lustig. Da kommt doch keiner hin, wenn die Polizisten einen nicht durch die Schleuse lassen.« Veronika seufzte. »Kannst du nicht gehen?«

Fiete musterte sie. »Kannst du Räuberleiter machen und mich tragen? Also.« Er lehnte sich mit dem Rücken an die Wand.

»Moment! Ist das Fenster denn überhaupt auf?« Veronika legte den Kopf in den Nacken. Zu ihrem Leidwesen war es tatsächlich weit geöffnet. Ein Aktenordner klemmte zwischen Fenster und Rahmen, um es offen zu halten.

Veronika nickte. »Also gut. Aber wenn es hart auf hart kommt, musst du mich auffangen, wenn ich springe.«

»Selbstverständlich, Schnucki.«

Kichernd setzte Veronika einen Fuß in Fietes verschränkte Hände und ließ sich hochschieben. Sie lugte in das Zimmer. Es war leer. Die Tür zum Flur war geschlossen.

»Okay«, flüsterte sie und Fiete hob sie ganz hoch.

Sie kletterte auf den Fenstersims und sprang in das Büro. *Hach, ist das aufregend!* Ihre Mädels würden ihr kein Wort glauben. Sie lauschte. Nichts war zu hören. Eilig lief Veronika zum Schreibtisch. Papiere lagen wild durcheinander, auf dem Boden stapelten sich Zeitungen. Wo sollte sie in dem Chaos etwas finden? Mit zittrigen Fingern flog sie durch die Papiere, doch sie fand nichts, was mit dem Fall Behrens zu tun gehabt hätte. Sie legte einen Schnellhefter zurück und stieß dabei an die Maus. Der Bildschirm leuchtete auf. *Benutzer Jacobsen. Passwort eingeben.*

Veronika huschte zum Fenster und beugte sich hinaus. »Fiete! Ich kann nichts finden. Aber der Computer ist an.«

Fiete blickte nach oben. »Dann guck doch da. Die haben doch so Verbrecherkarteien.«

»Dazu brauche ich ein Passwort. Du kennst nicht zufällig das von deinem Sohn?«

»Nee. Aber probier mal Anja. Die liebt der nämlich.«

»Okay.« Veronika lief zurück zum Schreibtisch und tippte Anja ein. *Falsches Passwort. Verflixt. Moment. Müssen die Passwörter heute nicht aus Buchstaben und Zahlen bestehen?*

»Fiete? Wann hat deine Schwiegertochter Geburtstag?«

»Hm. November. Am neunzehnten glaub ich.«

Veronika setzte sich wieder an den PC. *Anja1911. Falsch. Anja19.11. Falsch. 1911Anja. Falsch. Das darf doch nicht wahr sein!* Einen Versuch gab Veronika sich noch, dann würde sie verschwinden. Also tippte sie ›19Anja11‹ ein.

»Yes!« Der Bildschirm war freigegeben. Wonach sollte sie hier gucken? Sie kannte sich mit den Polizeiprogrammen doch gar nicht aus. Und durcheinanderbringen durfte sie auch nichts. Klaas hatte einige Fenster geöffnet und nur minimiert. Veronika vergrößerte eins nach dem anderen.

Hm, das sieht interessant aus. Talea Freese, Vorstrafenregister. Eilig überflog Veronika den Text. Vom Flur her waren Stimmen zu hören. Veronika klickte hastig alles klein, sperrte den Bildschirm und hastete zum Fenster.

»Fiete! Ich komme!« Sie kletterte auf die Fensterbank und sprang.

In dem Moment, als sie sicher in Fietes Armen landete, hörten sie Stimmen aus dem Büro.

Erleichtert drückte Veronika sich an Fiete. »Ich habe was gefunden«, flüsterte sie ihm ins Ohr. Dann schlang sie die Arme um seinen Hals und küsste ihn.

***

Jacobsen hatte richtig schlechte Laune, als er zurück ins Büro kam. Er warf seine Jacke auf den freien Stuhl und goss sich erst einmal einen Kaffee ein. *Die tickten doch alle nicht mehr sauber! Bin ich Polizist oder Babysitter?*

Meinders klopfte und lehnte sich an den Türrahmen. »Na, wie war die Sicherheitslagebesprechung? Gab es Schnittchen?«

»Erwähne dieses Wort nie wieder in meiner Gegenwart«, fauchte Jacobsen ihn an. »Scheiße!« Der Kaffee war ihm übergelaufen und eine Pfütze bildete sich auf dem Tisch. Er stöhnte, angelte sich ein Taschentuch aus der Hosentasche und wischte sie notdürftig weg. »Ich sag dir, das gibt richtig Stress, wenn die Filmcrew das nächste Mal da ist. Der Herr Star hat einige Sonderwünsche.« Jacobsen pfefferte das nasse Tuch in den Mülleimer.

»Wer kommt denn?«

»Das durfte der Bürgermeister noch nicht sagen. Strengste Geheimhaltung.« Jacobsen nahm einen Schluck Kaffee und verbrannte sich die Zunge. »Verdammt!«

Meinders grinste. »Nicht dein Tag heute, was?«

Jacobsen antwortete nicht, sondern balancierte den Kaffee zu seinem Schreibtisch.

»Aber vielleicht kann ich ihn mit einer Information noch retten.«

»Na, raus damit. Das muss schon was sehr Besonderes sein, um den Tag noch zu kitten.«

»Ist es.« Meinders warf die Jacke vom Stuhl auf die Fensterbank und setzte sich.

»Meinders! Ich habe echt keinen Bock auf Ratespielchen.«

»Bei unserem lieben Doktor Behrens ist doch nicht alles so schön glänzend, wie es uns seine Website weismachen will.« Meinders reichte seinem Kollegen die Bankauskunft. »Der ist pleite. Nichts mehr mit schöner Praxis. Die wird verkauft.«

Jacobsen überflog die Auskunft. »Sieh mal einer an. Haben sich die Promis doch nicht die Klinke in die Hand gegeben?«

»Das waren wohl eher nur Z-Promis. Auf jeden Fall steht Behrens mächtig in den Miesen, muss die Praxis schließen und das Gebäude wieder verkaufen.«

»Dann hat er doch ein Motiv. Es geht nicht um die paar Tausend aus dem Lottogewinn. Es geht um den Hof. Und der dürfte mit seinen ganzen Ländereien doch einiges Wert sein.« Jacobsen stand auf und angelte nach seiner Jacke. »Dann wollen wir uns den Herrn noch einmal vorknöpfen.«

Meinders nickte. »Und vorher machen wir einen Abstecher zu Wiebke Hansen. Die Leitung ist immer noch tot.«

»Hast du denn die Briefe endlich durch?«

»Ey, die sind echt Höchststrafe! Das grenzt fast an Körperverletzung, die zu lesen.«

Jacobsen verdrehte die Augen. »Echt jetzt? Kollege, es geht um Mord! Du schnappst dir die Briefe und liest den Rest auf dem Weg zum Dorfladen. Vielleicht ist ja die ein oder andere Anregung für dein Date mit der Totengräberin drin.«

»Ich werde sie dir vorlesen. Glaub mir, du wirst mich anflehen, damit aufzuhören.« Meinders grinste und ging in sein Büro.

***

»Also, was hast du gefunden?«, wollte Fiete wissen, während sie zur Waage liefen, wo Fiete den Roller von seinem Kumpel Axel geparkt hatte.

»Eine der Freese-Schwestern hat eine Vorstrafe wegen Körperverletzung. Und eine wegen Trunkenheit«, berichtete Veronika.

»Na, das passt doch! Die eine heißt Dini, die andere ist gewalttätig. Die beiden knöpfen wir uns jetzt vor.« Sie hatten den Roller erreicht und Fiete drückte Veronika einen Helm in die Hand. »Wir werden beweisen, dass du gesehen hast, was du gesehen hast«, verkündete er.

Als Antwort küsste Veronika ihn. Dann setzte sie den Helm auf und drückte sich auf dem Roller eng an ihren Fiete. *Ja, es war ihr Fiete.*

Weil er nun wusste, wo sie hinwollten, fuhr Fiete den direkten Weg. Zum ersten Mal ließ Veronika den Blick in die Weite schweifen und genoss die Landschaft. Sie musste weder den Weg noch Hut oder Sonnenschirm suchen, sondern konnte einfach nur gucken. Dieses satte Grün der Weiden, die Wolken, die sich heute gewaltig auftürmten. Immer wieder Entwässerungsgräben und in der Ferne die Windräder. Ob das ihre roten Lichter gewesen waren? Die ...

»Stopp!«, rief sie aus heiterem Himmel.

Fiete trat die Bremse, dass sie ins Schleudern gerieten. Er drehte sich zu Veronika um. »Was ist los? Geht's dir nicht gut?«

»Kühe!« Veronika sprang vom Roller und lief zu einem Gatter. »Schau doch mal, so viele Kühe!« Sie klatschte in die Hände und betrachtete die schwarzweißen Tiere, die friedlich auf einer Weide grasten.

Fiete lachte laut auf. Er stellte den Roller ab, trat neben Veronika und legte ihr den Arm um die Schulter. »Hast du noch nie Kühe gesehen? Oder dachtest du, die sind lila?«

»Quatschkopf.« Veronika boxte ihm liebevoll in den Bauch. »Bei uns in den Bergen gibt es die auch. Nur nicht so schön schwarz-weiß. Ich liebe Kühe! Die letzten Tage waren die immer so weit weg.« Sie streckte die Hand über das Gatter. »Kommt. Kommt her!«

Tatsächlich ließen sich zwei Kühe von ihrem Ruf locken und trabten gemächlich auf sie zu.

»Schau doch mal, Fiete, was für schöne Augen die haben.« Veronika lächelte. Sie streckte sich noch ein wenig mehr. Eine Kuh blieb auf Abstand, die andere kam noch ein wenig näher und schnupperte. Dann schleckte sie mit ihrer großen Zunge einmal über Veronikas Hand.

Die kicherte. »Das kitzelt ja richtig!«, rief sie.

Ein röhrender Motor näherte sich, der die Kühe aufschreckte. Eilig liefen sie zurück zur Herde. Veronika verzog den Mund und drehte sich zur Straße, wo ein Milchlaster ihnen entgegenfuhr. Der Anblick kam ihr bekannt vor. Sie löste sich aus Fietes Arm und sprang winkend auf die Straße.

Knapp vor ihr blieb der LKW stehen und der Fahrer stieg aus.

»Ja, Moin!«, rief Jan und strahlte sie an. »Wenn das nicht die Dame ist, die ich mitten im Nichts aufgelesen habe. Wie geht es dir?« Er guckte zu Fiete und sein Blick verfinsterte sich. »Hat er dich wieder ins Boxhorn gejagt?«

»Nee, keine Angst. Mir geht es gut. Fiete zeigt mir gerade als Entschädigung die Kühe«, erklärte Veronika.

»Die mit den schönen Augen – ich erinnere mich.« Jan schmunzelte. »Mann, Fiete, so was kannst du echt nicht bringen. Touristen zu Fuß ins Rheiderland schicken. Der Dame hätte ja wer weiß was passieren können.« Er schüttelte den Kopf.

»Jo, ich weiß. Deshalb fahr ich die Dame jetzt auch. Sag mal, du kommst ja viel rum mit deinem Laster. Ist dir die letzten Tage was aufgefallen?«

»Du meinst wegen dem Klaus Behrens? Nee. Obwohl, doch! Gestern, da habe ich zwei alte Damen abgeschleppt.« Jan lachte. »Ganz komische Truppe. Die waren mit nem Aufsitzmäher unterwegs und die eine hat noch ne Schubkarre festgehalten. Auf solche Ideen können auch nur die Rheiderländer kommen.«

Veronika warf Fiete einen schnellen Blick zu. Das klang doch genau nach dem Gefährt, das sie nachts gesehen hatte! »Weißt du, wer das war?«, hakte Veronika nach.

Jan zuckte mit den Schultern. »Namen kenn ich nicht. Aber denen war der Sprit ausgegangen und da hab ich sie das kurze Stück zu ihrem Hof gezogen. Der war, ja, genau, das war der Hof zwischen Janssen und dem vom Behrens.«

»Das mit dem leeren Tank scheint euch hier ja öfter zu passieren.« Veronika zwinkerte Fiete zu.

»Na, dann lass ich euch mal wieder allein. Die Milch ruft.«

Jan stieg in seinen Milchlaster und fuhr hupend weiter. Fiete legte den Arm um Veronika. »Er hat dich aufgesammelt?«

»Ja. Wenn er nicht gewesen wäre, hätte dein Sohn wahrscheinlich eine zweite Leiche auf einem Feld gefunden.«

Fiete zog Veronika an sich. »Es tut mir wirklich leid. Ich konnte ja nicht wissen, dass du so einen Sturkopf hast und tatsächlich ins Rheiderland läufst. Ich hätte gedacht, spätestens bei der Brücke drehst du wieder um.«

»Kannst mal sehen. Unterschätze nie die strammen bayrischen Waden.«

»Sexy Waden.« Fiete zog Veronika noch etwas dichter und küsste sie.

Veronika genoss den Kuss und das immer stärker werdende Kribbeln im Bauch. Widerstrebend löste sie sich schließlich von ihm. »Meinst du, Jan hat das gleiche seltsame Gespann gesehen wie ich?«

»Auf jeden Fall. Das müssen die Freese Schwestern gewesen sein.« Fiete nahm Veronika an die Hand. »Und da fahren wir jetzt hin.«

Fiete und Veronika machten sich auf den Weg zum Hof der Freese Schwestern. Dieses Mal hatten sie insofern Glück, dass die Auffahrt kurz und von alten, krüppeligen Bäumen gesäumt war. Zudem stand der Hof mit dem Scheunenteil zur Straße, was ihnen einen zusätzlichen Schutz vor zufälligen Blicken aus den Fenstern gewährte. Der Sprung in den Graben blieb ihnen hier erspart. Beim Anblick des Misthaufens verzog Veronika das Gesicht.

Auf der Weide nebenan stand das Gatter offen. Ein paar wilde Büsche und Sträucher rechts und links gaben den perfekten Schutz für den Roller. Sie stiegen ab und Fiete schob das Gefährt hinter einen Busch.

»So, den findet keiner so schnell.« Er klopfte sich die Hände an der Hose ab.

Veronika hing den Helm an den Lenker. »Und was machen wir jetzt?« Sie blickte neugierig zum Hof hinüber. Niemand war zu sehen. Eine gewisse Anspannung ließ sich nicht mehr leugnen. Immerhin hatte eine der Frauen eine Vorstrafe wegen Körperverletzung. Und da sie nicht wussten, wie alt oder fit die Freese-Schwestern waren, mussten sie auf der Hut sein.

»Anschleichen, Spuren finden, abhauen?« Fiete zog die Stirn kraus. »Ich mach das auch das erste Mal.«

»Was hältst du davon, wenn wir als Erstes in der Scheune nachsehen, ob die wirklich so einen Aufsitzmäher haben«, schlug Veronika vor.

»Okay.«

Fiete nahm Veronikas Hand und zusammen liefen sie über die Straße zur Auffahrt. Beim Hof war alles ruhig und so rannten sie im Schutz der Bäume bis zur Scheune. Dort pressten sie sich an die Wand und holten kurz Luft. Veronikas Herz klopfte laut. Ein großes grünes Tor prangte in der Mitte der Scheune, rechts und links flankiert von blind gewordenen Sprossenfenstern.

Fiete reckte sich und versuchte, durch eines der Fenster in die Scheune zu blicken. »Ich seh nur Spinnenweben, sonst nichts«, flüsterte er. »Wir müssen da rein.«

Sie schlichen zum Tor. Vorsichtig drückte Fiete die Klinke. Es war nicht abgeschlossen. Fiete schob das Tor weiter auf und spähte in die Scheune. Es dauerte einen Moment, bis sich Veronikas Augen an das dämmerige Licht gewöhnt hatten. Auf den ersten Blick schien die Scheune leer zu sein. Nur Staubflocken tanzten im Licht vereinzelter Sonnenstrahlen, die sich den Weg durch die löchrigen Dachziegel gesucht hatten.

Veronika sah sich aufmerksam um, dann folgte sie Fiete in die Scheune. Sie ließ die Tür sacht ins Schloss fallen und hielt die Luft an. Jetzt gab es kein Zurück mehr.

Fiete und Veronika schlichen durch die leere Scheune. Es gab keine Zwischendecke, man konnte bis hoch in die Deckenbalken sehen. Rechts und links gab es einzelne Boxen, in denen früher das Vieh gestanden hatte. In einer Ecke war etwas, das Veronikas Interesse weckte.

»Fiete! Hier steht ein Aufsitzmäher.« Sie winkte ihn zu sich. »Das kann der gewesen sein.«

»Siehst du auch eine Schubkarre?« Fiete kniff die Augen zusammen.

»Vielleicht in einer der Boxen?«

Sie teilten sich auf und inspizierten einer rechts, eine links die kleinen Räume. Sie fanden leere Eimer, Säcke mit Hühnerfutter, Gartengeräte.

Dann entdeckte Veronika etwas, das ihr das Blut in den Adern gefrieren ließ. Sie griff sich an den Hals und die Luft blieb ihr weg. *Blut!* Da war jede Menge Blut. Sie taumelte zurück. »Fiete!« Ihre Stimme war kaum zu hören.

Sofort kam er zu ihr gelaufen. »Was ist?«, fragte er.

»B-b-blut«, stotterte Veronika und zeigte in die Box.

Fiete schob sie hinter seinen Rücken und sah sich alles näher an. In einer Ecke war Blut. In der anderen fand er einen Haufen Federn. Er atmete auf. »Das ist Hühnerblut«, flüsterte er. »Du brauchst keine Angst zu haben.«

»Sicher?«

»Absolut.«

Vorsichtshalber ergriff Veronika wieder seine Hand. Vielleicht war diese Mördersuche doch keine gute Idee. Vielleicht hätte sie es einfach auf sich beruhen lassen sollen.

Fiete zog sie zu der Tür, die zum Wohntrakt führte. Sie legte das Ohr daran und lauschte.

»Talea! Ich brauch den Schrubber«, rief eine Frauenstimme.

»Da ist jemand«, flüsterte Fiete, der ebenfalls sein Ohr an die Tür gelegt hatte.

»Talea! Ich brauch den Schrubber; das Blut ist so klebrig.«

Veronika riss die Augen auf. »Die reden von Blut. Im Haus. Fiete, wir müssen die Polizei rufen.« Sie zupfte aufgeregt an seinem blauen Troyer. *Da hinter der Tür sind die Mörderinnen!*

Fiete schüttelte den Kopf. »Und wenn die da drin ein Huhn geschlachtet haben? Dann haben wir zwei Damen zu Unrecht in Aufregung versetzt. Und mein Sohn macht mich endgültig einen Kopf kürzer.«

»Dann könnte ich dich besser küssen.« Veronika kicherte nervös. »Du hast recht. Außerdem, der Mord ist Samstag passiert. Würdest du so lange warten, bis du die Spuren beseitigst?«

»Nee. Aber lass uns trotzdem gucken, ob wir einen Hinweis darauf finden, dass die Schwestern Klaus umgebracht haben.«

Sie hörten wieder eine Stimme. Dieses Mal schien sie von draußen zu kommen. Fiete öffnete die Tür. Vor ihnen lag die Küche. Links von ihnen an der Wand standen ein Ostfriesensofa und ein Esstisch. An der gegenüberliegenden Seite fanden sie einen schönen alten Holzschrank. Rechts neben dem Fenster gab es eine kleine Spüle. An der linken Wand standen der Herd und eine weitere Tür. Sie sahen sich nicht genauer um, sondern steuerten direkt auf die Tür zu. Die Speisekammer. Der kleine Raum war fensterlos und vollgestellt mit Regalen. Unzählige Konserven standen dort, Kartoffeln lagerten in einer Kiste am Boden. Leere Einmachgläser, Packungen mit Nudeln und Waschpulver füllten die Regale.

»Wonach suchen wir eigentlich genau«, fragte Veronika, während sie den Blick über die Regale schweifen ließ.

»Scherben? Blutflecken? Der Mann ist erschlagen worden.« Fiete kratzte sich am Bart. »Hier ist nichts. Lass uns weitergehen.«

Die Küchentür war nur angelehnt und sie schlichen weiter auf den Flur. Mehrere Türen gingen von dort ab, eine stand offen. Kühle Luft zog nach oben.

Veronika legte den Finger auf die Lippen und deutete nach unten. Sie lauschte. Dort schien niemand zu sein und so setzte sie einen Fuß auf die erste Kellertreppe. Die Stufe knarzte und Veronika hielt erschrocken inne. Sie spitzte die Ohren. Alles blieb ruhig, sodass sie sich weiter vorwagte. Fiete folgte ihr.

Auf der Hälfte stoppte Veronika und deutete entsetzt nach unten. Überall auf dem Boden war eine rote Flüssigkeit verteilt.

»Das ist kein Wein, oder?«, fragte sie mit zittrigen Knien.

»Ich fürchte nicht.« Fiete ging an ihr vorbei und sah sich um. »Hier liegt auch noch ein Haufen Scherben in der Ecke.«

Veronika taperte hinter ihm her. »Und da, siehst du das Blut an den Stufen? Als ob man jemanden darüber gezogen hat.« Ihr wurde schlecht.

»Das war bestimmt kein Huhn.«

Kapitel 19

»Talea, warum kommst du denn nicht, wenn ich dich rufe?« Dini stemmte die Hände in die Hüften und blickte ihre Schwester finster an.

Die stand im Hühnerstall und unterhielt sich mit den Tieren. »Was wolltest du denn?«

»Den Schrubber. Das Blut klebt ganz schön fest. Du könntest mir ruhig helfen.«

Talea verdrehte die Augen, verabschiedete sich von dem Hahn und folgte ihrer Schwester ins Haus. Auf dem Weg nahm sie noch den Schrubber mit, der an der Wand zum Hühnerstall lehnte.

Im Flur blieb Dini abrupt stehen. »Da ist wer«, flüsterte sie und deutete auf den Keller.

Sie horchten. Da waren zwei Stimmen. Ein Mann und eine Frau.

»Einbrecher!« Talea packte den Schrubber fester.

»Und nun?«

»Du machst die Tür zu und ich klemm den Schrubber drunter. Ja, so machen wir das.«

Als Dini nickte, fing Talea an zu zählen. »Eins, zwei ...«

Dini warf die Tür zu. Rums!

»Drei. Zählen konntest du auch schon mal besser.«

»Dann musst du mir sagen, bis wohin«, entgegnete Dini.

Aus dem Keller wurden die Stimmen lauter und Talea klemmte mit fliegenden Fingern den Schrubber so unter den Griff, dass man die Klinke nicht mehr drücken konnte.

»Hol mal den Schlüssel vom Bad, der passt hier doch auch«, forderte sie ihre Schwester auf.

Die lief den Flur hinunter, zog den Schlüssel aus der Badezimmertür und eilte zurück. Mit zittrigen Händen pfriemelte sie ihn ins Schloss und drehte ihn um. »Was machen wir denn nu?« Dini rieb sich über die Schürze und atmete auf.

»Erst mal Schnaps.« Talea zog Dini mit in die Küche und schenkte ihnen beiden ein.

Gleichzeitig hoben sie die Gläser und tranken.

»Sollen wir die Polizei anrufen?«, fragte Dini. »Die dürfen hier doch nicht sein!«

»Hast du unten schon aufgewischt?«

»Nee, hab ich doch gesagt. Das Zeug klebt so doll. Deshalb brauchte ich doch den Schrubber!«

»Dann können wir die nicht anrufen.« Talea schenkte nach. »Die finden doch das Blut von dem Klaus.«

»Mist.«

»Jo.«

»Prost.«

Die beiden alten Schwestern stießen an und kippten den Schnaps hinunter.

»Dini? Die müssen auch wech.«

***

Rums!

Die Tür über ihren Köpfen flog mit einem lauten Knall zu. Erschrocken drehte Veronika sich um. *Verdammt! Sie hatten nicht mehr auf die Schwestern geachtet.*

»Mist! Die haben uns bemerkt.« Fiete hastete die Treppe hinauf und riss an der Tür. »Die Klinke bewegt sich nicht mehr!«

»Und nun?« Veronika hämmerte gegen die Tür. »Hallo? Lassen Sie uns raus!«

»Geh mal ein Stück runter«, bat Fiete. Dann warf er sich mit Schwung gegen die Tür. Doch die gab nur ein mühseliges Ächzen von sich und rührte sich nicht.

»Das gibt's doch nicht!« Fiete probierte es noch ein paar Mal.

Veronika lehnte sich an die Tür. »Da kommen wir nicht raus.« Ihr kam ein schrecklicher Gedanke. »Fiete? Was ist denn, wenn die uns auch umbringen?«

Der drückte sie an sich. »Das glaube ich nicht. Die rufen bestimmt die Polizei, weil sie uns für Einbrecher halten.« Fiete legte die Stirn in Falten. »Das gibt Ärger mit Klaas.«

»Wahrscheinlich.« Wirklich beruhigt war Veronika nicht. Die beiden Frauen hatten einen alten, wehrlosen Mann getötet und einfach so im Rheiderland entsorgt!

Fiete trottete die Stufen hinunter und hüpfte über die größte der roten Pfützen. »Warum machen die das erst jetzt weg?« Er sah zu Veronika, die nur mit den Schultern zuckte. Fietes Blick fiel auf das große Weinsortiment. Er zog eine Flasche aus dem Regal. »Kennst du dich damit aus?« Er hielt die Flasche hoch.

»Trockener Rotwein.«

Fiete hatte den Korkenzieher entdeckt. »Wollen wir uns einen genehmigen, bis mein Sohn kommt?«

»Fiete. Du kannst doch nicht den Wein trinken.« Veronika schüttelte den Kopf. Auch wenn sie hier im Keller vermutlich von Mördern eingesperrt worden waren, war das Diebstahl und gehörte sich nicht.

»Wieso nicht?« Mit einem Plopp zog Fiete den Korken heraus. Dann hüpfte er zurück über die Blutpfütze und ließ sich auf der unteren Treppenstufe nieder.

Veronika setzte sich neben ihn und seufzte. »Schöner Schlamassel, oder?«

»Jo.«

»Du!« Sie sprang auf. »Was ist denn, wenn die die Tür gar nicht wieder aufmachen? Die ... Die können die Polizei doch gar nicht rufen, wenn das da ...« Sie deutete auf die roten Pfützen. »... wirklich das Blut von diesem Klaus ist.«

»Hm.« Fiete nahm einen Schluck Wein. »Das glaub ich nicht.«

»Und wenn doch?« Veronika zitterte. Sie würden hier elendig sterben.

»Dann haben wir ein Problem.«

Fiete wollte den nächsten Schluck nehmen, aber Veronika riss ihm die Flasche aus der Hand. Sie nahm einen großen Zug.

»Zumindest sterben wir dann bei einem guten Tropfen.« Sie nahm direkt noch einen Schluck. »Und was, Fiete, wenn die runterkommen und uns umbringen?« Ein dicker Kloß bildete sich in ihrem Hals.

Fiete stand auf und nahm Veronika in den Arm. »Ich werde dich mit meinem Leben verteidigen, mein Schatz.«

»Och, Fiete.« Veronika schmiegte sich an ihn. Tränen traten ihr in die Augen. Da lernte sie so einen tollen Mann kennen und dann war das Ende schon wieder so nah. *Das ist so unfair!*

»Ich werde schon mit zwei Frauen fertig.« Fiete drückte Veronika zärtlich einen Kuss auf den Scheitel. »Komm, wir setzen uns und trinken noch einen.«

***

»Was machen wir nur? Was machen wir nur?«, fragte Dini in einem fort.

Sie und Talea saßen auf ihrer Bank vor dem Haus, vor sich zwei Schnapsgläser und eine Flasche, die ihre volle Zeit schon hinter sich hatte.

»Was machen wir nur?«

Talea seufzte und Dini schloss sich ihr an.

»Das mit dem Klaus war schon blöd. Auch, dass die ihn schon gefunden haben. Aber dass da nun noch zwei Einbrecher ausgerechnet bei uns im Keller ... Nee, Kinners, was machen wir nur?« Talea schüttelte den Kopf.

Die beiden leerten das nächste Glas.

»Und wenn die da unten von der Polizei sind?«

Dini überlegte. »Siehst du hier so ein Polizeiauto?«

»Nee. Haben die vielleicht vorm Haus geparkt?«

»Meinst du, wir sollten mal nachsehen?«

»Jo.«

Sie standen auf. Arm in Arm schwankten die Schwestern über den Weg am Haus entlang. Dort drückten sie sich an die Mauer.

»Du, Dini?«, flüsterte Talea. »Warum machen wir das?«

»Damit uns die Polizei nicht sieht«, wisperte Dini.

»Aber die sitzen doch im Keller«, flüsterte Talea zurück.

Dini runzelte die Stirn. »Stimmt.«

Sie schüttelten sich einmal und marschierten auf den Platz vor dem Haus. Dort stand kein Auto und auch sonst war nichts und niemand zu sehen. Vorsichtshalber umrundete Dini den Misthaufen.

Talea drehte sich einmal im Kreis, um wirklich nichts zu übersehen. »Hui, das geht ja ganz schön rund«, murmelte sie und drehte sich weiter.

Dini packte sie am Arm. »Nun hör mal auf, hier so rumzutanzen.«

Widerwillig blieb Talea stehen. »War wie früher.« Sie hickste. »Ich glaube, ich brauche was in den Bauch. War wohl n büschen viel Schnaps.«

Die beiden Damen wankten zurück in die Küche.

Kapitel 20

»Mein Geliebter. Ich verzehre mich nach deinen Berührungen mit deinen starken Händen. Ich sehne mich nach ihnen, sobald du gegangen bist. Sie ...«

Jacobsen verzog das Gesicht. »Kollege? Kannst du die Briefe bitte leise lesen? Ich muss mich auf den Verkehr konzentrieren.«

Meinders grinste. »Oh, über Verkehr gibt es hier auch sehr nette Passagen. Der werte Herr war trotz seines Alters anscheinend noch gut dabei. Soll ich sie dir vorlesen?«

»Untersteh dich! Wie viele sind es noch? Immer noch kein Hinweis, wer die Verfasserin dieser Sehnsuchtsbekundungen ist?«

»Nope. Sie unterschreibt immer nur mit D.« Meinders durchwühlte die Kiste. »Zwei Briefe nur noch. Mehr davon und ich hätte Schmerzensgeld beantragt.« Seufzend faltete er den soeben rezitierten Brief zusammen und nahm den nächsten.

Jacobsen drehte das Radio auf.

Vor dem Dorfladen von Wiebke Hansen saßen zwei Herren auf der tiefen Fensterbank und rauchten Pfeife. Die Achtzig hatten beide bestimmt schon überschritten.

Jacobsen parkte den Wagen. Er und Meinders stiegen aus. Die Herren musterten sie neugierig.

»Ihr seid aber nicht von hier«, bemerkte der eine.

»Doch, aus Leer«, erwiderte Meinders.

»Sach ich doch, nicht von hier.«

»Wenn man das hier auf genau hier beschränkt, dann stimmt das wohl.« Jacobsen lachte. »Moin, die Herren.«

Zusammen mit Meinders trat er in den Laden.

»Gibt keinen Schnaps mehr. Ihr müsst nach Hause«, hörten sie eine Stimme aus dem Hinterzimmer.

»Schade«, rief Jacobsen zurück.

Sie arbeiteten sich zum Tresen vor.

Wiebke Hansen steckte den Kopf durch den Flusenfliegenvorhang. »Oh, die Kommissare.« Sie bedachte Meinders mit einem Lächeln. »Was kann ich denn heute für Sie tun?«

Meinders lächelte zurück. »Frau Hansen ...«

»Wiebke.«

»Wiebke. Sie haben uns doch erzählt, dass der Klaus Behrens so für die Dini geschwärmt hat.«

»Ja, das hat er.« Wiebke Hansen nickte.

»Sie meinten ja sicher die Dini Freese, oder?«, hakte Jacobsen nach.

Wiebke Hansen sah sich um und winkte die Kommissare zu sich. »Nee. Der Klaus war in die Dini Hartema verschossen. Aber so was von.« Sie griff Meinders an der Jacke und zog ihn ganz nah zu sich. Ihr Atem streifte sein Gesicht. »Wenn Sie mich fragen, Herr Kommissar, da lief was.«

»Nicht Ihr Ernst?« Meinders versuchte vergeblich, ihre Hand von seinem Jackenkragen zu lösen. Wiebke hielt eisern fest.

»Doch. Und soll ich Ihnen noch was verraten?« Bevor sie eine Antwort bekam, redete sie schon weiter. »Man munkelt, dass ihr Mann sie erwischt hat. In flagranti. Jawohl.«

Sie ließ den Kragen von Meinders Jacke los und er wich hastig einen Schritt zurück.

»Das ist ja unerhört.« Jacobsen schüttelte den Kopf. »So was macht man doch nicht.«

»Nicht wahr? Sag ich auch immer. Aber der Klaus war so ein schmucker Kerl. Bei dem hätte ich auch schwach werden können.« Sie stützte die Ellenbogen auf den Tresen und legte den Kopf in die Hände. »So schade um den Klaus.« Es schimmerte in ihren Augen.

»Sagen Sie, Wiebke, gab es mächtig Ärger, als der Mann sie erwischt hat?« Meinders blieb etwas auf Abstand.

Wiebke Hansen blinzelte und richtete sich wieder auf. »Eigentlich kann der Markus ja keiner Fliege was zuleide tun. Ein ganz Lieber ist das. Aber er soll dem Klaus schon ordentlich eine verpasst haben. Habt ihr aber nicht von mir. Ich bin verschwiegen wie ein Grab.«

Meinders legte den Finger auf die Lippen. »Vielen Dank, Wiebke.«

»Ich helf doch immer gern.« Sie zwinkerte ihm zu.

Jacobsen tarnte ein Lachen mit einem Hustenanfall und verließ den Laden. Meinders folgte ihm.

Im Auto konnte Jacobsen sich nicht mehr halten. »Ey, Kollege, bei der Dame hast du echt einen Stein im Brett!«

»Was in diesem Fall doch sehr nützlich für uns war.« Meinders schnallte sich an. »Da wird uns das liebe Ehepaar Hartema doch so einiges zu erklären haben. Wenn sie tatsächlich die Verfasserin der Briefe ist, dann hätte der gehörnte Ehemann allen Grund, den Klaus Behrens umzubringen.« Er nahm sich den letzten Brief aus der Kiste.

Jacobsen fuhr los. »Allerdings. Der Mann hat auf jeden Fall ein astreines Motiv. Hast du mittlerweile den Tierarzt erreicht?«

»Nee. Der ist schwieriger zu erreichen als die Queen. Du, da hat uns der Vetter, dieser Hein Hartema, auch ne Kleinigkeit verschwiegen. Vielleicht steckt er sogar mit drin.«

»Dann nehmen wir uns den doch als Erstes vor. Liegt eh auf dem Weg. Danach fahren wir zum Ehepaar und sammeln am Ende noch den Doktor Behrens ein.«

»Genau so.« Meinders vertiefte sich in den Brief. »Hah! Wusste ich es doch. Sie ist es!«

»Lass hören, Kollege.«

»›Mein Geliebter. Es tut mir so leid, dass Markus dich so zugerichtet hat.‹ Dini und Markus Hartema – wir haben sie!«

***

Jacobsen und Meinders hatten beschlossen, vor Hein Hartema zu bluffen. Sie würden ihm einfach erzählen, sie wüssten alles, und wollten sehen, wie er reagierte.

Als sie seine Auffahrt hinauffuhren, trauten sie ihren Augen nicht. Hein Hartema stand vor seinem Haus und säuberte eine Schubkarre!

Jacobsen gab Gas und tauchte den Mann kurz in eine Staubwolke.

»Spinnt ihr!« Hein Hartema wollte schon den Wasserschlauch auf seinen ungebetenen Besuch halten, als er die beiden Kommissare erkannte. »Ach, Sie sind das.« Er drehte das Wasser ab.

»Legen Sie bitte den Wasserschlauch hin«, befahl Jacobsen in einem scharfen Tonfall.

Der Mann zog die Augenbrauen zusammen und legte den Schlauch zu Boden. »Schon gut. Was ist denn los?«

Meinders trat an die Schubkarre und warf einen Blick hinein. »Ist das da Blut?« Er deutete auf einen roten Fleck, den Hein Hartema anscheinend noch nicht weggeputzt hatte.

»Keine Ahnung. Kann wohl. Ich schneide mich gerne mal. Kann aber auch Farbe sein. Hab letztens den Zaun hinten neu gestrichen.« Hein Hartema nahm ein Tuch aus der Hosentasche und trocknete sich die Hände ab.

»Das wird sich die Spurensicherung angucken«, erklärte Jacobsen. »Sie rühren hier nichts mehr an, verstanden?«

»Spurensicherung?« Hein Hartema rieb sich den Nacken.

»Herr Hartema, wir wissen Bescheid.« Jacobsen verschränkte die Arme vor der Brust.

»Ich ... Aber wie ...«, stotterte er und wurde blass. Er ließ die Schultern sinken und seufzte. »Der Klaus hat immer gesagt, ich soll damit aufhören.«

Jetzt war Jacobsen verwirrt. Er sah von Behrens zu Meinders.

»Reden Sie weiter«, forderte Meinders Hein Hartema auf.

»Er hat immer gemeint, das gibt nochmal ein Unglück, wenn ich meinen Selbstgebrannten bei der Wiebke verkaufe.« Hein Hartema verknotete die

Hände. »Aber die hat da wirklich nichts mit zu tun«, beeilte er sich zu sagen. »Sie tut mir nur einen Gefallen.«

Eine heimliche Schnapsbrennerei. Da hatte Jacobsen nun nicht mit gerechnet. »Hat Herr Behrens Ihnen gedroht, Sie auffliegen zu lassen? Haben Sie ihn deshalb erschlagen?«

»Was? Nein!« Hartemas Gesichtsfarbe wechselte von käsig zu rot. »Ich hätte dem Klaus nie was getan!«

»War es dann vielleicht ihr Vetter und Sie decken ihn? Verwischen Sie für ihn die Spuren?« Jacobsen deutete auf die Schubkarre.

Hein Hartema schüttelte den Kopf. »Warum sollte ich das tun? Und warum sollte Markus den Klaus umbringen? Wegen meinem Schnaps?«

»Wegen der Dini.« Jacobsen baute sich vor ihm auf. »Sie wussten doch, dass Klaus Behrens ein Verhältnis mit Dini Hartema hatte. Der Name ist Ihnen bei unserem letzten Gespräch dummerweise rausgerutscht. Aber Sie haben Ihren Vetter ja direkt gewarnt.«

»Moment.« Hein Hartema hob abwehrend die Hände. »Sie wollen mir jetzt ernsthaft erzählen, dass der Klaus eine Affäre mit unserer Dini gehabt hat? Das glaube ich nicht.«

»Sie wussten nichts davon?«, hakte Meinders nach.

»Nein. Ist das wirklich wahr?«

»Anscheinend hat Ihr Vetter die beiden sogar in flagranti erwischt.«

Hein Hartema ging ein paar Schritte rückwärts und setzte sich auf die Stufen vor der Haustür. Fassungslos schüttelte er den Kopf. »Der hat mich die ganze Zeit angelogen. Ich glaub das nicht.«

»Herr Hartema, wo waren Sie am Samstagvormittag?«, fragte Jacobsen.

»Wozu wollen Sie das wissen?«

»Nun, es besteht aktuell der Verdacht, dass Sie zusammen mit Ihrem Vetter Herrn Behrens erschlagen haben.«

»Das war ich nicht! Und der Markus auch nicht.« Hein Hartema schüttelte weiter den Kopf. »Lügt der mich die ganzen Monate an.«

»Nun?«

»Was?«

Jacobsen verdrehte die Augen. »Wo waren sie Samstag?«

»Bei Wiebke. Hab Schnaps gebracht und den Vormittag draußen gesessen mit Mats und Hanno. Können Sie gerne fragen.«

»Das werden wir.« Meinders öffnete die hintere Autotür. »Wenn Sie uns bitte begleiten würden ...«

Hein Hartema stand schwerfällig auf. »Aber wieso denn?«

»Zum einen besteht Tatverdacht. Zum anderen möchten wir verhindern, dass Sie Ihren Vetter und seine Frau vorwarnen. Wenn sich Ihr Alibi bestätigen sollte, können Sie später selbstverständlich wieder gehen.« Jacobsen deutete zum Wagen.

Hein Hartema seufzte und stieg ein.

Meinders schlug die Tür zu. »Brennt der heimlich Schnaps. Ich glaube, der wusste wirklich nichts von der Affäre.«

»Glaube ich auch. Wozu sollte der Behrens auch so leichtsinnig sein und dem Vetter seiner Affäre davon erzählen. Das wäre viel zu riskant.«

»Eben. Ich bin gespannt, was das Ehepaar zu sagen hat.«

»Informier bitte direkt die Spusi. Die sollen sich hier genauer umsehen und diesen roten Fleck an der Schubkarre analysieren. Und die Schnapsbrennerei können sie auch gleich stilllegen«, sagte Jacobsen.

Die beiden Kommissare stiegen ein und machten sich auf den Weg zum Hof der Eheleute Hartema.

***

Die Flasche Rotwein war geleert und Veronika lehnte schläfrig an Fiete. Er strahlte so eine Wärme aus, dass ihr im Keller gar nicht mehr so kalt war. Und ganz so viel Angst hatte sie auch nicht mehr. Oder war es der Wein? Vielleicht sollte sie ein Selfie machen, als Erinnerung für ihre Freundinnen. Wenn man sie eines Tages verhungert fand, würde das Telefon ja eventuell noch funktionieren.

Sie kramte in ihrer Tasche und zog das Smartphone heraus.

»Dass ich da nicht eher dran gedacht habe!« Fiete sprang so schnell auf, dass Veronika fast zur Seite fiel.

Fiete griff in seine Hosentasche, holte sein Telefon hervor und hielt es in die Luft. Enttäuscht setzte er sich wieder. »Kein Empfang.«

Veronika sah auf ihres. »Auch nicht.« Sie entsperrte die Kamera. »Bitte lächeln.« Sie schoss ein paar Fotos, dann steckte sie das Smartphone wieder ein und kuschelte sich an Fiete. Eine Tiefe Hoffnungslosigkeit überfiel sie. »Was machen wir denn nun?«

»Wir sollten gucken, ob wir hier etwas finden, mit dem wir uns gegen die beiden da oben verteidigen können.« Fiete sah sich um. »Du könnest den Wischmopp da nehmen.«

Veronika stand auf. Sie war etwas wackelig auf den Beinen. »Hast du nicht gesagt, du wirst mit den beiden Frauen fertig?«, fragte sie.

»Werde ich auch.« Fiete gab ihr einen flüchtigen Kuss.

»Aber?«

Fiete schwieg.

»Fiete!«

»Es könnte ja sein, dass sie mit Verstärkung kommen«, erklärte Fiete leise. »Dann ist es besser, du verlässt dich nicht nur auf mich.«

Veronika schluckte. Daran hatte sie noch gar nicht gedacht. Sie ging in die Hocke und wollte nach der abgebrochenen Flasche greifen. »Wir könnten ... Fiete? Guck mal. Da unter dem Regal, da liegt ein Schuh!« Sie beugte sich vor und fischte den braunen Lederschuh unter dem Regal weg. »Der gehörte sicher dem Klaus.«

Fiete nickte. »Dem fehlte ja einer. Dann haben wir die Mörder gefunden.«

»Bringt uns aber gar nichts, weil sie uns auch umbringen werden!« Veronika schlug sich die Hand vor den Mund. Ihr Atem wurde schneller.

Fiete trat zu ihr, nahm ihre Hände in seine und sah sie an. »Keine Angst, mein Schatz. Wir kommen hier schon heil wieder raus. Atme tief ein und wieder aus. Genauso.«

Langsam beruhigte Veronika sich wieder.

»Okay. Du nimmst den Wischmopp, ich nehm die Flasche Wein da. Und jetzt versuche ich noch einmal, die

Tür aufzukriegen«, erklärte Fiete. Er stapfte die Treppe wieder hoch und donnerte gegen die Tür. Mit einem Rums warf er sich dagegen. Er trat dagegen, so gut es von einer Treppenstufe eben ging. Die Tür rührte sich keinen Millimeter. Fiete schlurfte die Treppe wieder herunter und öffnete die nächste Flasche Wein.

Aneinander gelehnt saßen sie auf der Treppe.

»Immerhin haben die uns das Licht angelassen«, meinte Veronika. »Ich mag die Dunkelheit nicht so.«

»Der Schalter ist innen.«

»Gut.«

Fiete legte den Arm um Veronika. »Weißt du, dass ich dich erst so richtig blöd fand.«

»Habe ich gar nicht gemerkt.« Veronika grinste. »Schickst mich einfach zu Fuß nach Ditzum. Machst du das öfter?«

»Was? Touristen in die Irre schicken oder mich in sie vergucken?«

»Beides?«

»Erstens ja. Zweitens nie. Nur bei dir konnt ich nicht anders.« Fiete küsste sie und die Schmetterlinge in Veronikas Bauch verdrängten für einen schönen Moment die Angst. »Du schmeckst so gut.«

Ein lautes Knurren antwortete ihm.

Er schob Veronika ein Stück von sich weg.

»Das war mein Magen«, erklärte sie und hielt sich den Bauch. »Frühstück ist ja schon ne ganze Ecke her.« Sie dachte an das kleine Café in der Altstadt. Dort war noch alles so heil und friedlich gewesen.

»Ich glaube, da hinten stehen Einmachgläser.« Fiete erhob sich und reichte Veronika die Hand.

Sie kletterte über das jetzt wieder getrocknete Blut-Wasser-Wein-Gemisch und blickte sich um. Ein Regal war Wein und Schnaps vorbehalten. Ein anderes war gut gefüllt mit Marmelade, Gurken, Bohnen, Kirschen und weiteren Konserven. Veronika lief das Wasser im Mund zusammen. Sie griff ein Glas Gurken und eins mit Erdbeermarmelade.

»Gewagte Mischung.« Fiete lachte.

Sie gingen zurück zur Treppe und Fiete öffnete die Gläser. Veronika fischte sich eine Gurke heraus und biss hinein. »Lecker«, nuschelte sie.

Fiete steckte den Finger in die Marmelade und schleckte ihn ab. »Auch nicht schlecht. Marmelade machen können die Damen.«

Veronika angelte nach der nächsten Gurke. »Bist du wirklich zur See gefahren?«

»Jo. Mit nem Krabbenkutter. Die Heike liegt in Ditzum. Ich nehm dich mal mit, wenn du magst.«

»Gerne. Wollte dein Sohn kein Fischer werden?«

»Der Jung wird seekrank.« Fiete zuckte mit den Schultern. »Aber ist vielleicht besser so. Fischfang ist heute auch nicht mehr so wie früher. Da ist er bei der Polizei schon besser aufgehoben.« Er nahm auch eine Gurke. »Was machst du denn?«

»Frisch auf Rente. Vorher war ich Sekretärin in München.«

»Und dann kommst du direkt nach Leer? Wegen dieser Serie?«

»Ja. Da habt ihr einen so schönen Strand und Kutter und es ist alles so idyllisch.« Veronika sah Fiete nachdenklich an. »Nach meinem Marsch ins Rheiderland und dieser schrecklichen Nacht wollte ich aber am liebsten direkt wieder nach Hause.«

»Und warum bist du geblieben?« Fiete tunkte die Gurke in die Marmelade. »Wegen mir?«

»Dich, mein Lieber, hätte ich am liebsten auf den Mond geschossen.« *Und jetzt hab ich dich schon lieb bis zum Mond und wieder zurück*, fügte Veronika in Gedanken hinzu.

Kapitel 21

Meinders drehte sich zum Rücksitz um. »Herr Hartema, haben Sie einen Aufsitzmäher?«

Der schüttelte den Kopf. »Ich nicht, aber der Markus. Den leiht er mir, wenn bei mir gemäht werden muss.«

»So wie Sie ihm die Schubkarre für den Klaus?« Jacobsen beobachtete den Mann im Rückspiegel.

»Wie oft denn noch! Ich habe Klaus weder getötet noch irgendwem bei der Entsorgung geholfen. Rufen Sie doch einfach bei der Wiebke an. Und jetzt sag ich gar nichts mehr.« Hein Hartema verschränkte die Arme vor der Brust.

»Das ist Ihr gutes Recht. Aber mit kommen Sie so oder so. Da wäre ja noch die Sache mit dem Schnaps.«

Hein Hartema blickte nach draußen.

Sie hatten die Auffahrt zum Hartema-Hof erreicht und Jacobsen bog ab. Auf dem Hof war niemand zu sehen, aber sie konnten Motoren hören.

Jacobsen und Meinders stiegen aus. Hein Hartema wollte es ihnen gleichtun, doch Meinders schob ihn wieder zurück.

»Nichts da. Sie bleiben schön im Auto.« Er drückte rechts wie links die Kindersicherung ein.

Jacobsen hatte schon an der Haustür geklingelt. Niemand öffnete und so gingen sie dem Lärm nach hinter das Haus zur Scheune. Das Ehepaar Hartema war im Kuhstall bei der Arbeit.

Meinders zog die Nase kraus. »Ich habe die Minze vergessen«, jammerte er.

Jacobsen quittierte das mit einem Kopfschütteln. *Städter.*

Sie traten in den Stall. Markus Hartema war dabei, mit einem Radlader die Gülle auf dem Spaltenboden zusammenzuschieben. Seine Frau arbeitete mit dem Hochdruckreiniger. Die Kühe vergnügten sich draußen auf der Weide.

Meinders stöhnte auf.

»Frau Hartema!« Jacobsen winkte. »Hallo?«

Es dauerte eine Weile, bis sie ihn bemerkte. Sie stellte den Hochdruckreiniger ab und kam zum Tor. Ihre Gummistiefel und die Hose waren mit dicken Güllespritzern übersäht.

»Moin!« Sie zog die langen Gummihandschuhe aus, die sie getragen hatte. »Haben Sie noch Fragen?«

»Allerdings. Würden Sie bitte Ihren Mann dazuholen?«

»Klar.« Dini Hartema lief zum Radlader und deutete ihrem Mann, auszusteigen.

Meinders zog seinen Kollegen ein paar Meter weiter an die frische Luft. »Wir müssen ja nun nicht in der Gülle stehen«, flüsterte er.

Da musste Jacobsen ihm recht geben. Den Geruch wurde man so schnell nicht wieder los.

»Die Herren Kommissare«, begrüßte Markus Hartema sie mit einem Lächeln. »Was gibt's?«

»Nun, wir wollen nicht lange drumherum reden. Frau Hartema, Sie waren die Dini, mit der Herr Behrens eine

Affäre hatte.« Jacobsen beobachtete ihre Reaktion genau.

Sie wurde blass und suchte nach der Hand ihres Mannes. Der trat einen Schritt zurück, sodass sie ins Leere griff.

»Ja. Aber das ist vorbei«, stammelte die Bäuerin.

»Weil Ihr Mann Sie erwischt und Herrn Behrens geschlagen hat?«

»Nein, also ja, er hat uns erwischt. Aber ich hätte so oder so alles beendet«, erklärte Dini Hartema. Sie steckte die Hände in die Hosentaschen, zog sie aber direkt wieder heraus.

»Wie, beendet?« Markus Hartema fasste seine Frau hart am Arm. »Du hast mir erzählt, es war eine einmalige Geschichte!«

»War es ja auch, Markus, bitte.«

»Sie meinen, es war ein einmaliger Seitensprung? Da sprechen die Briefe aber eine ganz andere Sprache.«

»Briefe?« Markus Hartema sah von den Kommissaren zu seiner Frau.

»Mein Geliebter, wie sehr verzehre ich mich ...«, rezitierte Meinders einen. »Soll ich weiterreden? Wie lange lief das mit Ihnen?«

»Fünf Monate«, flüsterte die Frau.

»Fünf Monate!« Markus Hartema fuhr sich durch die Haare. »Verdammt, Dini. Der Kerl war achtzig! Du warst fünf Monate mit dem im Bett?« Er ging ein paar Schritte zur Seite. »Ich fass es nicht. Warum?«

»Ich weiß es doch auch nicht. Er hat mich umworben und dann der Wein ... Da ist es halt passiert.« Dini Hartema trat auf ihren Mann zu, doch der wehrte sie ab.

»Fass mich nicht an!«

»Markus ...« Dini Hartema traten Tränen in die Augen.

»Nein, Dini. Nein. Das eine Mal hätte ich dir verziehen. Aber fünf Monate? Nein.«

Jacobsen hatte bisher interessiert zugehört. Hatte Markus Hartema in den ganzen fünf Monaten tatsächlich nichts gemerkt? »Herr Hartema, haben Sie sich Ihren Rivalen vielleicht noch einmal so richtig zur Brust genommen?«, fragte Jacobsen scharf. »Gegen einen älteren Mann im Bett ausgetauscht zu werden, ist ja auch nicht gerade schmeichelhaft. Und dann ist das etwas aus dem Ruder gelaufen und Sie haben ihm eine Flasche über den Kopf gezogen.«

»Nein!« Der Bauer schüttelte den Kopf. »Ich war das nicht! Seit ich Klaus in unserem Bett erwischt habe, habe ich ihn nicht mehr gesehen. Und er hat sich garantiert nicht mehr hierher getraut. Dafür habe ich gesorgt.«

»Mit Hilfe der Flasche?«, hakte Jacobsen nach.

»Mein Mann hat dem Klaus nichts getan«, erwiderte Dini Hartema.

»Aber Sie? Kam Herr Behrens vielleicht doch noch einmal vorbei, weil er sich mit dem Rauswurf nicht abfinden wollte? Und mit der Trennung, die Sie ihm in Ihrem letzten Brief verkündet haben?«

»Herr Meinders, wirklich, wir haben mit dem Mord an Klaus nichts zu tun. Wir ... Wir haben Samstagvormittag doch zwei Kälber zur Welt gebracht. Das hat Ihnen der Tierarzt doch sicher bestätigt.«

»Den konnten wir bisher leider nicht erreichen. Ich würde sagen, Sie begleiten uns jetzt beide mit aufs Revier. Und in der Zwischenzeit werden sich ein paar Kollegen in Ihrem Haus und auf dem Hof ein wenig umsehen«, erklärte Jacobsen.

»Warum? Wir sind unschuldig.« Markus Hartema hob abwehrend die Hände.

»Das wird sich zeigen. Momentan stehen Sie und Ihre Frau unter Verdacht, Klaus Behrens erschlagen und ihn auf seinem Feld abgelegt zu haben.« Jacobsen holte seine Handschellen hervor. »Brauchen wir die oder geht es ohne.«

Dini Hartema weinte, ihr Mann schimpfte.

»Das ist alles deine Schuld! Wenn du dich nicht mit dem alten Sack eingelassen hättest ...« Sie liefen streitend vorweg zum Wagen.

Meinders hielt Jacobsen auf. »Du willst die doch jetzt nicht mitnehmen?«

»Doch, natürlich.«

»So? Ich meine, die sind doch voll ...« Meinders schluckte. »... voll Scheiße.«

Jacobsen zuckte mit den Schultern. »Ich will nicht riskieren, dass sie sich absprechen oder eventuelle Spuren verwischen.« Er lief weiter.

Meinders überholte ihn, öffnete den Kofferraum und fischte eine Rettungsdecke aus dem Verbandskasten. Dann riss er die hintere Tür auf. »Würden Sie bitte kurz aussteigen, Herr Hartema.«

Hein Hartema kletterte aus dem Wagen. Eilig beugte Meinders sich hinein und breitete die Rettungsdecke über den Sitzen aus.

»Hein? Was machst du hier?« Markus Hartema sah mit großen Augen zu seinem Vetter.

»Die verdächtigen mich, mit Klaus' Tod zu tun zu haben.«

»Was?«

»Ja. Nur, weil ich meine Schubkarre sauber gemacht habe.« Hein Hartema funkelte erst Jacobsen an, dann Dini. »Sag mal, hattest du wirklich was mit Klaus? Mit meinem besten Freund?«

Bevor die antworten konnte, übernahm ihr Mann das. »Hatte sie. Seit fünf Monaten! Wusstest du davon?« Er trat mit erhobener Faust auf seinen Vetter zu. »Ich polier dir die Fresse!«

»Hey, beruhige dich. Natürlich wusste ich das nicht!« Hein Hartema wich zurück.

Jacobsen verdrehte die Augen, griff nach dem rechten Arm von Markus Hartema und rotierte ihn auf seinen Rücken. Die Handschelle klickte. »Ich glaube, so ist es doch besser.«

»Ihr tickt doch alle nicht mehr richtig«, fluchte der gehörnte Ehemann.

Die zweite Handschelle klickte und Jacobsen setzte ihn hinter den Beifahrersitz ins Auto.

»Wenn Sie bitte in der Mitte Platz nehmen würden«, sagte er zu Hein Hartema.

Der kroch ins Auto, Dini Hartema stieg als letzte ein.

Jacobsen schlug die Tür zu. »Was ein Kindergarten.« Er schüttelte den Kopf. »Setz du dich schon rein. Ich telefonier noch kurz mit der Spusi.«

»Ich? Nee, das mach du man. Ich ruf die Spusi an.«

»Sag ja, Kindergarten.« Jacobsen glitt hinters Steuer. Hatte er befürchtet, dass sich die Familie Hartema absprechen würde, um mit heiler Haut aus der Nummer herauszukommen, so hatte er sich getäuscht. Jeder beschimpfte jeden. Dini Hartema heulte in einer Tour und der Gestank wurde immer unerträglicher. Jacobsen ließ per Knopfdruck sämtliche Fenster hinunter.

Meinders stieg wieder ein und hielt während der Fahrt den Kopf halb aus dem Fenster.

Zum Hof von Klaus Behrens war es nicht weit und der Wagen seines Sohnes stand auch da. Jacobsen hatte noch nicht angehalten, da hechtete Meinders schon hinaus und schnappte nach Luft.

»Du bist echt empfindlich, Kollege.« Jacobsen lachte. Er öffnete die hintere Autotür. »Meine Herrschaften, wenn Sie bitte einmal aussteigen würden.« Er wartete, bis sich alle aus dem Wagen gequält hatten, ohne damit die Beschimpfungen zu unterbrechen. Jacobsen reichte es. »Ruhe!«, donnerte er. »Und jetzt schön der Reihe nach vor den Wagen stellen und die Klappe halten. Mein Kollege bleibt bei Ihnen.« Er drehte sich um und klingelte an der Haustür von Behrens.

Weil ihm niemand öffnete, ging Jacobsen nach hinten zum Stall. Die Tür stand offen. Er trat in die Scheune und ging von dort in die Küche. Stefan Behrens saß am Küchentisch und hatte einen Haufen Papiere vor sich liegen. Ein knallrotes Sparbuch stach Jacobsen besonders ins Auge. Er räusperte sich.

Stefan Behrens fuhr herum und schob eilig die Papiere zusammen.

»Gucken Sie sich schon einmal an, was genau Sie alles geerbt haben?«, fragte Jacobsen.

»Ich ... Ich muss mir ja einen Überblick verschaffen«, stotterte Stefan Behrens.

»Haben Sie schon überlegt, welcher Gläubiger was bekommt?« Jacobsen griff nach einem Grundbuchauszug und blätterte darin. »Schuldenfrei. Nicht schlecht.«

»Woher wissen Sie das?« Stefan Behrens sackte in sich zusammen.

»Wir sind die Polizei, schon vergessen? Und jetzt packen Sie bitte alles hier zusammen und dann kommen Sie mit uns aufs Revier.«

Behrens stapelte langsam die Papiere. »Ich habe meinen Vater nicht umgebracht. Das müssen Sie mir glauben.«

»Muss ich nicht. Sie haben uns Ihre Schulden verschwiegen. Für mich ist das ein erstklassiges Motiv.«

Der Arzt stand auf. »Sie haben doch mein Alibi überprüft.«

Jacobsen nahm die Papiere an sich. »Schon mal was von Auftragskillern gehört? Los jetzt, kommen Sie.« Er deutete auf die Tür.

Mit hängenden Schultern leistete Behrens Folge und lief dem Kommissar voraus zur Haustür. Als er auf die Stufen trat, stutzte er und rieb sich über die Augen. Die Aufreihung vor dem Polizeiwagen war auch ungewöhnlich.

Dini Hartema heulte immer noch, ihr Mann hatte ihr den Rücken zugedreht und Hein Hartema schüttelte ständig den Kopf.

Meinders lehnte an der Motorhaube, behielt alle im Blick. Mit hochgezogenen Brauen sah er seinen Kollegen an und zog ihn ein Stück zur Seite. »Soll der auch noch mit?«

»Mit seinem Wagen kann ich ihn nicht fahren lassen. Der setzt sich noch ab«, erklärte Jacobsen.

»Und alle vier allein mit dir und ich mit seinem Wagen geht auch nicht. Wir haben nur zwei Paar Handschellen dabei«, überlegte Meinders. »Verstärkung?«

»Da können wir mindestens ne Stunde warten, bis da ein Streifenwagen frei ist. Ist ja kein Notfall.« Jacobsen rieb sich über den Nacken.

»Mist.«

»Dann müssen die eben zu viert nach hinten«, beschloss Jacobsen. »Für die eine Fahrt wird es wohl gehen.«

Meinders schüttelte den Kopf. »Passt nicht. Schau dir doch mal Dini und Markus an. Die sind zu ... zu breit.«

»Stimmt.«

Fünf Minuten später saß Meinders eingequetscht und fluchend zwischen Dini Hartema und Stefan Behrens auf der Rückbank.

Jacobsen steuerte den Wagen zurück in Richtung Leer. Meinders hinten im Auto sah nicht wirklich gut aus. Seine Gesichtsfarbe wechselte ständig von blass zu grün und er hielt sich abwechselnd die Hände vor den Mund oder auf die Ohren. Denn Dini und Markus Hartema stritten sich weiter und machten sich gegenseitig Vorwürfe.

»Ruhe!« Die Ansage von Jacobsen wirkte genau drei Sekunden, dann ging es weiter. Genervt drehte er das Radio voll auf und wich einem Radfahrer aus, der ohne zu gucken, auf die Straße gefahren war. Dann lenkte Jacobsen den Wagen endlich auf den Parkplatz vor der Wache. Er stieg aus und öffnete die hintere Tür. »Bitte auszusteigen, meine Herrschaften.«

»Und bitte freundlich lächeln!«, rief eine männliche Stimme.

Dini Hartema riss direkt die Hände vors Gesicht.

Jacobsen brauchte sich gar nicht umdrehen, um zu wissen, wer da hinter dem Gebüsch gelauert hatte. »Kai.« Er drehte sich zu ihm um. »Würdest du das bitte lassen?«

»Wieso?« Der Reporter knipste weiter Familie Hartema und Stefan Behrens, die aus dem Wagen ausstiegen und nicht recht wussten, wohin mit sich. Meinders drängte sich an ihnen vorbei und stürmte in Richtung Hafen.

»Herr Kommissar, sind das die Verdächtigen im Fall Behrens? Ziemlich viele, finden Sie nicht?«

Jacobsen wollte gerade etwas erwidern, als ein Streifenkollege aus der Wache kam. »Max? Kannst du bitte die Herrschaften in die Wache bringen. Ich komme gleich.« Er nickte ihm zu und wandte sich dann wieder an den Reporter. »Kai, du weißt, dass ich dir keine Auskunft geben darf und werde?«

Der grinste. »Die Namen habe ich doch schon lange. Weißt ja, Rheiderländer Flurfunk. Warum war einer in Handschellen? Stimmt es, dass es eine Tat aus Eifersucht war?«

»Kein Kommentar.«

»Klaas, bitte. Ein Stichwort für deinen alten Kumpel?«

Jacobsen sah sich verstohlen um und zog den Reporter mit in den Schatten der kleinen Gasse. »Okay, ein Wort habe ich für dich.«

»Und?«

»Verschwinde.« Und damit ließ Jacobsen ihn stehen und lief eilig zurück zur Wache.

»Behrens in mein Büro, Hein Hartema rechts. Dini Hartema in Vernehmung eins und Markus Hartema bitte in den Kopierraum. Danke.«

Jacobsen verteilte seine Verdächtigen auf alle möglichen Räume der Polizeistation. Viele waren es nicht, sodass er auf Küche und Kopierraum ausweichen musste. Kollege Max verteilte die Herrschaften auf ihre Zimmer.

»Wo hast du denn Meinders gelassen?« Max sah sich um.

»Dem war nicht so ganz wohl.« Jacobsen grinste. »Er verträgt unsere gute Landluft nicht so.«

»Ich glaube eher, du bist wieder gefahren wie ein Kamikaze.« Max lachte.

»Ach, Klappe, Kollege.« Jacobsen lehnte sich an den Schreibtisch. Er würde mit den Vernehmungen auf Meinders warten müssen, da konnte er ruhig ein wenig Pause machen.

Zehn Minuten später kam Meinders in die Wache geschlurft.

»Na, Kollege. Hast ja wieder Farbe im Gesicht«, begrüßte Jacobsen ihn.

»Halt die Fresse.« Meinders funkelte ihn wütend an. »Mit wem fangen wir an?«

»Sorry. Mit dem Arzt? Oder hast du direkt wieder Lust auf frische Landluft?«

»Kein Problem.« Meinders hatte eine neue Flasche Minzöl in der Hand. Er zog sein Notizbuch aus der Tasche, suchte etwas und hielt dann dem Streifenkollegen eine Nummer hin. »Jannik, könntest du bitte versuchen, diesen Tierarzt zu erreichen? Ich erwisch den einfach nicht.«

»Klar.« Jannik schrieb die Nummer auf. »Soll ich ihn herbestellen?«

»Nein, stell ihn einfach zu uns durch. Danke dir.« Meinders klopfte auf den Tresen und folgte dann Jacobsen ins Büro.

Dr. Stefan Behrens saß zusammengesunken auf dem Besucherstuhl. Mit dem strahlenden Arzt von der Website hatte er so gar keine Ähnlichkeit mehr.

Jacobsen nahm auf seinem Stuhl Platz, Meinders lehnte sich an die Fensterbank.

»Also?« Jacobsen sah den Arzt auffordernd an.

Der seufzte. »Ich habe mich mit dem Neubau meiner Klinik übernommen. Die Patienten sind nicht so zahlreich gekommen, wie ich gehofft habe.«

»Da kommen Ihnen der Lottogewinn und das Erbe von Ihrem Vater natürlich genau recht. So ein Hof bringt sicherlich eine Stange Geld.«

»Nein! Herr Jacobsen, ich hatte alles schon vorher geregelt. Dank der gestiegenen Immobilienpreise kann ich meine Praxis sogar mit einem kleinen Gewinn verkaufen.«

»Damit wären Ihre Schulden getilgt?«

»Zugegebenermaßen nicht. Doch es bleibt nur ein geringer Restbetrag, den ich mit einem Gehalt abzahlen kann. Sie sehen also, ich hätte gar keinen Grund, meinen Vater umzubringen.« Stefan Behrens blickte zu Meinders. »Ich habe ein Alibi, das haben Sie doch selbst geprüft.«

Meinders nickte. »Das stimmt. Aber immerhin könnten Sie jemanden mit der Tat beauftragt haben.«

»Sie haben eindeutig zu viele Krimis gesehen.« Der Arzt riss die Augen auf. »Ich wüsste nicht einmal, wie man so einen findet! Rufen Sie bitte meinen Notar an. Der wird bestätigen, dass ich einen Käufer für die Praxis habe und der Vorvertrag schon geschlossen wurde. Und eine neue Stelle habe ich auch in Aussicht.«

»Gut, das werden wir prüfen. Schreiben Sie bitte die Telefonnummer vom Notar und dem neuen Arbeitgeber auf.« Jacobsen schob ihm Zettel und Stift hin.

Behrens griff danach. »Muss das sein? Also das mit meinem neuen Chef? Mein Notar hat eine Kopie meines Arbeitsvertrages vorliegen.«

»Schreiben Sie bitte beides auf, dann sehen wir weiter.«

Meinders stieß sich von der Fensterbank ab. »Ich mach das.« Er nahm den Zettel mit den Telefonnummern entgegen.

Jacobsen stand auf. »Sie warten hier bitte, okay?« Zusammen mit Meinders verließ er das Büro. »Was meinst du? Wenn er seine Schulden wirklich geregelt hat, hat er kein Motiv mehr.«

»Eigentlich nicht. Er macht mir auch sonst nicht den Eindruck eines Mörders.«

»Er schneidet Menschen auf? Na ja, versuch du dein Glück beim Notar, ich nehm mir den Hein Hartema nochmal vor. Die Eheleute müssen sich eh noch etwas abkühlen.« Jacobsen hatte schon den Türgriff in der Hand. »Funktioniert das Telefon von Wiebke Hansen wieder? Unser Spezi hier hat sie ja als Alibi angegeben.«

Meinders zuckte mit den Schultern. »Probier ich gleich nochmal.«

Jacobsen drückte die Klinke. »So, Herr Hartema, nun nochmal zu Ihnen ...«

Aus Hein Hartema war nicht viel mehr herauszubekommen. Die illegale Schnapsbrennerei gab er zu, mehr aber auch nicht. Er bestritt vehement, etwas mit dem Tod seines besten Freundes zu tun zu haben. Da die Leitung zu Wiebke Hansens Dorfladen immer noch gestört war, konnten sie sein Alibi weder prüfen noch widerlegen. Also blieb er erst einmal in der Küche der Wache sitzen.

Unschlüssig blieb Jacobsen auf dem Flur stehen. *Erst zur Ehefrau oder lieber zum gehörnten Ehemann?*

»Der Notar mailt uns die Unterlagen.« Meinders trat zu ihm. »Die Angaben von Behrens scheinen zu stimmen. Er konnte die Praxis zu einem wirklich guten Preis verkaufen. Und einiges vom Inventar hat sein neuer Arbeitgeber übernommen.«

»Dann wäre er raus. An unseren Schnapsbrenner glaub ich auch nicht mehr recht. War die Spusi schon bei ihm?«

»Ruf ich direkt noch mal an. Und ich hak auch noch einmal nach, ob sie im Keller vom Behrens neue Spuren gefunden haben.«

»Mach das.« Jacobsen entschloss sich für Dini Hartema. So aufgelöst, wie die Frau gewesen war, würde sie sicher redseliger sein als ihr Mann. Während er den Raum betrat, zuckte er kurz zurück. Der Geruch war wirklich widerlich. *Vielleicht hätte er sich von Meinders etwas Minzöl nehmen sollen. Aber nützte ja nichts.* Er durchquerte den Raum und riss das Fenster weit auf.

Dini Hartema weinte nicht mehr, bot aber einen jämmerlichen Anblick.

»Frau Hartema.« Jacobsen setzte sich ihr gegenüber. »Wollen Sie mir nicht die Wahrheit erzählen?«

»Das habe ich doch. Ich hab den Klaus nicht umgebracht.«

»Würden Sie Ihrem Mann die Tat zutrauen? Er schien mir etwas aufbrausend zu sein.«

»Nein.« Dini Hartema schüttelte den Kopf. »Er ist zwar hin und wieder ein Hitzkopf, aber er wird nie handgreiflich.«

»Das stimmt ja nicht so ganz. Ihr Mann hat Klaus Behrens geschlagen«, entgegnete Jacobsen.

»Einmal.« Jetzt flossen doch wieder Tränen.

Jacobsen fischte eine Packung Taschentücher aus seiner Jacke.

Dini Hartema nahm eines und schnäuzte sich lautstark. »Der Klaus, der hat mich so umworben. So schöne Komplimente hat er mir gemacht. Mein Markus, der sieht mich doch gar nicht mehr.« Sie schniefte. »Dabei lieb ich den doch.«

»Das hätten Sie ihm vielleicht besser so sagen sollen, statt mit Herrn Behrens ins Bett ...« Jacobsen stutzte. »Herr Behrens war wie alt? Mitte siebzig?«

»Achtzig.«

»Aber ging das denn überhaupt?« Jacobsen schlug sich die Hand vor den Mund. »Entschuldigen Sie, Frau Hartema! Das geht mich wirklich nichts an.« Jacobsen räusperte sich.

Dini Hartema blickte verschämt auf ihr Taschentuch. »Gibt da so kleine Pillen«, flüsterte sie. »Damit ging das.«

»Alles klar.«

Es klopfte an der Tür und Kollege Jannik guckte hinein. »Klaas? Ich habe das Gespräch für dich bei mir liegen.«

»Danke. Entschuldigen Sie mich einen Moment.«

Jacobsen folgte dem Kollegen und nahm das Gespräch mit dem Tierarzt entgegen. Fünf Minuten später hatte er wieder zwei Verdächtige weniger. Der Tierarzt hatte ihm bestätigt, dass er von halb sechs in der Früh bis weit nach Mittag auf dem Hof der Hartemas gewesen war. Weder Dini noch Markus Hartema waren länger als ein paar Minuten weg gewesen. Klaus Behrens hatte er auch nicht gesehen.

»Das gibt's doch nicht.« Er schmiss den Hörer auf. »Hast du wenigstens was?«, fragte er an Meinders gewandt, der auf dem anderen Apparat telefonierte.

»Fürchte nicht.« Er legte auf. »Der rote Fleck an der Schubkarre ist Farbe. Das konnten sie mit einem Schnelltest schon feststellen. Und die Mail vom Notar ist da. Behrens sagt die Wahrheit.«

»Bleibt nur der Hein Hartema. Es könnte immerhin sein, dass sein Freund ihn wegen der illegalen Brennerei anzeigen wollte. Die Befragung des Ehemanns können wir uns auf jeden Fall sparen. Die beiden sind raus.«

»Dabei hätten sie von der Statur genau zu der Beschreibung dieser Veronika Schwartau gepasst.«

Jacobsen winkte ab. »Hör mir auf mit dem Blödsinn. Wir warten jetzt ab, ob die Spusi etwas auf dem Hof der Hartemas findet. Immerhin fehlt uns noch der Tatort. Und so einen Mord kann man auch mal kurz zwischendrin begehen. Vor allem, wenn er im eigenen Haus passiert.«

»Glaubst du das wirklich?« Meinders zog die Augenbrauen hoch.

»Leider nicht. Und die Freese-Schwestern? Die sind zwar vor uns abgehauen, aber mal ehrlich? Traust du den beiden schrulligen Damen einen Mord zu? Was ist mit den Fingerabdrücken im Keller von Behrens?«

»Oh, Moment, da kam gerade die Mail der Spusi.« Meinders wandte sich an einen der Rechner. »Hier. Auf einigen der Flaschen wurden die Fingerabdrücke von ... Okay. Also da sind die Fingerabdrücke von Talea Freese drauf.«

»Na, da haben uns die beiden Damen ja wohl etwas verschwiegen. Von wegen, sie stehen nur auf Schnaps.« Jacobsen schüttelte den Kopf. »Aber mal ehrlich: Was für ein Motiv sollten sie haben, den Klaus Behrens umzubringen? Diese Dini hatte kein Verhältnis mit ihm. Sie war die Falsche.«

»Vielleicht ist genau das der Grund. Verschmähte Liebe. Sie war eifersüchtig. Du weißt ja, Alter schützt vor Torheit nicht.« Meinders grinste, wurde aber gleich wieder ernst. »Die beiden sind Bäuerinnen. Kraft haben die bestimmt. Und sie haben einen Aufsitzmäher, mit dem sie wahrscheinlich die Schubkarre vom Behrens Hof geholt haben. Die werden die vier Kilometer kaum mit dem Ding gelaufen sein.«

Jacobsen nickte. »Wir müssen uns unbedingt noch einmal mit ihnen unterhalten.« Er sah auf die Uhr. «Aber erst morgen. Gut, wir warten auf die Spusi wegen der Ergebnisse vom Hartema-Hof, dann können unsere Herrschaften gehen. Oder besser noch, du fährst sie.«

»Ich? Ich bin doch kein Taxi! Warum fährst du sie nicht?«

»Du hast n Stein im Brett bei der Hansen. Die Leitung ist noch tot und wir müssen das Alibi von Hein prüfen. Und außerdem ...« Jacobsen grinste. »... bin ich der Chef.«

Meinders verzog das Gesicht. »Ich verpass das Date mit Frau Dr. Sandkrug. Das kannst du echt nicht bringen.«

»Ach was. Das schaffst du locker.«

Kapitel 22

Dini und Talea standen hinten im Hühnerstall und misteten aus. Sechs frische Eier hatten sie eingesammelt, die lagen im Korb vor dem Stall. Jetzt musste der Dreck weg.

Talea wollte gerade mit Schwung eine Forke voll Mist auf die Schubkarre werfen, da kam die dicke Berta mit ihrem Rad um die Ecke. Talea erschreckte sich so, dass sie daneben warf und der Hahn eine volle Ladung Mist auf den Kopf bekam.

Er krähte auf und flatterte davon.

»Verhaftet!«, schrie die dicke Berta, ließ ihr Rad fallen und rannte zum Stall. »Alle verhaftet.« Ihre Arme ruderten wieder wie Propeller durch die Luft.

Dini und Talea sahen sich irritiert an.

»Wer ist verhaftet?«, fragte Dini.

»Alle.« Berta blieb stehen und schnaufte nach Luft.

»Wer sind denn alle?« Talea stützte sich auf die Forke.

»Der Hein, der Markus, die Dini und auch der Sohn vom Klaus. Alle verhaftet.« Berta machte eine ausschweifende Geste.

»Aber warum denn alle?«, hakte Dini nach.

Die dicke Berta trat näher an den Stall. »Die sollen den Klaus umgebracht haben«, flüsterte sie.

Talea ließ die Forke fallen. »Alle zusammen?«

Eifriges Nicken war die Antwort. »Alle.«

Dini knetete die Ecke ihrer Kittelschürze.

»Braucht ihr die alle?« Berta zeigte auf die frischen Eier im Korb.

»Nee, nimm dir ruhig zwei mit.« Talea nickte.

Schnell stopfte sich die dicke Berta ein Ei in jede Tasche ihrer Jacke. »Alle verhaftet«, wiederholte sie. »Alle verhaftet.« Sie schnappte sich ihr Rad und verschwand um die Ecke.

»Du, Dini? Das ist nicht gut, oder?«

»Nee. Die haben doch nichts getan.«

»Der Hein hat Schnaps gebrannt«, brachte Talea an.

»Aber nicht den Klaus ... Was machen wir denn nu?«

»Den Stall sauber. Danach überwältigen wir die Einbrecher. Und dann machen wir endlich den Rest vom Klaus wech«, erklärte Talea bestimmt.

»Das ist ne gute Idee.« Dini nickte.

***

Meinders saß wie auf heißen Kohlen. Es waren nur noch anderthalb Stunden bis zu seinem Date. Wenn er die Gerichtsmedizinerin jetzt versetzte, würde er garantiert keine zweite Chance bekommen. Nervös trommelte er auf den Schreibtisch.

»Hallo?«

Die Stimme von Markus Hartema riss ihn aus seinen Gedanken.

»Geht's hier auch mal weiter? Die Kühe melken sich nicht von allein!«

»Ja, einen Moment noch! Sie können gleich gehen.« Meinders klickte wiederholt auf den Posteingang der Dienst-E-Mails. Endlich gab es das erlösende Plink.

Er rief die Nachricht auf und überflog sie. »Keine Spuren von Blut im Keller oder im Haus der Hartemas. Na also.« Er sprang auf und zog seine Jacke über.

Dann sammelte er nacheinander den Arzt, das streitende Ehepaar und den Schnapsbrenner Hein ein und verteilte sie wieder im Auto. Die Rückfahrt verlief wie die Hinfahrt. Dini und Markus Hartema stritten, Stefan Behrens saß als Puffer zwischen den beiden und verdrehte die Augen. Hein Hartema saß schweigend auf dem Beifahrersitz.

Als erstes setzte Meinders den Arzt ab, dann ließ er das Ehepaar Hartema heraus. Zankend liefen sie zum Haus.

»Schlagen die sich gleich die Köppe ein?«, fragte er und legte die Stirn in Falten.

»Nee, glaub nicht«, meinte Hein Hartema. »Die lieben sich. Kriegen sich schon wieder ein. Was ist jetzt mit mir?«

»Wir fahren zu Wiebke Hansen und lassen uns Ihr Alibi bestätigen.« Meinders sah zur Uhr und seufzte.

»Heute noch was vor?«

»Ja.«

»Sie können mich dann auch gerne bei der Wiebke lassen. Von da komm ich schon nach Hause«, sagte Hein Hartema.

»Das wäre super, danke.« Meinders atmete einmal durch und gab Gas.

Sie erreichten den Dorfladen, als Wiebke Hansen gerade dabei war, abzuschließen. Sie sah erst zu Hein, dann lächelnd zu Meinders.

»Herr Kommissar, so schnell hätte ich nicht wieder mit Ihnen gerechnet. Hast was angestellt, Hein?«

Der druckste etwas herum. »Die wissen von dem Schnaps, den ich ab und zu brenne.«

»Ups.« Wiebke Hansen sah auf ihre Schuhe.

»Ich hab schon gesagt, dass du da nichts mit zu tun hast.«

Meinders schmunzelte. »Darum geht's auch nicht. Frau Hansen, kön...«

»Wiebke.« Ein roter Hauch legte sich auf ihre Wangen.

»Wiebke.« Meinders lächelte sie an. »Können Sie mir sagen, wo Herr Hartema Samstagvormittag gewesen ist?«

»Hier. Hat mir geholfen und draußen den ein oder anderen Schnaps getrunken. Mit Hanno und, lass mich überlegen, Mats war auch da.«

»Das reicht mir schon, vielen Dank.« Meinders öffnete die Fahrertür. »Ist das wirklich okay, wenn ich Sie hier so stehenlasse?«, fragte er Hein Hartema.

»Den krieg ich schon nach Hause. Hauen Sie man ab.« Wiebke nickte.

Erleichtert stieg Meinders ein und fuhr davon.

***

Für Veronika und Fiete wurde die Lage im Keller der Freese-Schwestern mit jeder Stunde aussichtsloser. Immer wieder hatten sie geklopft und gerufen, aber niemand hatte ihnen geantwortet. Der Keller hatte kein Fenster und Veronika hatte das Gefühl, kaum noch Luft zu bekommen.

»Fiete», schluchzte sie. »Bevor wir sterben, muss ich dir was sagen.«

»Wir sterben doch nicht, mein Schatz.« Fiete drückte sie fest an sich.

»Aber wenn doch.« Veronika richtete sich auf und wischte sich die Tränen aus dem Gesicht. »Fiete Jacobsen. Ich habe mich in dich verliebt. Und jetzt werden wir sterben und nichts mehr davon haben.« Die Tränen liefen wieder.

Zärtlich küsste Fiete sie von ihren Wangen. »Erstens werden wir nicht sterben. Wozu ist mein Sohn denn Hauptkommissar? Und zweitens? Ich mich auch in dich. Liebste Roni.«

»Ach Fiete.« Veronika kuschelte sich an ihn und schloss die Augen. Sie war so müde. »Ich würde so gerne mit dir am Meer sitzen.«

»Das werden wir, mein Schatz. Das werden wir.«

Kapitel 23

Jacobsen saß in der Küche und freute sich auf den leckeren Kartoffelauflauf, den seine Frau Anja gemacht hatte. Er rieb sich die Hände. »Können wir anfangen?«

»Nein, wir warten noch auf deinen Vater.«

Jacobsens Laune sank. »Warum hast du ihn denn eingeladen?«

»Weil ihr zwei Sturköpfe seid. Er kommt wahrscheinlich auch nicht allein.«

»Bringt er etwa diese komische Touristin mit? Anja, nein, das kannst du mir nicht antun.«

»Was ist denn so schlimm an dieser Frau? Lern sie doch erst einmal in Ruhe kennen.«

»Ich kenne ihre Halluzinationen, das reicht mir. Und dass sich die beiden in meine Ermittlungen einmischen, stinkt mir ganz gewaltig.« Jacobsen stand auf.

»Was hast du vor?«, fragte seine Frau.

»Ich geh in die Kneipe. Tut mir leid, mein Schatz, aber auf Vaddern habe ich heute echt keinen Nerv.« Jacobsen gab seiner Frau einen Kuss. »Macht euch einen schönen Abend.«

»Sturkopf!«

In der Kneipe war es brechend voll. Jacobsen sehnte sich für einen Moment nach seiner ruhigen Terrasse und einem kühlen Bier neben seiner Frau. Und neben

Fiete. *Nein, heute nicht.* Er setzte sich auf einen Hocker am Tresen und orderte ein Bier.

»Heute mal außer der Reihe, Klaas?« Joke stellte ihm sein Bier vor die Nase.

»Jo, muss auch mal sein.« Jacobsen drehte sich um und betrachtete das Gewusel der Leute. Viele Touristen waren heute hier.

Eine Hand schlug auf seine Schulter. »Na, Herr Kommissar. Fall schon gelöst?«

»Kai.« Jacobsen verdrehte die Augen. »Wenn wir den Täter haben, erfährst du es als Erster.«

Kai orderte auch ein Bier und einen Schnaps. »Ihr habt doch genug davon eingesammelt. Welcher von Ihnen war es denn?«

»Oh, ist dein Rheiderländer Flurfunk defekt?«

»Was?«

»Hat er dir etwa nicht gesendet, dass alle wieder brav zu Hause sind?« Kais verdatterter Gesichtsausdruck war Gold wert.

»Och nee. Und ich dachte, ich hätte dir exklusiv den Täter entlocken können.« Kai nahm einen Schluck Bier. »Sag mal, wo hat Fiete sich denn heute den ganzen Tag rumgetrieben? Er wurde am Hafen schon vermisst.«

Jacobsen stöhnte innerlich auf. Er ahnte, was das zu bedeuten hatte. »Du, wahrscheinlich hat er seiner neuen Freundin ein bisschen die Gegend gezeigt.« *Und geschnüffelt,* fügte er in Gedanken hinzu. *Es war so klar, dass er sich nicht an die Anweisungen hält.*

»Der Fiete hat ne Freundin?« Kai grinste. »Kennst du sie schon?«

»Leider.« Jacobsen legte Geld auf den Tresen. »Ich mach mich vom Acker.«

»Immer dann, wenn es interessant wird«, maulte Kai.

»Frag ihn doch morgen selbst.«

Jacobsen ging nach draußen, zog sein Smartphone aus der Tasche und wählte Fietes Nummer. »Der gewünschte Gesprächspartner ist momentan nicht zu erreichen«, tönte es aus dem Telefon. *Toll!*

Mit jedem Tritt in die Pedale wuchsen in Jacobsen gleichzeitig Wut und Sorge. Entweder Fiete saß bei Anja, hatte ein Schäferstündchen mit seiner neuen Flamme oder, was er eher befürchtete, Fiete saß in der Tinte.

Seine Frau war allein auf der Terrasse, also fiel Punkt eins weg.

»Ist mein Vater gar nicht hier?«

»Nein. Er hat sich auch nicht abgemeldet. Erreichen kann ich ihn aber auch nicht.«

»Das ist nicht gut.«

Anja griff nach seiner Hand. »Ach was. Der wird sich eine schöne Zeit mit seiner neuen Freundin machen. Gönn ihm das doch.«

»Tu ich, meine Liebe. Tu ich wirklich. Aber ich befürchte, mein Vater hat wieder auf eigene Faust ermittelt und jetzt ein Problem.«

»Du siehst Gespenster.«

»Meinst du?«

»Bestimmt.« Anja küsste ihn und für einen Moment war Fiete vergessen.

Es wurde später, die Sonne ging schon fast unter. Egal, wie oft Jacobsen seinen Vater anrief, das Smartphone war aus oder ohne Empfang. Ob er bei ihm vorbeifahren sollte?

»Hat Fiete dir gesagt, wo diese Veronika abgestiegen ist?«

Anja runzelte die Stirn. »Schatz, was hast du vor?«

»Nur mal hören, wie es ihm geht. Anja, der ist die letzten Tage ständig im Rheiderland rumgegurkt und hat Hüte gesucht. Und falls du dich erinnerst, gestern ist ihm dabei der Sprit ausgegangen. Vielleicht heute wieder?!«

»Du meinst, die beiden stehen jetzt irgendwo im Rheiderland und kommen nicht weiter?«

»Kann doch sein. Und dann kann ich mir später wieder Vorwürfe von ihm anhören, ich hätte ihn nicht gesucht.« Wahrscheinlich würde sich eher Fiete die Vorwürfe anhören müssen, aber das brauchte seine Frau ja nun nicht zu wissen.

Sie seufzte. »Er hat was von Pension Gerda gesagt.«

Jacobsen sprang auf.

»Wehe du störst die beiden, wenn sie einfach nur für sich sein wollen.« Anja sah ihren Mann stirnrunzelnd an.

»Keine Sorge. Bis später.«

Im Auto suchte Jacobsen die Nummer der Pension Gerda aus dem Internet und stellte den Anruf auf Freisprechanlage. Er wollte bei Fiete vorbeifahren und dort nach ihm sehen. Wenn die beiden auch nicht in der Pension waren ...

»Pension Gerda«, meldete sich eine Frauenstimme.

»Jacobsen, guten Abend. Ich würde gerne mit Frau Schwartau sprechen. Können Sie mich zu ihr durchstellen?«

»Moment. Oh, ich sehe gerade, Frau Schwartau ist gar nicht auf ihrem Zimmer.«

»Danke Ihnen. Dann versuche ich es später noch einmal.«

Jacobsen legte auf und startete den Wagen. Zum Haus seines Vaters war es nicht weit. Alles sah ruhig und verlassen aus. Mit einem mulmigen Gefühl im Bauch ging Jacobsen zur Haustür. Auf das Klingeln reagierte niemand. »Hallo? Vadder, bist du da?« Niemand antwortete, also ging Jacobsen einmal um das Haus herum. Er rüttelte an der Hintertür, doch alles war fest verschlossen. »Vadder!«

Ein Gesprächsfetzen schoss ihm in den Kopf. *Wehe, ich erwische euch bei den Schwestern.* Jacobsen schlug sich mit der Hand vor den Kopf. Eigentlich hätte es ihm klar sein müssen, dass sein Vater und seine neue Freundin dann genau dorthin fahren würden.

»Von wegen Schäferstündchen. Mensch, Vaddern, kannst du nicht einmal auf mich hören?«

Sein Bauchgefühl sagte ihm, dass die beiden wieder in Schwierigkeiten steckten. Was war denn, wenn die beiden bei den Freese-Schwestern geschnüffelt hatten und diese Talea ausgerastet war? Immerhin hatte es drei Beamte gebraucht, um sie zu bändigen. Die Schwestern waren während der Befragung abgehauen. Sie hatten verschwiegen, dass sie ins Haus von Klaus Behrens eingebrochen waren. Was, wenn sie ihn doch umgebracht hatten? Aus verschmähter Liebe, wie Meinders vermutete. Seufzend stieg Jacobsen in den Wagen und fuhr weiter. Er würde seinen Kollegen holen und sich bei den Freese-Schwestern umsehen. Jetzt war wirklich Gefahr im Verzug.

Kapitel 24

Dini und Talea saßen vor dem Haus und starrten hinaus in die Dunkelheit. Die Sterne zeigten sich in ihrer vollen Pracht. Die Mücken leider auch. Sie umschwirrten die beiden Damen und klauten Blut.

Talea schlug auf ihren Arm. Mit ihrem Schnapspegel verfehlte sie die Mücke und klatschte daneben.

»Wat n Malheur«, jammerte Dini.

»Treff sie beim nächsten Mal.«

»Nicht die Mücke.« Dini griff nach der Schnapsflasche. Ein Rest der klaren Flüssigkeit tropfte in ihr Glas. »Wat n Malheur.«

»Hm.«

Die beiden Schwestern hatten sich noch nicht in den Keller getraut. So ganz wussten sie dann doch nicht, wie man Einbrecher zur Strecke brachte. Und weil der Schnaps bei der Sache mit dem Klaus auch beim Denken geholfen hatte, leerten sie gerade eine Flasche.

»Haben wir noch Schnaps?« Dini hielt die Flasche auf den Kopf.

»Im Keller.«

Dini wollte aufstehen, stoppte aber mitten in der Bewegung. »Mist.«

Sie sah ihre Schwester an. *Das ist nun aber blöd. Im Keller sitzen doch die Einbrecher!*

»Und wenn ich die Forke hole? Und du den Schrubber nimmst?«, schlug Talea vor. »Dann treib ich sie in die Ecke und du holst den Schnaps. Dann können wir uns die schon angucken und besser überlegen, wie wir sie zur Strecke bringen.«

»Gute Idee.« Dini stand auf und hielt sich kurz am Tisch fest.

Talea tat es ihr gleich und torkelte in die Küche. Von dort ging es in die Scheune. *Wo ist denn nur der verflixte Lichtschalter!* Sie tastete sich an der Wand entlang. Eine verscheuchte Spinne später hatte sie ihn endlich gefunden. Die grellen Neonröhren flammten auf und Talea kniff die Augen zusammen.

»Mach doch nicht so hell!«, schimpfte sie. »Ah, da bist du ja.«

Sie hatte die Forke in einer Ecke entdeckt. Für den Weg zurück nutzte sie diese als Gehstock. Ihre Schwester erwartete sie in der Küche.

»Du machst den ganzen Boden kaputt.« Sie deutete auf die Löcher, die Talea in den guten PVC-Boden gemacht hatte. »Die Zacken sind doch frisch geschliffen.«

»Ups.« Talea griff die Forke jetzt mit beiden Händen und hob sie hoch. »Auf in den Kampf.«

Im Flur lehnte Dini den Kopf an die Kellertür. »Hör nichts.«

»Nimm den Schrubber«, befahl Talea ihrer Schwester. »Und den Schlüssel umdrehen.«

Dini nahm den Schrubber an sich. Hinter der Tür blieb es still, also drehte sie den Schlüssel um und sprang einen Satz zurück.

»Mach die Tür auf«, forderte Talea.

»Mach du doch.«

»Du!«

»Du!«

»Ich bin schwerer bewaffnet«, erklärte Talea. »Wenn die Einbrecher aus dem Keller stürmen, kann ich sie aufspießen. Du kannst sie nur putzen.«

Das ist ein gutes Argument, wie Dini fand. Sie schlich erneut zur Tür, drückte die Klinke und zog die Tür einen Spalt auf. Immer noch blieb alles ruhig. Nur ein seltsames Sägen war zu hören. Also wagte Dini sich weiter vor und drückte die Tür ganz auf.

Die Schwestern spähten in den Keller. Der Anblick dort war seltsam. Talea kniff die Augen zusammen. Ein großer Mann und eine kleine Frau saßen auf ihrer Kellertreppe und schliefen. Der Mann schnarchte, als würde er Holz sägen.

Dini legte den Kopf schief. »Du, Talea? Die sehen nicht aus wie Einbrecher.«

»Hast du schon mal einen Einbrecher gesehen?«

»Nee.«

»Also. Aber so, wie die dasitzen, können wir sie gleich zur Strecke bringen. Hicks! Die gehören da nich hin.« Talea holte Luft. Dann hielt sie die Forke wie ein Schutzschild vor sich und stürmte die Treppe hinunter.

***

Das letzte, was Veronika sah, war die Spitze einer Forke, die sich in Fietes blauen Troyer bohrte. Dann wurde ihr schwarz vor Augen.

Kapitel 25

Soll ich? Soll ich nicht? Jacobsen hatte am Straßenrand geparkt und war unschlüssig, ob er wirklich Meinders bei seinem Date mit Frau Doktor stören sollte. In der Wohnung brannte Licht. Die beiden waren also da. Oder war Meinders allein? Er brauchte auf jeden Fall einen stichhaltigen Nachweis, dass sein Vater wirklich in Gefahr war, sonst würde Meinders ihn umbringen. Schließlich rief Jacobsen auf der Wache an.

»Katrin, gut dass du da bist. Du musst für mich bitte ein Mobiltelefon orten. Das Problem ist nur, ich habe keinen Beschluss. Es ist quasi ein Notfall.« Jacobsen fuhr sich durch die Haare. »Ja, ich halt den Kopf hin, falls jemand meckert.« Er atmete auf. »Danke dir.« Jacobsen gab die Telefonnummer seines Vaters durch. Er musste einfach wissen, wo er steckte. *Man darf sich ja wohl mal Gedanken machen, wenn der mit einer Touristin durch die Gegend fährt, die seltsame Sachen sieht. So!*

Als der ungefähre Standort eintraf, war er nicht weiter verwundert. Rheiderland. In der Nähe der Höfe um den Leichenfundort. Die Tatsache, dass das Smartphone seit Stunden von keinem Funkmast mehr registriert worden war, sorgte aber für eine Gänsehaut. Wenn Fiete und Veronika nur eine Panne gehabt hätten, wären sie gelaufen und hätten irgendwann wieder

Netz gehabt. Das Rheiderland war ja kein komplett schwarzes Loch.

Jacobsen überlegte nicht lange und klingelte Sturm bei Meinders. Im ersten Stock des Hauses wurde ein Fenster aufgerissen.

»Welches Arschloch tickt da nicht sauber?«, brüllte Meinders herunter.

Jacobsen trat von der Tür zurück. »Dein Chef!«, rief er zurück. »Notfall.«

Das Fenster wurde wieder zugeknallt. Kurz darauf kam Meinders aus der Haustür, die Haare zerzaust und das T-Shirt falsch herum angezogen. Jacobsen wollte etwas sagen, da tauchte hinter Meinders eine weitere Person auf. Jacobsen blieb der Mund offen stehen.

»Mund zu. Es zieht.« Frau Doktor Sandkrug schob ihm das Kinn nach oben, drückte Meinders einen Kuss auf die Wange und verschwand in der Dunkelheit.

»Ich sag dir, wenn das jetzt kein wirklich wichtiger Notfall ist ...« Meinders zog die Haustür hinter sich zu.

Jacobsen schüttelte sich. »Du und die Totengräberin?«

»Die Frau hat Geschmack.« Meinders fuhr sich durch die Haare. »Und? Was haben wir für einen Notfall, dass du mich bei meinem Date störst?«

Jacobsen fing sich wieder. »Mein Vater ist verschwunden.«

»Nicht dein Ernst.«

»Doch. Sein Mobiltelefon ist seit fast zwölf Stunden aus.«

»Alter, du tickst doch nicht mehr richtig! Deswegen zerstörst du mein Date?« Meinders zog seinen Haustürschlüssel aus der Tasche. »Dein Vater wird auch eins mit dieser Touristin haben.«

»Mitten im Rheiderland? In der Nähe von dem Feld, auf dem Klaus Behrens gelegen hat?«

Meinders zögerte. »Du meinst, die beiden haben auf eigene Faust weitergeschnüffelt und sitzen wieder irgendwo ohne Benzin?«

»Im besten Fall. Aber was, wenn sie tatsächlich dem Mörder auf die Spur gekommen und ihm in die Hände gefallen sind? Mir ist doch im Auto rausgerutscht, dass sie sich auf keinen Fall bei den Freese-Schwestern blicken lassen sollen. Und du kennst meinen Vater. Der macht nie, was ich ihm sage.« Jacobsen ging in Richtung Auto. »Meinders, bitte! Die Schwestern sind momentan unsere Hauptverdächtigen.«

»Okay.« Meinders steckte den Schlüssel wieder weg und stieg ein. »Wo fangen wir an?«

»Weißt du noch, wo wir sie gestern aufgesammelt haben? Ich muss wissen, ob sein Roller noch dort ist.«

Sie fuhren über die Jann-Berghaus-Brücke und bogen danach in Richtung Jemgum ab.

»Ungefähr. Aber ob wir das im Dunkeln wiederfinden?«

Die Dunkelheit verschlang die Landschaft vollends. Hier im Rheiderländer Nichts gab es keine Straßenlaternen. Die Sterne funkelten, der Mond stand nur noch als schmale Sichel am Himmel. Die Scheinwerfer von Jacobsens Auto irrten über die Straßen und ließen die Schatten der Bäume und Gatter wie Kobolde tanzen.

Jacobsen und Meinders hielten konzentriert Ausschau nach Fietes Roller.

»Halt! Da steht er!« Meinders zeigte auf den Wegesrand.

Jacobsen hielt den Wagen an und sie stiegen aus.

»Niemand zu sehen.« Meinders aktivierte die Taschenlampenfunktion seines Smartphones und sah im Graben und hinter einem Busch nach.

Jacobsen beugte sich über den Roller. »Der Tank ist noch leer, also sind sie nicht hier gewesen. Aber so wie ich meinen Vater kenne, hat er sich den Roller von einem Kumpel geliehen und ist damit unterwegs.« Er lief zurück zum Auto. »Die beiden sind Hundertpro bei den Schwestern.«

Schweigend fuhren sie weiter. Jacobsen wurde immer unruhiger und trommelte mit den Fingern auf dem Lenkrad. *Sein Vater mochte ein alter Stiesel sein, er war aber sein Vater. Und an dem hing er!*

Kurz vor dem Hof der Freese-Schwestern schaltete Jacobsen das Wagenlicht aus und ließ das Fahrzeug ausrollen. Aus den Fenstern des Wohngebäudes schien ein schwacher Lichtschein nach draußen. Die Schwestern waren also zu Hause und noch wach.

»Wir gucken erst in der Scheune nach.« Jacobsen fischte eine Taschenlampe aus dem Handschuhfach. »Hast du deine Waffe?«

»Natürlich nicht.« Meinders schüttelte den Kopf. »Du hast mich aus dem Bett geholt. Schon vergessen?«

»Wie könnte ich! Gut, dann bleibst du hinter mir«, erklärte Jacobsen.

»Findest du das nicht etwas übertrieben? Das sind nur zwei alte Damen.«

»Die wahrscheinlich einen Mann erschlagen und einfach entsorgt haben. Nee, die sind nicht so harmlos, wie sie tun.« Jacobsen stieg aus und Meinders folgte ihm.

Die Kommissare drückten die Autotüren leise zu und Jacobsen schaltete die Taschenlampe an. Alles war ruhig, nur der Wind raschelte in den Bäumen.

Jacobsen und Meinders gingen zum Hof und umrundeten den Misthaufen. An der Hausmauer entlang gingen sie zum Scheunentor. Meinders drückte die Klinke nach unten. »Offen. Bist du dir sicher? Sollten wir nicht auf den Beschluss ...«

Jacobsen schüttelte den Kopf. »Hier ist Gefahr im Verzug. Wir können nicht warten.«

»Gut.« Meinders zog das Tor so weit auf, dass Jacobsen vor ihm hindurchschlüpfen konnte. Dann folgte er ihm und rief die Taschenlampe des Smartphones auf.

»Scheint sich nichts verändert zu haben.« Jacobsen leuchtete einmal die Scheune aus. Dann zeigte er auf die Metalltür zum Wohnteil. »Wenn die auf ist, gehst du außen rum und sicherst die Haustür. Ich habe keine Lust, dass mir die Schwestern noch einmal abhauen.«

Jacobsen legte den Kopf an die Tür und lauschte. Dann griff er nach der Türklinke. »Nicht abgeschlossen.« Er sah auf die Armbanduhr. »In genau zwei Minuten geh ich rein.«

Meinders nickte und verschwand.

Ungeduldig stand Jacobsen vor der Tür. Was, wenn die beiden alten Damen tatsächlich die Mörder von Klaus Behrens waren? Wenn diese Talea wieder zu viel getrunken hatte? Und was, wenn sein Vater und diese Veronika sich eingemischt und die Dame gereizt hatten?

Zwei Minuten waren um. Vorsichtig öffnete Jacobsen die Tür zur Küche. Niemand war dort. Er lief zur linken Tür und blickte in die Speisekammer. Dann wandte er sich in Richtung Flur. Die Küchentür stand offen. Von irgendwoher waren Stimmen zu hören. Jacobsen trat in den Flur und öffnete die Haustür für seinen Kollegen.

Er legte den Finger auf die Lippen und deutete zur Kellertür. Die war nur angelehnt. Ein Lichtschein drang nach oben. Und immer deutlicher waren die Stimmen von Dini und Talea Freese zu hören.

»Das Blut immer so dolle kleben muss«, schimpfte eine der Schwestern.

»Nächstes Mal müssen wir das wirklich eher wechmachen«, bestätigte die andere.

Jacobsen hatte genug gehört. Er drückte Meinders die Taschenlampe in die Hand und packte seine Waffe. Er zog die Tür weiter auf. Was er da unten sah, ließ ihn schaudern. *Von wegen harmlose Damen.* Diese Dini wischte mit dem Schrubber über eine Blutlache und pfiff ein Lied. Talea stand auf eine Forke gelehnt daneben und sah ihr zu.

Jacobsen gab Meinders ein Zeichen, dann sprang er die Treppe hinunter. »Hände hoch! Und die Forke zur Seite, sofort!«

Dini schrie auf und ließ den Schrubber fallen. Meinders drängte sich an Jacobsen vorbei in den Keller und entriss Talea die Forke. Die sah ihn nur mit großen Augen an.

»An die Wand, beide.« Jacobsen zeigte auf das Mauerwerk neben der Treppe.

Talea hatte ihre Sprache wiedergefunden. Sie stemmte die Hände in die Hüften. »Meine Herren! Was ist das denn bitte für ein Benehmen?«

»Das werden wir Ihnen gleich erklären.« Jacobsen ließ den Blick durch den Raum schweifen. An dem braunen Herrenschuh, der halb unter einem Regal hervorlugte, blieb er hängen. *Das Modell kenn ich doch.* Er nahm den Schuh in die Hand. »Wie kommt der Schuh von Klaus Behrens in Ihren Keller? Und ist das sein Blut, das Sie da wegwischen?«

Die Schwestern antworteten nicht. Dini zog eine Schnute und Talea blickte demonstrativ an die Decke.

»Klaas?« Meinders zog ihn ein Stück zur Seite und hielt ihm die Forke hin. »Ich fürchte, du hattest recht.«

An einem Zinken der Forke hing ein Stück blau gestricktem Stoff. *Fietes Troyer!*

Jacobsen griff sich an den Hals. *Dann ist das auf dem Boden nicht das Blut von Klaus Behrens, sondern von seinem Vater?!*

»Wo ist mein Vater?« Jacobsen trat mit erhobener Hand auf Talea zu.

»Kenn ich nicht.« Sie guckte weiter an die Decke.

»Der Mann, den Sie mit Ihrer Forke da aufgespießt haben!«, schrie Jacobsen. »Was haben Sie mit ihm gemacht? Und mit seiner Freundin? Reden Sie endlich!«

Er wollte Talea am Kragen packen, aber Meinders hielt ihn auf.

»Klaas! So ein Stofffetzen sagt doch noch gar nichts aus. Vielleicht sind sie nur erwischt worden und abgehauen«, flüsterte er ihm zu.

Jacobsen deutete mit der Waffe zur Treppe. »Einmal hoch in die Küche bitte. Und kommen Sie nicht wieder auf die Idee, stiften zu gehen.«

Dini schluchzte, ging aber als erste nach oben. Meinders folgte ihr. Talea schnaubte und stampfte die

Treppe hoch, Jacobsen behielt sie im Auge. In der Küche dirigierte er die Schwestern aufs Sofa.

»Schön sitzen bleiben. Meinders, informier die Spusi. Und ruf Verstärkung. Wir müssen den Hof und die Gegend nach Fiete und dieser Veronika absuchen.«

»Geht klar.« Meinders verschwand nach draußen.

Jacobsen lehnte sich an das Buffet, die Waffe immer noch in der Hand und sah zu den Schwestern. Dini weinte still vor sich hin, Talea bedachte ihn mit einem bösen Blick.

»Würden Sie mir bitte erklären, was Sie da unten gemacht haben?«

»Aufgewischt«, schniefte Dini.

»Blut, wenn ich das richtig gehört habe. Und wessen Blut war das?«

»Sach ich nich.« Dini fingerte ein Taschentuch aus ihrer Kittelschürze und schnäuzte sich.

»Auch gut. Das finden unsere Kriminaltechniker auch ohne Ihre Hilfe heraus.« Jacobsen wandte sich an Talea. Er räusperte sich und ballte die linke Hand zur Faust. *Ruhig bleiben.* »Warum haben Sie Stofffetzen vom Pullover meines Vaters an Ihrer Forke? Haben Sie ihn damit verletzt? Oder schlimmer noch? Haben Sie ihn und Veronika Schwartau genauso umgebracht wie Klaus Behrens?!« Mit der Beherrschung war es jetzt doch vorbei.

»Nun hör abba mal auf!« Talea verschränkte die Arme vor der Brust. »Warum sollten wir denn den Klaus umbringen?«

»Eifersucht? Unerwiderte Liebe? Meine Damen, unsere Spurensicherung wird nachweisen, dass Klaus Behrens in Ihrem Keller gestorben ist.«

»Aber der liebte mich doch.« Dini zog die Nase hoch. »Das haben Sie selbst gesagt.«

»Tja, da muss ich Sie enttäuschen. Der Klaus Behrens hatte ein Verhältnis mit Dini Hartema. Sie waren leider die Falsche«, erklärte Jacobsen.

Dini heulte.

Jacobsen ging zum Tisch und stützte sich mit den Armen auf. »Sagen Sie mir jetzt endlich, wo mein Vater ist! Sonst kann ich verdammt nochmal richtig ungemütlich werden.« Er knallte mit der Hand auf den Tisch.

»Der Klaus, also, der Klaus, der ...« Dinis Stimme war mehr ein Piepsen.

»Was? Jetzt reden Sie endlich!«

»Der Klaus stand auf einmal im Keller, als ich Marmelade aussuchen wollte. Wissen Sie, die Talea kann das ganz ...«

»Das interessiert mich nicht! Weiter«, fuhr Jacobsen sie an.

Dini verzog das Gesicht. »Ist ja gut. Der war einfach da und hat Dini gerufen. Und dann ist er umgekippt, gegen das Regal. Das hat gewankt wie der Klaus vorher; die Flasche ist runtergefallen und auf ihn drauf.«

»Und der gute Rotwein war hinüber, genau wie der Klaus«, erklärte Talea. »Deshalb war das nur Recht, dass wir uns eine Flasche aus seinem Keller geholt haben.«

Jacobsen atmete tief ein und aus. Wenn das stimmte, dann war es ein Unfall gewesen. »Haben Sie sich denn nicht gewundert, dass der so wankend in Ihrem Keller stand?«

Dini sah ihre Schwester an. »Ich nicht. Ich dachte, wenn du dich wunderst, dann reicht das.«

»Aber ich hab mich nicht gewundert! Das hast du doch, dachte ich«, erwiderte die.

»Dann hat sich wohl keiner gewundert.« Dini lächelte den Kommissar an.

Jacobsen schüttelte den Kopf. »Warum um alles in der Welt haben Sie denn dann den Behrens auf dem Feld abgelegt? Sie hätten doch einfach den Arzt oder die Polizei um Hilfe rufen können.«

»Oh.« Dini wischte sich über die Augen. »Das wussten wir nicht.«

Talea zuckte mit den Schultern. »Der hätte im Keller doch angefangen zu stinken.«

»Gut, dann wäre das mit dem Klaus geklärt.« Jacobsen richtete sich auf. *Eiskalte Killer waren die Damen anscheinend nicht. Obwohl ...* »Wo ist mein Vater? Und jetzt will ich keine blöden Ausflüchte hören. Er war hier bei Ihnen im Keller. Hat er herausgefunden, was Sie mit Klaus gemacht haben? Haben Sie ihn mit der Forke ...«

Jacobsen unterbrach, weil Meinders in die Küche kam. Der zog ihn zur Seite. »Spusi und die Verstärkung sind unterwegs.«

»Danke, Kollege. Die Damen haben gerade gestanden, Klaus Behrens aus ihrem Keller auf sein Feld gebracht zu haben.«

Meinders bekam große Augen. »Und den Mord?«

»Sie sagen, er stand einfach wankend im Keller, hat nach Dini gerufen, ist umgekippt und dabei ist ihm eine Flasche auf den Kopf gefallen.«

Meinders sah zu den Schwestern. »Aber was wollte Klaus Behrens denn plötzlich von Dini Freese? Der hatte doch was mit Dini Hartema?«

»Der Klaus konnte nicht so gut mit rechts und links!«, rief Talea. »Der war so strumpelduhn, der hat sich bestimmt verlaufen.«

»Ah, ja.« Jacobsen verdrehte die Augen. »Ich bin mir noch nicht ganz sicher, was ich davon halten soll. Ihre Version würde die Scherben in der Kopfwunde erklären. Doch woher hat er die andere Kopfverletzung, die das seltsame Muster verursacht hat?«

»Wenn der so betrunken war, ist er vielleicht auf dem Weg hierher gestürzt?«

»Oder die beiden Damen haben ihm zweimal eins übergezogen. Wir sollten hier alles auf links drehen. Doch erst gibt es Wichtigeres.« Jacobsen wandte sich wieder den Schwestern zu. »Zum letzten Mal: Wo ist mein Vater?«

»Sach ich nich.« Talea verschränkte die Arme vor der Brust.

Ein Streifenbeamter trat in die Küche.

»Gut, dass ihr da seid. Kannst du ein Auge auf die beiden haben?«, bat Jacobsen. »Ich muss meinen Vater finden.«

»Sicher.« Der Beamte stellte sich vor den Tisch.

»Gibst du mir deine Taschenlampe? Danke.« Meinders nahm die vom Streifenkollegen entgegen.

Jacobsen stürmte nach draußen. »Ich glaub das alles nicht. Warum sagen die uns nicht, was sie mit meinem Vater gemacht haben?«

Meinders legte ihm die Hand auf die Schulter. »Fiete wird schon nichts passiert sein.«

»Da spricht die Forke eine andere Sprache.« Jacobsen fuhr sich durch die Haare. »Gut, wir müssen hier alles auf den Kopf stellen. Ich will, dass jeder Zentimeter umgedreht wird – innen wie außen.«

Zwei weitere Streifenwagen hielten mit Blaulicht an der Straße. Jacobsen und Meinders liefen zu ihnen.

»Kollegen. Wir suchen meinen Vater und seine Freundin. Wahrscheinlich ist er verletzt. Ihr zwei dreht im Haus alles auf links, ihr sucht die Weide gegenüber ab. Wir beide sehen uns hinter dem Haus und am Hühnerstall um. Alles klar?«

»Klar Chef.«

»Auf geht's.«

Die Beamten verteilten sich. Helle Lichtkegel erhellten die Dunkelheit und Rufe nach Fiete schallten durch die Nacht.

»Vadder?« Jacobsen lief voran in den Garten.

Die Hühner gackerten aufgeregt im Stall.

»Fiete!«

Der Garten war verwildert, das Gras stand kniehoch. Anscheinend nutzten die Freese-Schwestern den Aufsitzmäher mehr zum Ausfahren als zum Mähen.

»Vadder!« Jacobsen wurde immer unruhiger. *Wo um alles in der Welt waren die beiden*? »Frau Schwartau?« *Wenn sie noch leben, würden sie doch bestimmt ein Zeichen geben. Oder?*

»Klaas? Komm mal.« Meinders winkte ihn zu einem Busch. Er bückte sich und fischte eine große Tasche heraus.

»Scheiße.« Jacobsen schlug sich die Hand vor den Mund. »Die gehört dieser Veronika.« Er leuchtete die nähere Umgebung ab. »Nichts. Die können sich doch nicht in Luft aufgelöst haben. Mann!«

»Du kennst doch deinen Vater. Den haut so schnell nichts aus den Socken. Wahrscheinlich wurden sie erwischt und sind abgehauen. Hast du ihn noch mal angerufen?«

Jacobsen zog sein Smartphone und wählte Fietes Nummer. »Keine Chance, das Mobiltelefon ist aus oder hat keinen Empfang.« Er riss seinem Kollegen die Tasche aus der Hand. »Ich knöpf mir jetzt die beiden Damen noch einmal vor.« Und damit stürmte er zurück ins Haus.

Dini und Talea saßen brav auf dem Sofa. Talea verkniff die Augen, Dini schmollte und schluchzte gleichzeitig.

Jacobsen warf die Tasche auf den Küchentisch. »Ein letztes Mal. Wo. Ist. Mein. Vater?!«

Dini öffnete den Mund, aber Talea stieß ihr den Ellenbogen in die Rippen, sodass sie nach Luft japste.

»Das ist die Tasche von Veronika Schwartau. Die haben wir in Ihrem Garten gefunden. An Ihrer Forke hängt ein Stück von Fietes Pullover. Meinem Vater. Meine Kollegen drehen hier gerade jeden Stein um. Und sie werden was finden!« Jacobsen wurde immer lauter.

»Ein Geständnis könnte sich strafmildernd auswirken«, erklärte Meinders etwas ruhiger.

»Aber das waren Einbrecher!«, rief Talea. »Die hatten doch nichts in unserem Keller zu suchen.«

»Da haben Sie recht. Aber das ist noch lange kein Grund, zwei Menschen zu töten!« Jacobsen knallte mit der Faust auf den Tisch. »Wo haben Sie sie versteckt?«

»Aufsitzmäher fahren.«

Mit offenen Mündern sahen Jacobsen und Meinders Dini Freese an.

»Du solltest sie doch nicht verraten, du dummes Huhn!« Talea stieß ihrer Schwester erneut in die Seite.

»Lass mich! Die beiden wollten Aufsitzmäher fahren. Sind aber schon ne Weile weg.« Dini schielte zu der Schnapsflasche, die auf der Spüle stand. »Darf ich ein Gläschen?«

»Nein!« Jacobsen schüttelte den Kopf. »Mein Vater und seine Freundin sind mit Ihrem Aufsitzmäher unterwegs? Habe ich das gerade richtig verstanden?«

»Jo.«

»Ich fass es nicht! Und warum hängt da ein Fetzen von seinem Troyer an Ihrer Forke?«

»Die saßen plötzlich bei uns im Keller. Und wir wussten ja nun nicht, wie nett die sind. Und dann ist Talea mit der Forke gestrumpelt und die Roni vor Schreck in Ohnmacht gefallen.« Dini streckte die Hand nach der Schnapsflasche aus, kam aber nicht ganz ran. Sie ließ sie sinken und seufzte. »Und da mussten wir sie halt betüdeln und auf den Schreck n Schnaps trinken.«

Jacobsen atmete auf. Scheinbar war Fiete und Veronika nichts Schlimmeres passiert. »Und warum fahren die jetzt mit dem Aufsitzmäher durchs stockdunkle Rheiderland?«

»Die Roni, ne ganz patente ist das. Die hat uns gesehen, als wir den Klaus ... Sie wissen schon. Und da wollte sie halt auch mal.« Dini stand auf und holte sich die Flasche Schnaps aufs Sofa.

»Und weil der Fiete gesagt hat, wenn die Polizei kommt, dann dürften wir sie nicht verraten, haben wir das auch nicht.« Talea blickte ihre Schwester mit finsterer Miene an. »Du bist ein Plappermaul!«

Meinders lachte. »Ich änder dann mal die Fahndungsbeschreibung für Fiete und seine Begleitung.«

»Danke.« Jacobsen rieb sich über die Augen. »Der Mann treibt mich echt noch in den Wahnsinn.«

Kapitel 26

Der Fahrtwind blies ihr ins Gesicht und Veronika stieß einen Glückschrei aus. *Das fühlt sich so gut an!* Fiete hatte seine Arme fest um sie geschlungen und kicherte, was die Schmetterlinge in ihrem Bauch endgültig Achterbahn fahren ließen.

Der Aufsitzmäher war schneller, als sie gedacht hatte. Doch da die Freese-Schwestern einen extra großen Scheinwerfer angebaut hatten, konnte sie gut genug erkennen, wohin sie fuhr. Gerade schossen sie über eine frisch gemähte Weide. Die Sterne funkelten um die Wette, sonst war es finster. Obwohl ...

Sie wurde langsamer und hielt schließlich an.

»Darf ich wieder fahren?«, fragte Fiete.

»Nee.« Veronika deutete nach vorne. »Schau doch mal. Ist das Blaulicht?«

In der Ferne tanzten zuckende blaue Lichter durch die Nacht.

Fiete stöhnte. »Das ist bestimmt mein Sohn. Was will der denn hier mitten in der Nacht?«

»Du? Was ist denn, wenn die Dini und Talea verhaften wollen?« Veronika rutschte unruhig auf dem Sitz hin und her. »Die haben doch nichts getan!«

»Das müssen wir verhindern!«

Fiete umklammerte Veronika und sie gab Gas. So schnell es der Aufsitzmäher hergab, düsten sie durch die Nacht. Kurz vor dem Hof der Freese-Schwestern schaltete sie Licht und Motor aus.

»Wir sollten uns anschleichen«, flüsterte sie.

Fiete kletterte hinunter und reichte Veronika die Hand. Gemeinsam tasteten sie sich an den Hof heran. Laute Stimmen waren zu hören.

Veronika blieb stehen. »Rufen die nach uns?«

»Jo. Aber warum bloß?«

»Wir müssen näher ran.«

Leise gingen sie weiter und hatten bald den Hühnerstall erreicht. Die Tiere liefen aufgeregt durcheinander. Veronika und Fiete huschten hinter dem Stall entlang und sahen um die Ecke. Aus dem Küchenfenster fiel Licht auf die Auffahrt, ein Mann trat gerade aus dem Haus.

»Da geht Meinders. Vielleicht sollten wir uns zeigen?«, fragte Veronika.

»Nee. Erst will ich wissen, warum die hier so ein Theater machen. Komm.« Fiete nahm Veronikas Hand und zog sie mit zum Haus.

Dort drückten sie sich im Dunkeln an die Hauswand.

»... mit dem Aufsitzmäher unterwegs. Sucht bitte mal die umliegenden Straßen nach ihnen ab.« Veronika erkannte die Stimme von Meinders.

»Fiete wird auch immer seltsamer.« Ein Beamter lachte.

Meinders zuckte mit den Schultern und ging zurück ins Haus.

»Also ...«, fing Fiete an.

»Pst!« Veronika legte ihm die Hand auf den Mund.

Sie warteten, bis die anderen Beamten vor dem Haus verschwunden waren und sich die Streifenwagen in

Bewegung setzten. Dann huschten sie an der Wand entlang und hockten sich unter das Küchenfenster neben die Bank. Hier waren sie versteckt. Das Fenster stand auf Kipp. Vorsichtig hob Veronika den Kopf und sah hinein. Dini und Talea saßen wie begossene Pudel auf dem Sofa, Jacobsen lehnte an dem Küchenschrank und Meinders kam gerade mit einem seltsamen Gegenstand aus dem Abstellraum.

***

Jacobsen sah nachdenklich auf die Freese-Schwestern. *Sind sie so naiv oder nur gute Schauspielerinnen?*

»Schau mal.« Meinders kam aus dem Abstellraum. In der Hand hielt er ein altes Gerät. Zwei Eisenplatten waren mit einem Scharnier verbunden, beide Teile hatten einen langen Stiel. Eine Art Wappen verzierte die obere Hälfte.

»Hast du Hunger oder warum kommst du mit dem Waffeleisen?« Jacobsen grinste.

»Das ist ein Waffeleisen?« Meinders klappte die Platten auseinander und sah das typische Waffelmuster. »Ah. Nee, Hunger habe ich nicht. Aber ...« Er klappte es wieder zu. »Schau dir doch mal die Gravur hier auf der Oberseite an. Erinnert die dich an was?«

Jacobsen besah es sich genauer. »Kollege! Sofort zur Spusi damit. Die sollen direkt prüfen, ob sich Blut daran befindet.«

»Jawohl Chef.« Meinders verließ die Küche.

»Und meine Damen? Haben Sie vielleicht doch noch etwas zu sagen?«, fragte Jacobsen.

»Wenn Sie das Waffelrezept von Oma Tatje haben wollen – kriegen Sie nicht!« Talea schüttelte den Kopf.

Jacobsen atmete einmal ein und aus. »Ihr Waffelrezept ist mir völlig egal. Klaus Behrens wurde nicht nur mit einer Flasche erschlagen. Und das Muster Ihres Waffeleisens passt ziemlich genau zu seinen weiteren Verletzungen. Also?«

Dini zog die Nase hoch. »Der wurde gehauen? Aber von wem denn?«

»Von Ihnen?«

»Nee! Wissen Sie, wie schwer das ist? Das krieg ich doch gar nicht hoch zum Kopf vom Klaus. Außerdem habe ich ne schlimme Schulter«, erklärte Talea.

»Die hab ich auch!«, rief Dini schnell. »Ja, nicht dass der Herr Kommissar denkt, ich hätte den gehauen. Das zwickt hier immer so, da links.« Sie drückte auf ihrer Schulter rum und verzog das Gesicht. »Autsch.«

Jacobsen schloss für einen Moment die Augen.

***

Vor dem Fenster zog Veronika den Kopf ein. »Hast du das gehört? Dein Sohn verdächtigt die beiden, den Klaus erschlagen zu haben!«

»So ein Flegel! Der kann sich warm anziehen.« Fiete wollte aufstehen, duckte sich aber direkt wieder. Schritte kamen näher.

Veronika drückte sich eng an Fiete. Meinders lief an ihnen vorbei ins Haus. Schnell nahm sie wieder ihren Beobachtungsposten ein und spitzte die Ohren. Meinders zog Jacobsen zum Fenster.

»Die Spusi beeilt sich. Sophia meint, so ein Waffeleisen könne auf jeden Fall die Tatwaffe sein. Ich habe Frau Dr. Sandkrug ein Foto davon geschickt«, fügte er erklärend hinzu.

»Dann wissen wir zumindest, wonach wir suchen müssen. Ich fürchte nur, die Teile gibt es öfter.« Jacobsen rieb sich müde über die Augen. »Okay. Ein Kollege soll ein Auge auf diese beiden Damen haben. Und wir suchen jetzt nach einem Aufsitzmäher mit zwei verrückten Alten darauf.«

Veronika sah Fiete an. »Hast du das gehört?«, flüsterte sie.

»Und ob. Wir sollten ...« Er verstummte, als Jacobsen und Meinders an ihnen vorbei aus dem Haus stürmten und zur Straße liefen. »... die beiden retten.«

»Aber sowas von!« Veronika stand auf und sah sich um. Kein Beamter war zu sehen. »Los, wir holen sie da raus.«

Sie liefen in die Küche. Mit großen Augen sahen Dini und Talea sie an.

»Dein Sohn sucht dich«, sagte Dini zu Fiete.

»Das wissen wir. Und er verdächtigt euch, den Klaus erschlagen zu haben.« Veronika zeigte mit dem Finger auf Dini und Talea. »Ganz ehrlich – habt ihr oder habt ihr nicht?«

»Natürlich nicht!« Talea sprang auf. »Aber ich weiß, wer das war!«

»Was?!« Drei Augenpaare starrten Talea an.

»Na, das muss die Wiebke gewesen sein! Unser Waffeleisen gibt es nur zweimal. Also nicht das Waffeleisen, das Muster. Denn das war damals so. Die Großmutter von der Wie...«

»Talea«, unterbrach Fiete sie. »Diese Wiebke hat genau so ein Waffeleisen?«

Talea nickte.

»Und warum sollte sie den Klaus erschlagen?«, fragte Veronika.

»Weil die scharf auf ihn war. Die hat immer so mit den Augen geklimpert, wenn er in der Nähe ...«

»So wie du bei dem von dem Milchlaster?«, unterbrach Dini ihre Schwester. »Machen Augen das, wenn man jemanden mag?«

Talea ignorierte sie.

»Warum sollte Wiebke den Klaus mit dem Waffeleisen geschlagen haben, wenn sie ihn doch mochte?« Fiete kratzte sich am Bart. »Das ist doch doof.«

»Weil er sie nicht mochte, sondern die andere Dini. Richtig?« Veronika blickte zu den Schwestern. »Sie war eifersüchtig.«

»Jo.« Dini und Talea nickten.

»Dann sollten wir uns die werte Dame wohl vorknöpfen«, schlug Fiete vor. »Wisst ihr denn, wo die wohnt?«

»Und ob. Die wohnt über dem Dorfladen. Mit der feinen Dame haben wir eh noch ein Hühnchen zu rupfen! Haut die einfach dem Klaus auf n Kopp!« Talea knurrte.

Dini erhob sich schwerfällig. »Wie kommen wir denn da hin?«

»Aufsitzmäher?« Veronika schielte zur Tür. »Wir sollten uns echt beeilen. Die Polizeibeamten da draußen werden euch nicht freiwillig gehen lassen.«

»Da passen nur zwei drauf.« Fiete schüttelte den Kopf.

»Aber mit der Schubkarre geht das.« Talea strahlte. »Ich fahr, du hältst die Schubkarre, Dini und Roni legen sich rein. So geit dat.«

»So geit dat.« Veronika grinste. »Los!« Sie wollte gerade auf den Flur treten, als sie einen Schatten am Fenster bemerkte. »Da kommt jemand«, flüsterte sie.

»Durch die Scheune. Da gibt es eine kleine Seitentür.« Talea marschierte den anderen voran, die ihr eilig folgten.

In der Scheune war es dunkel, nur durch den Spalt des halb offenstehenden Tores blitzte immer wieder blaues Licht.

Veronika suchte Fietes Hand. *Hach, das ist so aufregend!*

Sie folgten Talea und Dini in eine der alten Viehboxen. Die war leer, nur an der Wand lehnte ein großer Bottich aus Kunststoff. Talea rollte ihn zur Seite und dahinter erschien eine kleine, hölzerne Tür. Schweigend schob sie einen Riegel zur Seite und stieß sie auf.

»Da sollen wir durch?« Fiete sah mit gerunzelter Stirn auf das kleine Loch in der Wand.

»Ja.« Talea musterte ihre Schwester. »Bei Dini könnte das etwas eng werden.«

»Du bist genauso dick wie ich«, rief die.

Blitzschnell legte Fiete ihr die Hand auf den Mund. »Pst! Sonst hört die Polizei uns. Roni geht zuerst durch, dann probieren wir das.«

Gesagt, getan. Veronika ging auf die Knie und kroch ohne Probleme nach draußen. Talea folgte ihr mit einem Ächzen und Stöhnen. Dini zerrten sie hindurch.

Vor dem Haus waren plötzlich laute Stimmen zu hören.

»Ob die gemerkt haben, dass wir weg sind?« Dini knibbelte an ihrer Kittelschürze.

»Wahrscheinlich. Fiete, beeil dich!« Veronika winkte ihm zu.

Fiete ging in die Hocke, kroch durch die kleine Tür – und blieb stecken!

»Fiete!« Veronika sah ihn erschrocken an.

»Ich häng fest«, knurrte er und versuchte, zurück in die Scheune zu kriechen. Er wackelte hin und her, hielt die Luft an, doch nichts funktionierte. »Ihr müsst mir helfen.«

Veronika nahm seinen linken Arm, Dini den rechten. Talea griff ihm beherzt in den Kragen seines Troyers.

»Und zieht!«, rief Talea.

Fiete rührte sich nicht.

»Nochmal«, flüsterte Veronika. »Die finden uns gleich.«

Mit vereinten Kräften zogen und zerrten sie an Fiete. Endlich rutschte sein Bauch durch die Tür; Veronika, Dini und Talea fielen mit einem Plumps auf den Boden.

Fiete rappelte sich auf und griff Dini unter die Arme. Aus der Scheune drang plötzlich helles Licht nach draußen. Schnell warf Talea die Tür zu und kam auf die Beine.

»Die Schubkarre steht bei den Hühnern. Wo ist der Aufsitzmäher?«

»Ganz in der Nähe.« Veronika deutete in Richtung Stall.

Leise schlichen sie durch die Nacht. Die Stimmen der Beamten wurden mal lauter, mal leiser. Einmal sahen sie einen Lichtstrahl, der über den Hühnerstall glitt und die Tiere erneut in Aufruhr versetzte. Laut gackernd rannten sie hin und her.

»Die geben morgen keine Eier«, brummte Talea. »Ich hol die Schubkarre.«

Sie verschwand hinter dem Hühnerstall. Veronika ging mit Dini und Fiete auf die angrenzende Weide, auf der der Aufsitzmäher im Dunkeln verborgen stand. Es rumpelte. Veronika zuckte kurz zusammen. Doch es war nur Talea, die mit der Schubkarre kam.

»Stell mal die Schubkarre hinter den Mäher«, wies sie Fiete an. »Genau, so ist das richtig. Dini, leg dich rein. Roni dann auf dich drauf.«

»Ähm, bin ich nicht zu schwer für sie?«, wandte Veronika ein.

»Ach wat. Du bist ja man n Hungerhaken. Das kann ich ab.« Dini kicherte und ließ sich rücklings in die Schubkarre plumpsen.

Etwas vorsichtiger folgte Veronika.

Talea kletterte auf den Fahrersitz und Fiete setzte sich andersrum hinter sie. Er knetete die Hände, dann packte er die Griffe der Schubkarre und zog sie ein wenig zu sich.

»Ihr seid ganz schön schwer«, ächzte er.

»Gut festhalten, los geht's!« Talea startete den Motor. Etwas ruckelig setzte sich das Gefährt in Bewegung. Veronika quiekte erschrocken auf, als die Schubkarre ein wenig in Schräglage geriet.

»Keine Angst, mein Schatz. Ich hab dich!«, rief Fiete. »Talea, gib Gas!«

***

Jacobsen lenkte den Wagen schweigend durch die Nacht. Konzentriert suchte er die Dunkelheit nach dem Scheinwerfer eines Aufsitzmähers ab.

»Dein Vater ist echt ohne Karten.« Meinders lachte. »Bricht bei den Damen ein und geht dann ne Runde Aufsitzmäher fahren.«

»Hm«, knurrte Jacobsen. Er fand das alles nicht witzig. »Das hätte auch gewaltig schiefgehen können. Immerhin ist diese Talea mit einer Forke auf ihn gefallen. Und es steht immer noch im Raum, dass die beiden Klaus Behrens doch erschlagen haben. Wer sollte das denn sonst gewesen sein? Der lag bei ihnen im Keller.«

»Na ja, im Bericht von Sophia stand doch, dass der Musterschlag ...«

»Der was?«

»Der Schlag, der das Muster verursacht hat. Also, der kann durchaus eine gewisse Zeit vorher passiert sein. Der Behrens ist nach Hause gelaufen, hat sich verlaufen und ist bei den Schwestern im Keller gelandet. Sieht ja fast so aus wie bei ihm zu Hause.«

»Mag sein. Warten wir die Ergebnisse der Spurensicherung ab.« Jacobsen schaltete das Fernlicht an. »Verflixt. Wo sind die nur?«

Kapitel 27

Veronika lag mehr auf als neben Dini in der Schubkarre und grinste in einem fort. Sie hatte den tollsten Mann der Welt kennengelernt und löste jetzt mit ihm zusammen ihren ersten Kriminalfall. Das war noch viel besser, als ›Friesenwache‹ zu gucken. Es rumpelte und die Schubkarre machte einen Satz, als Talea über einen Maulwurfshügel fuhr.

»Talea! Fahr mal ordentlich«, rief Dini.

»Sind wir bald da?«, fragte Fiete.

»Bist du n quengeliges Kind, oder wat?« Talea lachte. »Ich glaube, nur noch zwei Felder. Achtung!« Sie lenkte das seltsame Gefährt in eine scharfe Rechtskurve und Veronika wurde an Dinis große Brust gedrückt. Kichernd drehte sie sich zur Seite.

Endlich wurde Talea langsamer und hielt an. »Wir sind da.«

Veronika richtete sich auf. Es dämmerte allmählich und sie konnte ein kleines, windschiefes Häuschen erkennen.

»Da wohnt Wiebke?«

»Jo. Und da liegt das Waffeleisen«, antwortete Dini unter ihr.

Schnell kletterte Veronika aus der Schubkarre, reichte Dini die Hand und zog sie heraus. Fiete atmete auf und ließ die Griffe der Schubkarre los. Er stieg ab und schüttelte seine Hände. Veronika nahm sie in ihre und hauchte einen Kuss auf jede. »Geht's?«, fragte sie.

»Schon viel besser.« Fiete zog sie an sich.

Talea schnaubte. »Küssen könnt ihr später. Ich will jetzt ein Hühnchen rupfen.« Sie kletterte vom Aufsitzmäher und marschierte in Richtung Eingangstür.

Die Tür war verschlossen, aber das konnte sie nicht aufhalten. Sie nahm Anlauf und rammte ihre Schulter dagegen. Mit einem kläglichen Knarzen gab die Tür nach und schwang auf.

»Talea! Das ist doch Einbruch!«, piepste Dini.

»Ach wat. Wir holen nur ein Beweismittel. Ich lass mir doch nicht sagen, dass ich den Klaus gehauen hab!« Talea verschwand im Inneren des Dorfladens.

Veronika sah Fiete verunsichert an. »Sollten wir nicht deinen Sohn anrufen?«

»Um Talea zu verpfeifen? Nee. Das machen wir, wenn wir das Tatwerkzeug haben.« Und damit verschwand er ebenfalls im Laden.

Veronika und Dini folgten ihm eilig. Im Laden war es finster und Veronika stieß mit der Schulter gegen einen Stapel Kartons, die polternd zu Boden fielen.

»Pst!«, machte Talea.

»Ist doch keiner da.« Dini kletterte über die Kartons. »Wo ist denn nu das Waffeleisen?«

»Beim Kluntjeknieper«, antwortete Talea und tastete sich weiter voran.

»Beim was?« Veronika blieb stehen. Ihre Augen hatten sich ein wenig an das fahle Licht gewöhnt. Sie erkannte die Schemen zahlreicher Regale, die bis zur Decke reichten und komplett mit Zeugs vollgestellt waren. »Fiete?«

»Hier.«

Veronika folgte seiner Stimme. Hinter dem nächsten Regal fand sie ihn.

»Ich habs!«, rief Talea triumphierend. »Fiete, ruf deinen Sohn.«

Das Deckenlicht ging an und Veronika kniff geblendet die Augen zusammen.

»Wer ist da?« Eine schrille Stimme drang zu ihnen. »Kommen Sie sofort raus! Ich ... Ich bin bewaffnet!«

Veronika drückte sich ängstlich an Fiete. *Wer ist das? Etwa die Mörderin?*

»Nu sabbel mal nich so rum.« Talea drückte sich an Fiete und Veronika vorbei, in der Hand das Waffeleisen.

Veronika und Fiete wechselten einen schnellen Blick, dann folgten sie ihr. In der zerstörten Tür stand eine Frau um die sechzig, in der Hand eine Schaufel. Vor ihr hatte sich Talea aufgebaut.

»Du hast den Klaus gehauen!«, rief sie und stocherte mit einem Finger in der Luft. »Wegen dir ist der bei uns im Keller tot umgekippt.«

»Du spinnst doch, Talea Freese. Hattest du wieder zu viel Schnaps?«, antwortete die unbekannte Frau, die die Wiebke sein musste.

»Wir haben Beweise!« Das war Dinis Stimme aus dem Inneren des Ladens.

Zur Bestätigung hielt Talea Wiebke das Waffeleisen hin. »Warum?«, fragte sie.

Wiebke umklammerte die Schaufel fester. »Weil er es verdient hat«, schimpfte sie. »Alles hätte ich für ihn getan und was macht er? Trauert seiner Dini hinterher. Parfum wollte er hier für sie kaufen. Und ich sollte es an meinem Handgelenk testen. Ich!« Sie schnaubte. »Der hat mir die Ohren vollgejammert, wie toll sie doch wäre und wie gut im ... Ich wollte doch nur, dass er still ist.«

Atemlos lauschte Veronika dem Geständnis. »Warum haben Sie ihm das nicht einfach gesagt?«, fragte sie.

»Als ob Männer zuhören würden. Das Waffeleisen lag da halt gerade. Und jetzt her damit.« Sie richtete die Schaufel gegen Talea.

»Vergiss es! Ich geh doch nicht wegen dir blöden Kuh in den Knast!« Talea sah sie mit zusammengekniffenen Augen an. »Musst es dir schon holen.«

»Gerne.« Blitzschnell ließ Wiebke die Schaufel fallen, griff nach dem Waffeleisen und stieß Talea gegen die Brust.

Die ließ los, ruderte mit den Armen und stolperte rückwärts gegen ein Regal. Mit einem lauten Poltern fiel es um und gegen das nächste und das wieder gegen das dahinter. Fiete sprang zur Seite und riss Veronika mit sich. Flaschen fielen auf den Boden und zersprangen klirrend, Nudeln mischten sich mit Strumpfhosen und selbstgemachter Marmelade. Es war ein heilloses Durcheinander.

»Aua!«, riefen Dini und Talea fast gleichzeitig.

»Dini? Wo bist du?« Veronika reckte suchend den Hals.

»Unter den Keksen. Alles gut!«

»Ihr müsst sie aufhalten.« Talea krabbelte zwischen Nudel- und Reispackungen hervor.

»Bist du wirklich okay?« Fiete hielt ihr die Hand hin.

»Macht schon.« Talea zeigte zur Tür.

Wiebke war verschwunden. Und mit ihr das Waffeleisen, das die Unschuld der Freese-Schwestern bezeugen konnte.

Veronika rannte hinter Fiete her nach draußen. Hektisch sah sie sich um. Die Sonne ging langsam am Horizont auf und tauchte die Weiden in ein zartes Rosa.

»Siehst du sie, Fiete?«

Der kniff die Augen zusammen. »O ja. Da hinten rennt sie übers Feld. Los, aufsitzen, Schnucki.« Er sprang auf den Aufsitzmäher.

Veronika stieg hinter ihm auf und drückte sich fest an ihn. *Mein mutiger Seebär.*

***

Jacobsen gähnte. Es war sinnlos, in den ewigen Weiten des Rheiderlandes nach einem kleinen Aufsitzmäher zu suchen. Das Klingeln des Smartphones ließ ihn aufschrecken. Er nahm das Gespräch über die Freisprechanlage an.

»Harry, sag bitte, dass ihr was gefunden habt.«

»Sorry, aber das Waffeleisen war absolut sauber. Mit dem Teil ist keiner geschlagen worden«, erklang eine verzerrte Stimme aus dem Lautsprecher. »Aber da gibt es noch was.«

»Laber nicht, sag schon.«

»Die Schwestern sind abgehauen. Wir ...«

Wortlos legte Jacobsen auf.

»Ich fass es nicht! Aber als Mörder scheiden sie damit wohl aus.« Meinders streckte sich. »Und nun? Ich könnte einen Kaffee gebrauchen.«

Jacobsen trat in die Eisen, sodass Meinders in den Gurt geschleudert wurde.

»Kaffee!«

Meinders sah ihn kopfschüttelnd an. »Und deshalb bremst du?«

»Wiebke.«

»Kollege, kannst du bitte in vollständigen Sätzen reden?«

Jacobsen drehte sich im Sitz zu Meinders um. »Im Dorfladen gibt es so ein Waffeleisen. Neben dem Kluntjeknieper. Erinnerst du dich?«

Meinders riss die Augen auf. »Und die liebe Wiebke stand ziemlich auf den Klaus Behrens. Und mit dem Lottogewinn, von dem sie ja wusste, war er eine noch bessere Partie.«

»Genau. Doch wenn der Behrens wirklich nur Augen für die Dini Hartema hatte und ständig von der geschwärmt hat ...«

»... hat sie ein astreines Motiv«, ergänzte Meinders. »Mord aus Eifersucht.«

»Dann wollen wir der Dame doch mal einen Besuch abstatten.« Er fuhr wieder los.

***

In rasanter Fahrt folgten Veronika und Fiete der flüchtenden Wiebke. Wie ein Hase rannte sie im Zickzack über das Feld.

»Halt dich fest, ich schneide ihr den Weg ab!«, rief Fiete und Veronika klammerte sich noch ein wenig fester an ihn.

Sie überholten Wiebke und wendeten mit einem Ruck, sodass Veronika auf dem Rücksitz bedenklich in Schräglage geriet.

»Lasst mich durch«, fauchte Wiebke und hob das Waffeleisen.

»Wollen Sie wirklich, dass zwei unschuldige Frauen wegen Ihnen ins Gefängnis gehen?« Veronika hob abwehrend die Hände.

»Wisst ihr, wie egal die beiden mir sind? Verschwindet!«

»Das können wir leider nicht machen«, sagte Fiete. »Gib auf, das bringt doch nichts. Wo willste denn hin?« Er machte eine ausladende Geste über die Weiden, denn mehr war dort nicht zu sehen. Kein Baum, kein Hof. Nur das Rheiderländer Nichts.

Wiebke verkniff die Augen, biss sich auf die Lippe und rannte am Aufsitzmäher vorbei.

Fiete seufzte. »Das bringt doch nichts.«

»Fahr neben sie, den Rest erledige ich.« Veronika klammerte sich an ihm fest. Ihr Plan war gewagt, aber sie mochte Dini und Talea. *Ich schaff das!*

Mit aufheulendem Motor fuhr Fiete wieder an. Bald hatten sie Wiebke eingeholt und fuhren neben ihr her. Veronika holte tief Luft. Dann ließ sie Fiete los, kletterte auf den Sitz und krallte die Hände in seine Schultern.

»Was hast du vor?«, rief Fiete.

Statt einer Antwort stieß Veronika sich ab und riss die flüchtende Wiebke mit zu Boden. Zusammen kugelten sie über das Feld. Wütend schrie Wiebke auf und versuchte, nach Veronika zu schlagen. Ein stechender Schmerz fuhr durch ihre linke Schulter, wo eine Ecke des Waffeleisens sie streifte. Schnell rappelte sie sich auf und wich einem erneuten Hieb aus. Wiebke sprang ebenfalls hoch. Sie brüllte und stürmte mit wutverzerrtem Gesicht auf Veronika zu. Geschickt duckte die sich unter dem Schlag hindurch und streckte ein Bein aus. Wiebke blieb daran hängen, ruderte mit den Armen und fiel der Länge nach hin. Mit dem Gesicht landete sie mitten in einem Kuhfladen. Veronika riss Wiebke das Waffeleisen aus der Hand. Zitternd trat sie ein paar Schritte zurück.

»Alles okay bei dir?« Fiete war vom Aufsitzmäher gesprungen und zu ihr gelaufen.

»Ja. Bei ihr wohl weniger.« Veronika grinste.

Fluchend setzte Wiebke sich auf und wischte sich den Dung aus den Augen.

»Ich bin stolz auf dich.« Fiete gab Veronika einen Kuss, dann packte er Wiebke am Arm und zerrte sie hoch. »Das war's dann wohl. Auf geht's.«

Veronika setzte sich mit dem Waffeleisen auf den Aufsitzmäher und folgte den beiden zurück zum Laden. Sie lächelte und ihr Herz machte einen doppelten Hüpfer.

***

»Sag mir bitte, dass ich nicht sehe, was ich da sehe.« Jacobsen sah aus dem Autofenster und schüttelte ungläubig den Kopf. Er parkte den Wagen vor dem Dorfladen und stieg aus.

»Doch. Du siehst, was du siehst.« Meinders lehnte sich an die Beifahrertür und lachte.

Auf der Fensterbank des Dorfladens saßen Dini und Talea und aßen genüsslich Kekse.

»Möchten Sie auch?« Dini hielt den Kommissaren eine aufgerissene Kekspackung entgegen.

»Ähm, nein. Was machen Sie hier?«, fragte Jacobsen.

»Kekse essen. Die waren auf mich draufgefallen, dann kann ich die auch essen.« Dini stopfte sich den nächsten Keks in den Mund.

»Ihr Vadder und Roni sind hinterm Haus.« Talea nahm ihrer Schwester die Kekspackung ab.

Jacobsen sah sie mit offenem Mund an. »Was bitte?«

»Die fahren der Wiebke nach, weil die mit dem Waffeleisen weg ist«, erklärte Talea.

»Kneif mich mal, Kollege.«

Meinders tat seinem Chef den Gefallen. »Sie meinen nicht zufällig das Waffeleisen, mit dem Klaus Behrens erschlagen wurde?«, fragte er die Schwestern.

»Doch, gibt da ja nur zwei mit dem Muster von«, murmelte Talea und hielt die Kekspackung hoch. »Blöde Nuss, du hast wieder alle mit Schokolade gegessen.«

Meinders grinste und zog Jacobsen zur Seite. »Wir sollten mal nachsehen. Bei den Herrschaften wundert mich gar nichts mehr.«

Jacobsen folgte ihm hinter das Haus und ließ den Blick schweifen. Nichts. Nichts. Nichts. Moment! Er rieb sich über die Augen. Das Bild blieb das gleiche. Sein Vater führte Wiebke Hansen am Arm, Veronika Schwartau fuhr mit dem Aufsitzmäher neben ihnen her.

»Ich fass es nicht. Vadder!« Er lief dem seltsamen Trupp entgegen. »Vadder, was macht ihr hier?«

»Deine Mörderin fassen.« Fiete zeigte auf Wiebke, die mit hängendem Kopf neben ihm ging. »Sie hat alles gestanden.«

»Und das ist die Tatwaffe.« Veronika zeigte auf das Waffeleisen.

»Frau Hansen? Möchten Sie mir vielleicht etwas sagen?«

Die riss sich von Fiete los und funkelte den wütend an. »Ungehobelter Flegel! Ja. Ich wars. Ich habe dem Klaus mit dem Waffeleisen eins übergebraten. Aber der hatte es nicht anders verdient. Außerdem hat der ja noch gelebt, als er gegangen ist. Somit habe ich ihn nicht umgebracht. Das waren bestimmt die verdrehten Freese-Schwestern.« Sie spuckte auf den Boden.

»Da muss ich Sie enttäuschen, Frau Hansen. Durch Ihren Schlag hat Herr Behrens ein Schädel-Hirn-Trauma erlitten. Es kam zu inneren Blutungen, wodurch er später zusammengebrochen und gestorben ist.« Jacobsen deutete in Richtung Hofladen. »Wenn Sie bitte mitkommen würden.«

»Ich … Ich bin schuld?« Wiebke Hansen schluchzte auf. »Der arme Klaus!«

»Das Theater hilft Ihnen jetzt auch nicht weiter.« Jacobsen nahm ihren Arm. »Und wir reden noch miteinander«, fügte er an seinen Vater und Veronika gewandt hinzu.

Am Dorfladen angekommen gab er Wiebke Hansen an Meinders weiter. Der verzog das Gesicht. »Nicht schon wieder Gülle«, jammerte er.

Jacobsen reagierte nicht darauf, sondern ließ sich seufzend neben Dini Freese auf der Fensterbank nieder. Er schloss die Augen und reckte sein Gesicht der aufgehenden Sonne entgegen.

»Keks?«

Kapitel 28

Veronika stand unter der Dusche in der Pension Gerda und ließ das warme Wasser über ihre Haut laufen. Auf ihrer linken Schulter bildete sich ein blauer Fleck. Langsam verflog die Anspannung der letzten Nacht und wich einem ganz besonderen Kribbeln. Und das lag nicht nur an Fiete. Nein, sie war stolz auf sich. Denn sie hatte zusammen mit Fiete einen Mord aufgeklärt und die Täterin gestellt! Und endlich glaubte die Polizei ihr auch, dass sie dieses seltsame Gefährt mit Klaus wirklich gesehen hatte. Sie stieg aus der Dusche und wickelte sich in das kuschelige Handtuch der Pension. Mit einem Lächeln ließ sie sich aufs Bett fallen und angelte nach ihrem Smartphone.

»Lächeln!« Mit dem Victoryzeichen schoss sie ein Selfie und schickte es in die Chat-Gruppe mit ihren Mädels.

Mörder gefasst, Fall gelöst.

Dann stellte sie das Smartphone aus. Fietes Schwiegertochter hatte sie zum Grillen eingeladen und da wollte sie nicht zu spät kommen.

Epilog

Veronika saß neben Fiete auf seiner Stammbank am Hafen. Die Möwen zogen kreischend ihre Kreise, die Flaggen der Schiffe klopften sachte an die Masten. Die Sonne schien und sie atmete tief ein.

Komm nach Ostfriesland und genieß die Herzlichkeit der Menschen. Auch wenn sie sich ab und an hinter einer rauen Schale verbarg, Veronika hatte sie lieben gelernt. Besonders den einen knurrigen Seebären. Der steckte seine Nase gerade in den Sportteil der Zeitung.

Veronika zog ihren Reiseführer aus der Tasche und schlug eine der Seiten auf, die für eigene Notizen gedacht waren. Sie zückte einen Kugelschreiber.

Veronikas Reiseführer

Leer ist ein ganz bezaubernndes Städtchen. Der Hafen und die Altstadt sind ein Traum. Die Menschen hier sind unglaublich herzlich. Wobei hier gilt – Seebären, die knurren, beißen nicht. Dafür küssen sie umso besser. Anmerkung der Redaktion: Dieses ist zu unterlassen, wenn sie gerade ein Fischbrötchen genossen haben. :o)

Sehnsuchtsort.

***

Veronika klappte den Reiseführer zu und lehnte sich an Fiete. *Ich komme auf jeden Fall wieder.*

***

Irgendwo im Rheiderländer Nirgendwo stand einsam, aber nicht verlassen ein alter Bauernhof. Die Hühner lebten hier ein sorgenfreies Leben. Der Hahn hatte gekündigt.

Vor dem Haus im Schatten einer Reihe alter Bäume saßen Dini und Talea auf ihrer Bank. Vor ihnen auf dem Tisch standen ein Stövchen mit Teekanne, zwei Teetassen, ein Pott mit Kluntje und ein Kännchen Rahm ...

ENDE

Glossar

Een Wulkje – Eine Wolke
Dussel – Dummkopf
Kauelmors – Quatschkopf
luren – gucken
Mannlü – Männer
mien Büx – meine Hose
mien Deern – mein Mädchen
Olle Bangbüx – alter Angsthase
strumpelduhn – besoffen
So n Schiet – so ein Mist
Vadder – Vater

Danke

Geschrieben habe ich die Geschichten von Roni und ihrem Fiete für eine meiner besten Freundinnen, die echte Veronika. Sie hat sie geliebt. Und ganz fest daran geglaubt, dass sie ein Verlagszuhause findet. Leider hat sie die Zusage nicht mehr erleben dürfen – sie kam zwei Wochen nach ihrem plötzlichen Tod.
Im dp Verlag haben Roni und Fiete ein ganz tolles Zuhause gefunden. Vielen Dank an euch! Besonders an Anne Peisler, bei der ich mich so gut aufgehoben fühle. Ein dickes Danke geht an Sandra Effert vom Kreativlektorat Effert. Besonders für den Impuls, das Ende noch ein wenig umzugestalten und den tollen Austausch mit ihr. Es war mir ein Fest!
Danke auch an meine Testleserinnen Daniela, Anja, Alex und Jacqueline – für die Kritik, das Lob und auch das Treten, damit ich weiterschreibe. Keine Angst, der nächste Band kommt bald. :o)
Und Danke an Dich, dass Du die Geschichte gelesen hast. Ich hoffe, ich konnte Dir schöne Lesestunden bereiten. Wenn es Dir gefallen hat, würde ich mich sehr über eine positive Bewertung freuen! Vielleicht kommst du ja auch einmal nach Leer, erkundest unser zauberhaftes Städtchen und genießt drei Tassen Tee